쓰가루

津軽

세계문학전집 471

쓰가루

津輕

다자이 오사무

유숙자 옮김

민음사

일러두기

1 이 책은 太宰治, 『津軽』(新潮社, 2004)를 저본으로 번역하였다. 또한 太宰治, 『太宰
  治全集 8』(筑摩書房, 1989)을 참조했다.
2 본문에 들어간 삽화는 다자이 오사무가 직접 그린 그림이다.
3 본문의 각주는 모두 옮긴이 주이다.

차례

쓰가루의 눈

가루눈
낟알눈
함박눈
진눈깨비
싸라기눈
자라메유키*
우박눈

─『도오연감(東奧年鑑)』**에서

---

* 쌓인 눈이 녹다가 밤에 다시 얼어 굵은 설탕 모양이 된 눈.
** 아오모리현의 일 년간 활동을 한 권으로 정리한 종합 연감. 현내의 조간신문사인 '도오일보사'에서 해마다 발행한다.

서편(序編)

어느 해 봄, 나는 태어나서 처음 혼슈 북단, 쓰가루(津輕) 반도를 얼추 삼 주 남짓 걸려 일주했는데, 그건 나의 서른 몇 해 생애에서 상당히 중요한 사건 중 하나였다. 나는 쓰가루에서 태어나 그로부터 이십 년간, 쓰가루에서 자라면서도, 가나기, 고쇼가와라, 아오모리, 히로사키, 아사무시, 오와니, 이 정도 지역을 보았을 뿐, 그 밖의 도시와 마을에 대해서는 조금도 아는 구석이 없었다.

가나기는 내가 태어난 읍내다. 쓰가루 평야의 거의 중앙에 자리하며 인구 오륙천, 이렇다 할 특징도 없지만 어딘가 도회지풍으로 살짝 거드름 피우는 읍내다. 좋게 말하면 물처럼 담백하고, 나쁘게 말하면 얄팍스러운 허풍쟁이 읍내라는 게 될 성싶다. 그리고 삼 리[1] 남짓 남하하여, 이와키(岩木)강을 따라

고쇼가와라라는 읍내가 있다. 이 지방 산물의 집산지로, 인구도 일만 이상 되는 모양이다. 아오모리, 히로사키 두 시(市)를 제외하고, 인구 일만 이상인 읍내는 이 언저리에는 달리 없다. 좋게 말하면 활기 있는 읍내이고, 나쁘게 말하면 소란스러운 읍내다. 농촌 내음은 없이 도회지 특유의 그 고독한 전율이 요만한 작은 읍내에도 이미 어렴풋이 숨어든 낌새다. 거창한 비유인지라 스스로 머쓱해하며 말씀드리는데, 가령 도쿄를 예로 들자면 가나기는 고이시카와[小石川]이고 고쇼가와라는 아사쿠사[淺草], 이 정도쯤 되려나? 이곳엔 나의 이모가 있다. 어릴 적, 나는 낳아 준 어머니보다도 이 이모를 더 따랐기 때문에, 참으로 뻔질나게 이 고쇼가와라의 이모 집으로 놀러 왔다. 나는 중학교에 들어가기까지는 이 고쇼가와라와 가나기, 두 읍내 말고는 쓰가루 지역에 대해 거의 아무것도 알지 못했다고 해도 좋다. 이윽고 아오모리 중학교에 입학시험을 보러 가던 때, 그건 겨우 서너 시간의 여행이었으련만 내겐 엄청난 대(大)여행 느낌이라, 그때의 흥분을 나는 다소 각색해서 소설로도 쓴 적이 있다. 그 묘사는 고스란히 사실 그대로는 아니고 슬픈 어릿광대의 허구로 가득 차 있지만, 그래도 느낌은 대체로 그런 식이었다고 생각된다. 이를테면,

아무도 눈치채지 못한, 이렇듯 쓸쓸한 멋 부리기는 한해 한해 궁리 끝에 다채로워져, 마을 초등학교를 졸업하고 마차에서

---

1) 일본의 거리 단위로 일 리는 3.927킬로미터이다. 한국 이수로는 약 십 리.

흔들리다가 기차를 타고 십여 리 떨어진 현청 소재지의 소도시로 중학교 입학시험을 치르기 위해 나섰을 때, 그때 소년의 복장은 애처롭도록 진묘한 것이었습니다. 하얀 플란넬 셔츠는 어지간히 마음에 들었던 모양인지, 역시나 그때도 입고 있었습니다. 게다가 이번 셔츠에는 나비 날개 같은 큼직한 칼라가 붙어 있어 그 칼라를, 여름날 오픈 셔츠 칼라를 양복 윗옷 깃 바깥으로 내어 덮어씌우는 것과 판박이 양식으로 기모노 깃 바깥으로 끄집어내어, 기모노 깃에 덮어씌운 거지요. 어쩐지 턱받이처럼 보이기도 합니다. 그런데도 소년은 슬프게 긴장한 채, 그 옷차림이 고스란히 귀공자를 빼닮아 보이리라고 생각했습니다. 구루메가스리[2]에 희읍스름한 줄무늬의 짧은 하카마[3]를 입고, 거기에다 기다란 양말, 끈으로 엮어 올리는 번쩍번쩍 빛나는 검은 구두. 거기에다 망토. 아버지는 이미 돌아가시고 어머니는 병약한 탓에, 소년의 신변 용품은 죄다 상냥한 형수의 마음 씀씀이었습니다. 소년은 형수한테 영리하게 어리광을 부려 막무가내로 셔츠 칼라를 큼직하니 해 달라고 졸랐는데, 형수가 웃으면 진심으로 화내고, 소년의 미학이 아무한테도 이해받지 못한다는 사실을 눈물이 쏟아질 만큼 분하게 여겼습니다. '산뜻함, 고상함.' 소년의 미학은 깡그리, 이거 하나면 그만이었습니다. 아니, 아니, 산다는 것 죄다, 인생의 목적 전부가 이거 하나

---

2) 후쿠오카현 구루메 지방에서 나는 무명 옷감. 감색 바탕에 비백 무늬가 있다.
3) 하의 위에 덧입는 일본 전통 의상. 넉넉하게 주름이 잡혀 있고 대체로 바지처럼 가랑이졌다.

면 그만이었습니다. 망토는 일부러 단추를 채우지 않은 채 자그마한 어깨에서 금방이라도 미끄러져 내릴 듯 아슬아슬 걸치고, 그러고는 그걸 맵시 나는 꾸밈새라고 믿었습니다. 어디서 그런 걸 익혔을까요? 멋 부리기 본능이란, 본보기가 없어도 저절로 체득하는 건지도 모릅니다. 그야말로 난생 처음 도회지다운 도회지로 발을 들여놓는 것이었으니, 소년에게는 일생일대의 공들인 차림새였던 셈입니다. 흥분한 나머지, 그 혼슈 북단의 한 소도시에 도착한 순간, 소년의 말투마저도 싹 바뀌고 말았을 정도였습니다. 진작부터 소년 잡지에서 배워 익혀 둔 도쿄 말을 사용했습니다. 하지만 숙소에 머물며 그 숙소의 여종업원들이 하는 말을 들으니, 이곳도 역시나 소년이 태어난 고향과 완전히 똑같은 쓰가루말을 쓰는 터라 소년은 조금 맥이 빠졌습니다. 태어난 고향과 그 소도시는 십 리도 떨어져 있지 않았습니다.[4]

이 해안의 소도시는 아오모리시다. 쓰가루 제일의 바다 항구로 삼기 위해, 소토가하마 부교[5]가 그 경영에 착수한 건 간에이 원년(1624년)이다. 얼추 삼백이십 년쯤 전이다. 당시 이미 인가가 천 채 남짓 있었다 한다. 그 후 오우미, 에치젠, 에치고, 가가, 노토, 와카사 등지와 빈번히 배로 교통을 시작해 서서히 번창하여, 소토가하마에서 가장 흥청거리는 주요 항구가 되

---

4) 단편 「멋쟁이 동자(童子)」, 1939년 11월 발표.
5) 가마쿠라 시대 이후, 행정이나 재판 사무 등을 담당한 무사의 직명.

었다. 메이지 4년(1871년) 폐번치현(廢藩置縣)6)에 따라 아오모리현이 탄생하는 동시에 현청 소재지가 되어 지금은 혼슈의 북문(北門)을 지키고, 홋카이도 하코다테 간 철도 연락선 등속에까지 이르렀음은 모르는 사람이 없으리라. 현재 세대수는 이만 이상, 인구 십만을 넘는가 본데 나그네에겐 그다지 느낌이 좋은 곳은 못 되는 듯하다. 여러 차례 큰 화재로 인해 가옥이 빈약해져 버린 건 어쩔 수 없다 해도, 나그네에게 시내 중심부는 어딘지 도통 종잡을 수 없는 기미다. 기묘하게 그을어 거무데데하니 무표정한 집들이 늘어서 있고, 그 무엇도 나그네에게 말을 걸려고 하지 않는 듯하다. 나그네는 차분해지지 않는 기분으로, 허둥지둥 이곳을 빠져나간다. 그렇지만 나는, 이 아오모리시에 사 년 있었다. 그리고 그 사 년은 내 생애에서, 매우 중대한 시기이기도 했던 것 같다. 그 무렵의 내 생활에 대해서는, 「추억」7)이라는 나의 초기 소설에 꽤 자세히 쓰여 있다.

좋은 성적은 아니었지만 그해 봄, 나는 중학교 입학시험을 치러 합격했다. 나는 새 하카마에 까만색 양말과 목이 긴 구두를 신고, 지금까지의 모포 대신 나사(羅紗) 망토를 멋쟁이처럼 단추를 잠그지 않고 앞을 튼 채로 걸치고 바다가 있는 소도시로

6) 중앙집권화를 위하여 번을 폐하고, 지방 행정을 부현(府縣)으로 통일한 개혁 정책.
7) 다자이 오사무의 첫 창작집 『만년(晚年)』(유숙자 옮김, 민음사, 2021)에 수록되어 있다.

나갔다. 그리고 우리 집과 먼 친척뻘인 그 도시의 포목점에 여장을 풀었다. 낡고 찢어진 포렴이 입구에 내걸린 그 집에서, 나는 앞으로 신세를 지게 되었다.

나는 무슨 일에든 쉽게 마음이 달뜨는 성질이 있는데, 입학 당시엔 목욕탕에 가는데도 학교 모자를 쓰고 하카마를 입었다. 그런 내 모습이 길가의 유리창에라도 비치면, 나는 웃으며 거기다 가볍게 인사를 보내곤 했다.

그런데 학교는 통 재미가 없었다. 하얀 페인트칠을 한 학교 건물은 도시 변두리에 있었고, 바로 뒤는 해협을 마주한 평평한 공원이었다. 파도 소리와 소나무 술렁거리는 소리가 수업 중에도 들려왔다. 복도도 널찍하고 교실 천장도 높아서 나는 이 모든 것에 좋은 느낌을 받았지만, 그곳의 교사들은 나를 엄청 괴롭혔다.

나는 입학식 날부터 어떤 체조 교사에게 얻어맞았다. 내가 건방지다는 것이었다. 이 교사는 입학시험 때 내 구두시험 담당자였다. 아버님이 돌아가셔서 공부도 제대로 못했겠구나, 하고 다정하게 말을 건네기에, 나도 고개를 푹 떨구어 보인 그 사람이었던 만큼 내 마음은 더욱 상처를 입었다. 그 후로도 나는 여러 교사에게 얻어맞았다. 히죽히죽 웃는다거나 하품을 했다는 둥, 다양한 이유로 벌을 받았다. 수업 중 내 하품이 큰 탓에 교무실에서도 평판이 자자하다고 했다. 나는 그런 멍청한 이야기를 주고받는 교무실을 이상하게 여겼다.

나와 같은 동네에서 온 친구 하나가 어느 날, 나를 교정의 모래언덕 뒤로 불러, 너의 태도는 실제로 건방져 보여, 그렇게 얻어맞기만 하다간 낙제할 게 뻔해, 라고 충고해 주었다. 나는 경악했다. 그날 방과 후, 나는 해안을 따라 혼자 귀가를 서둘렀다. 파도가 밀려와 구두 밑창을 적셨고, 한숨 지으며 걸었다. 양복 소매로 이마의 땀을 닦는데, 깜짝 놀랄 정도로 큼지막한 쥐색 돛이 바로 눈앞을 비틀비틀 지나갔다.

이 중학교는 지금도 옛날과 다름없이 아오모리시 동쪽 끝에 있다. '평평한 공원'이란 갓포〔合浦〕 공원을 말한다. 그리고 이 공원은, 그야말로 중학교 뒤뜰이라 해도 좋을 만큼 중학교와 맞붙어 있었다. 나는 겨울 눈보라가 칠 때 말고는, 학교를 오가는 길에 이 공원을 빠져나가 해안을 따라 걸었다. 이를테면 샛길이다. 좀처럼 학생은 다니지 않는다. 내겐 이 샛길이 상쾌하게 여겨졌다. 초여름 아침은, 유난히 좋았다. 또한 내가 신세를 진 포목점이란, 데라마치의 도요타 씨 집이다. 이십대(代) 가까이 이어 온 아오모리시 굴지의 노포다. 이곳 아버지는 지난해 돌아가셨는데, 나는 이 댁 아버지에게 친자식 이상으로 귀한 돌봄을 받았다. 잊을 수가 없다. 근 이삼 년, 나는 아오모리시에 두세 번 갔는데, 그때마다 이 아버지 묘를 찾아 인사 올리고, 그러고는 어김없이 으레 도요타 씨 댁에서 숙박하곤 한다.

3학년이 된 어느 봄날 아침, 등굣길에 주홍색 다리의 둥근 난간에 기대어, 나는 잠시 멍하니 있었다. 다리 아래로 스미다가와 비슷한 너른 강이 느릿느릿 흐르고 있었다. 완전히 멍하게 있어 본 경험이, 그때까지의 내겐 없었다. 뒤에서 누군가 보고 있는 느낌이 들어, 나는 늘 뭔가 태도를 꾸미고 있었다. 하나하나 세세한 내 몸짓에도, 그는 당혹스러워 손바닥을 바라보았다, 그는 귀 뒤를 긁적이며 중얼거렸다, 하고 줄곧 곁에서 설명구를 달고 있었으므로, 내게 문득 또는 나도 모르게, 이런 동작은 있을 수 없었다. 다리 위의 방심 상태에서 깨어난 뒤, 나는 쓸쓸함에 가슴이 두근거렸다. 그런 기분일 때 나는 또 내 과거와 미래를 생각했다. 다리를 달각달각 건너면서 이런저런 생각을 떠올리고 몽상했다. 그리고 마지막엔 한숨을 쉬고 이렇게 생각했다. 훌륭해질 수 있을까?

(중략)

무엇보다도 너는 남들보다 뛰어나야만 해, 라는 협박조의 생각에서였지만, 사실 나는 공부하고 있었다. 3학년이 되고 나서는 항상 반의 수석이었다. 점수 벌레라고 불리지 않고 수석이 되기란 힘겨웠지만, 나는 그런 조롱을 받지 않았을 뿐 아니라 급우를 길들이는 요령까지 터득했다. 별명이 문어인 유도부 주장조차 내겐 고분고분했다. 교실 구석에 큼직한 항아리 휴지통이 있었는데, 내가 가끔 그걸 가리키며 문어도 항아리에 들어갈래? 하면 문어는 그 항아리에 머리를 집어넣고 웃는다. 웃음소리가 항아리에 울리면서 이상한 소리를 냈다. 반의 미소년들도 대개 나를 따랐다. 내가 얼굴의 뾰루지에 삼각형이나 육각형, 꽃 모양으로 자른 반창고를 여기저기 마구 어지러이 붙여도 아무도 우스워하지 않았을 정도다.

나는 이 뾰루지로 마음고생을 했다. 그 무렵에는 더욱 수가 늘어나, 매일 아침 눈을 뜰 때마다 손바닥으로 얼굴을 어루만지며 상태를 확인했다. 여러 가지 약을 사서 발랐지만 효과가 없었다. 나는 그걸 사러 약국에 갈 때는 쪽지에 약 이름을 써서, 이런 약이 있나요? 하고 마치 다른 사람한테 부탁받았다는 듯이 말하지 않으면 안 되었다. 나는 그 뾰루지가 욕정의 상징이라는 생각에 눈앞이 캄캄해질 정도로 창피했다. 차라리 죽어 버릴까? 이런 생각까지 했다. 내 얼굴에 대한 가족들의 악평도 절정에 달했다. 시집간 큰누나는, 오사무에게 올 색시는 아무도 없을 거야, 라는 말까지 했다고 한다. 나는 부지런히 약을 발랐다.

남동생도 내 뾰루지를 걱정해서 나 대신 몇 번이고 약을 사다 주었다. 나와 동생은 어릴 적부터 사이가 나빠서 동생이 중학교 입학시험을 봤을 때, 나는 동생이 시험에 떨어지길 바랐을 정도였다. 하지만 이렇게 둘이서 고향을 떠나오니, 나도 동생의 좋은 성격을 조금씩 알게 되었다. 동생은 자라면서 말이 없어지고 내성적이 되었다. 우리 동인 잡지에도 이따금 소품을 실었지만, 대부분 소심한 문장이었다. 나에 비해 학교 성적이 좋지 못한 걸 줄곧 괴로워했고, 내가 위로라도 하면 되레 성질부렸다. 또한 자신의 이마 선이 후지산처럼 삼각형이라 여자 같다고 못마땅히 여겼다. 이마가 좁은 탓에 머리가 이토록 나쁜 거라고 굳게 믿었다. 나는 이 남동생에게만은 뭐든 허락했다. 나는 그 무렵, 사람을 대할 때 죄다 감춰 버리든가 죄다 드러내 버리든가, 둘 중 하나였다. 우리는 무엇이든 털어놓고 이야기했다.

초가을 어느 달 없는 밤에, 우리는 항구의 잔교로 나가 해협을 건너오는 선선한 바람을 쐬면서 빨간 실에 대해 이야기를 나누었다. 그건 언젠가 학교의 국어 선생님이 수업 중에 학생들에게 들려준 이야기였다. 우리들 오른쪽 새끼발가락에는 눈에 보이지 않는 빨간 실이 묶여 있는데, 술술 길게 내뻗은 그 실 한쪽 끄트머리는 반드시 어떤 여자아이의 같은 발가락에 묶여 있다. 두 사람이 아무리 떨어져 있어도 그 실은 끊어지지 않는다. 아무리 가까이 다가가도, 가령 길에서 우연히 마주쳐도 그 실은 엉키는 법이 없다. 그래서 우리는 그 여자아이를 신부로 맞이하도록 되어 있다. 나는 이 이야기를 처음 들었을 때 상당히 흥분해서, 집에 돌아가자마자 동생에게 이야기해 주었을 정도였다. 우리는 그날 밤도 파도 소리, 갈매기 소리에 귀 기울이며 그 이야기를 했다. 네 와이프는 지금쯤 무얼 하고 있을까? 동생에게 물었더니 동생은 잔교의 난간을 두 손으로 두세 번 흔들어 대고 나서, 정원을 걷고 있어, 하고 쑥스러운 듯 말했다. 정원용 큼직한 신발을 신고 부채를 들고 달맞이꽃을 바라보는 소녀는, 동생과 너무나도 잘 어울린다고 생각했다. 내가 말할 차례였지만 나는 깜깜한 바다에 눈길을 준 채, 빨간 허리띠를 맸어, 라고만 하고 입을 다물었다. 해협을 건너오는 연락선이 커다란 여관처럼 수많은 방마다 노란 불을 밝히고, 흔들흔들 수평선 위로 떠올랐다.

이 남동생은 그러고 나서 이삼 년 뒤에 죽었는데, 당시 우리는 이 잔교에 가는 걸 좋아했다. 겨울 눈 내리는 밤에도, 우산을 쓰고 동생과 둘이서 이 잔교에 갔다. 깊은 항구 바다에,

눈이 사박사박 내리는 것은 멋스럽다. 최근엔 아오모리항에
도 선박이 잔뜩 모여들다 보니, 이 잔교도 배로 온통 뒤덮이다
시피 하여 경치랄 게 못 된다. 그리고 스미다가와 비슷한 너른
강이란, 아오모리시 동부를 흐르는 쓰쓰미가와강을 말한다.
곧장 아오모리만(灣)으로 쏟아져 든다. 강이라는 건, 바다로
흘러들기 직전 한곳에서 기묘하게 멈칫거리며 마치 역류하듯
흐름이 굼떠지는 법이다. 나는 그 굼뜬 흐름을 바라보다 멍한
상태가 되었다. 좀 거슬리는 비유를 한다면, 내 청춘도 강에서
바다로 흘러들기 직전이었으리라. 아오모리에서 사 년은, 그런
까닭에 내겐 잊어버리기 힘든 기간이었다고도 말할 수 있으리
라. 아오모리에 대한 추억은 대체로 그러한데, 이 아오모리시
에서 삼 리 남짓 동쪽에 있는 아사무시(淺蟲)라는 해안 온천
도, 내겐 잊을 수 없는 지역이다. 역시나 그 「추억」이라는 소설
가운데 다음과 같은 구절이 있다.

　가을이 되어 나는 그 도시에서 기차로 삼십 분 남짓 걸리는
해안의 온천지에 동생을 데리고 갔다. 그곳에서는 어머니와
병을 앓았던 막내 누나가 집을 빌려 온천 요양을 하고 있었
다. 나는 쭉 거기 머물며 시험 공부를 계속했다. 나는 수재라
는 꼼짝달싹 못 하는 명예를 위해 어떡해서든 중학 4학년에서
고등학교에 진학하는 모습을 보여야만 했다. 나의 학교 기피
증은 그 무렵 한층 심해졌는데, 뭔가에 쫓기고 있던 나는 그
래도 한결같이 공부했다. 나는 거기서 기차로 학교에 다녔다.
일요일마다 친구들이 놀러 왔다. 우리는 이미 미요 일을 잊은

것 같았다. 나는 친구들과 반드시 소풍을 나갔다. 해안의 평평한 바위 위에서, 고기전골을 만들고 포도주를 마셨다. 동생은 목소리도 좋고 새로운 노래를 많이 알고 있어서, 우리는 동생한테 배워 다 같이 불렀다. 놀다 지쳐 그 바위 위에서 잠이 들었다가, 눈을 뜨면 육지와 이어졌던 바위가 만조가 되면서 어느새 외딴섬이 되고 말아, 우리는 아직도 꿈속에 있는 느낌이었다.

드디어 청춘이 바다로 흘러들었는걸! 하며 농담을 건네고 싶은 참이랄까. 이 아사무시 바다는 깨끗해서 나쁘진 않은데, 그러나 여관은 꼭 좋다고는 할 수가 없다. 을씨년스러운 도호쿠(東北)의 어촌 분위기는 그야 당연한 일이라 결코 나무랄 건 못 되지만, 그러고도 우물 안 개구리가 대해(大海)를 모르는 듯한 곰상스레 묘한 거만함을 느끼고 그만 질려 버린 건 나뿐일까. 자기 고향의 온천이니까 큰맘 먹고 험담을 하는 거지만, 시골인 주제에 어딘가 세상살이에 닳고 닳은 듯한, 묘한 불안감이 느껴져 어쩔 수가 없다. 나는 최근 이 온천지에 묵은 적은 없지만, 숙박비가 엉? 하고 놀랄 만큼 비싸지 않다면 다행이다. 이건 분명히 내 말이 지나친 것으로, 나는 최근 들어 이곳에 숙박한 적이 없고, 그저 기차 창문으로 이 온천 고장의 집들을 바라보면서 가난한 예술가의 소심한 직감으로 이야기하고 있을 뿐 달리 아무런 근거도 없는 터라, 나는 나의 이 직관을 독자에게 억지로 밀어붙이고 싶진 않다. 오히려 독자는, 나의 직관 따윈 믿지 않는 편이 좋을지도 모른다. 아사무시도 지금은 분명 조출한 요양지로 다시 출발하고 있음이 틀림없다고 여긴다. 다만 아오모리시의 혈기 왕성한 풍류객들이 어느 한 시기에 이 썰렁한 온천지를 기괴할 만치 흥분시킴으로써, 여관 안주인으로 하여 아타미, 유가와라의 여관도 참으로 이러할까! 하고, 허름한 집에서 어리석은 환영에 취하게끔 만든 적이 있지 않겠는가 싶은 의혹이 언뜻 뇌리를 스쳐, 여행 중인 성질 비뚤어진 궁핍한 문사는 최근 빈번히 이 추억의 온천지를 기차로 통과하면서도 굳이 하차하지 않았다는 이야기일 뿐이다.

쓰가루에서는 아사무시 온천이 가장 유명하고, 그다음은 오와니〔大鰐〕 온천이 될지도 모르겠다. 오와니는 쓰가루 남단에 가깝고 아키타현과의 경계에 가까운 곳이라, 온천보다도 스키장 때문에 일본 전체에 두루 알려진 듯하다. 산록 온천이다. 이곳에는 쓰가루번 역사의 내음이 어렴풋이 남아 있었다. 내 육친들이 이 온천지에도 여러 차례 탕치하러 왔기에 나도 소년 시절 놀러 갔지만, 아사무시만큼 선명한 추억은 남아 있지 않다. 그런데 아사무시의 이런저런 추억은 선명한 동시에 그 추억이 죄다 반드시 유쾌하다고는 할 수 없는 데 비해, 오와니의 추억은 흐릿하긴 해도 그립다. 바다와 산의 차이일까? 나는 벌써 이십여 년이나 오와니 온천을 보지 못했는데, 지금 보면 역시나 아사무시처럼 도회지가 못다 먹고 남긴 진수성찬의 취기에 젖은 채 황폐한 느낌이 들려나? 나는 끝까지, 단념하진 않으련다. 이곳은 아사무시에 비해, 도쿄 방면으로 교통편이 대단히 나쁘다. 그 점이, 우선 내겐 의지할 밧줄이다. 또

이 온천 바로 근처에 이카리카세키라는 곳이 있는데, 거긴 옛날 번 시대 쓰가루 아키타 간의 관문인 터라 이 주변에는 사적도 많고 오래전 쓰가루 사람들의 생활이 뿌리 깊게 남아 있을 게 틀림없으니까, 그렇듯 손쉽게 도회지풍으로 휩쓸리리라고는 여겨지지 않는다. 게다가 또 마지막 의지할 굵은 밧줄은, 여기서 삼 리 북쪽에 히로사키 성이 지금도 여전히 천수각을 고스란히 간직하고서 해마다 따뜻한 봄날이면 벚꽃에 에워싸여 그 건재함을 뽐내고 있다는 사실이다. 이 히로사키 성이 그 자리에 있는 한, 오와니 온천은 도회지가 남긴 술 한 모금 홀짝거리다 고약하게 주정하는 일 따윈 없으리라고 나는 굳게 믿고 싶은 거다.

히로사키 성. 이곳은 쓰가루번 역사의 중심이다. 쓰가루 번주(藩主)의 시조인 오우라 다메노부는 세키가하라 전투에서 도쿠가와 편에 가세하여 게이초 8년(1603년), 도쿠가와 이에야스의 쇼군 임명과 더불어 도쿠가와 막부 내 사만 칠천 섬 제후가 되면서 곧장 히로사키의 높다란 구릉에 성과 해자의 구획을 시작했다. 2대 번주 쓰가루 노부히라 때에 이르러 마침내 완성을 본 것이 이 히로사키 성이라고 한다. 그로부터 대대로 번주는 이 히로사키 성에 웅거했고, 4대 노부마사 때 일족인 노부후사를 구로이시〔黑石〕로 분가시켜 히로사키, 구로이시 두 번으로 나뉘어 쓰가루를 지배했다. 겐로쿠[8]의 일곱 명군 중에서도 으뜸이라고까지 칭송받은 노부마사의 선정은 쓰

8) 에도 시대 중기, 1688~1704년의 연호.

가루의 면목을 대단히 새롭게 했으나, 7대 노부야스 시기 호레키 및 덴메이 대기근[9]은 쓰가루 일대를 처참한 지옥으로 바꿔 놓았고, 번의 재정 또한 극도의 궁핍에 이르러 앞날이 암담한 가운데서도 8대 노부하루, 9대 야스치카는 필사적으로 번의 세력 회복을 도모했다. 11대 유키쓰구 시대에 이르러 가까스로 위기를 벗어났고, 이어 12대 쓰구아키라 시대에 무사히 번적(藩籍)을 반환해 여기에 현재의 아오모리현이 탄생했다는 경위는 히로사키 성의 역사인 동시에 또한 쓰가루 역사의 개요이기도 하다. 쓰가루 역사에 대해서는 또 나중 페이지에서 상술할 예정인데, 지금은 히로사키에 대한 나의 옛 추억을 조금 쓰고 이 쓰가루 서편을 마무리하련다.

나는 이 히로사키 성하(城下) 시내에 삼 년 있었다. 히로사키 고등학교 문과에 삼 년 있었는데, 그즈음 나는 기다유[10]에 푹 빠져 있었다. 몹시 수상쩍은 일이었다. 방과 후 귀갓길에는 기다유 여자 선생님 집에 들렀고, 처음에는 「나팔꽃 일기」였던가, 뭐가 뭔지 지금은 깡그리 잊어버리고 말았지만, 「노자키무라」, 「쓰보사카」 그리고 「가미지」 같은 건 당시엔 웬만큼 익히고 있었다. 어째서 그런 분수에 걸맞지 않은 기괴한 일을 시작했던가? 나는 그 책임 전부를 이 히로사키시에 씌울 생각은 없지만, 그래도 그 책임의 한 가닥은 히로사키시가 떠맡

---

9) 호레키는 1751~1764년, 덴메이는 1781~1789년의 연호. 특히 덴메이 대기근(1782~1784년) 때는 영내 인구 3분의 1에 가까운 팔만 명이 사망했다고 전한다.
10) 기다유부시의 준말. 샤미센을 반주로 하여 이야기를 엮어 나간다.

아 주었으면 싶다. 기다유가 이상스레 번성하는 고장이다. 이 따금 아마추어 기다유 발표회가 시내 극장에서 열린다. 나도 한번 들으러 갔는데, 지역 어르신들이 말쑥하니 가미시모[11]를 입고 진지하게 기다유를 읊조리고 있었다. 다들 그다지 능숙 하진 않지만, 조금도 거슬리는 데가 없고 무척이나 양심적인 가락으로, 엄청 진지하게 읊조리고 있다. 아오모리시에도 예 전부터 풍류인이 적지 않았던 모양인데, 게이샤들로부터 "오 라버니, 훌륭해요!" 그저 이런 소릴 듣고픈 탓에 하우타[12]를 익히고, 또 자신의 풍류인 품새를 정책이나 상술의 무기로 삼 는 빈틈없는 사람마저 있는 듯하다. 변변찮은 예능에 하릴없 이 멍청스레 비지땀을 흘리며 공부하는 이렇듯 가련한 어르 신은, 히로사키시 쪽에 다수 눈에 띄는 것 같다. 요컨대 이 히로사키시에는 아직껏, 진짜배기 멍청이가 남아 있는 모양 이다. 『에이케이 군기〔永慶軍記〕』라는 고서에도, "오우〔奧羽〕[13] 두 지역 사람들 마음이 어리석어 권세가에게도 복종할 줄 모 르니, 그이는 조상의 적이야! 이이는 미천한 자야! 단지 시절 의 무운(武運) 드세어, 위세를 떨칠 뿐이다, 하며 복종하지 않 는다." 이런 말이 적혀 있다는데, 히로사키 사람에겐 그렇듯 진짜배기 바보 옹고집이 있어, 패배하고 패배해도 강자에게 고개 숙여 절할 줄을 모른 채 고고한 자긍심을 고수하여 세

---

11) 에도 시대 무사의 예복.
12) 샤미센에 맞추어 부르는 짧은 속요.
13) 옛날의 무쓰〔陸奥〕, 데와〔出羽〕 두 지방을 가리킨다. 현재의 아오모리, 이와테, 야마가타, 아키타, 미야기, 후쿠시마 지역.

상의 비웃음거리가 되는 경향이 있는 듯하다. 나 또한 이곳에 삼 년 머문 덕택에, 어지간히 회고(懷古)풍으로 기다유에 열중하거나 또 다음과 같은 낭만성을 발휘하는 그런 남자가 되었다. 다음 문장은 나의 옛 소설의 한 구절로, 역시나 익살스러운 허구임은 틀림없지만 그래도 대략 분위기는 얼추 이런 식이었다, 라고 쓴웃음 지으며 털어놓지 않을 수 없다.

　　찻집에서 포도주를 마시는 동안은 좋았습니다만, 얼마 안 가 요릿집으로 어슬렁어슬렁 들어가서는 게이샤와 함께 밥을 먹는 일 따월 익혔습니다. 소년은 그걸 별로 나쁜 일이라고 생각지도 않았습니다. 멋들어진, 쓸모없는 행동거지가 언제나 가장 고상한 취미라고 믿었습니다. 성시(城市)의 오래되고 조용한 요릿집으로 두 번 세 번 밥을 먹으러 들락거리는 사이, 소년의 멋 부리기 본능은 또다시 꿈틀 고개를 쳐들어, 이번엔 그야말로 야단이 나고 말았습니다. 연극 「메구미의 싸움」에서 본 도비[14] 복장으로 요릿집 안뜰을 마주한 객실에서 책상다리를 한 채, 오호! 누님, 오늘 무지무지 예쁘잖아! 어쩌고, 말해 보고 싶어 두근두근 설레면서, 그 복장 준비에 들어갔습니다. 감색 하라가케.[15] 그건, 금세 구했습니다. 그 하라카케의 주머니에 고풍스러운 지갑을 넣고 이처럼 양손을 품에 지른 채 걸으면, 그

---

14) 토목, 건축 공사에 종사하는 노무자. 대개 소방수를 겸했다.
15) 목수, 미장이 등이 입는 배두렁이처럼 생긴 작업복. 가슴과 배를 덮고 아래쪽에 주머니가 달려 있다.

럴싸한 야쿠자로 보입니다. 가쿠오비[16]도 샀습니다. 단단히 죄어 매면 찍, 소리가 나는 하카타 띠입니다. 줄무늬 무명 홑옷을 한 벌, 포목점에 부탁해 맞추었습니다. 도비 인부인지 노름꾼인지 점원인지, 영문을 알 수 없는 복장이 되고 말았습니다. 통일성이 없습니다. 어쨌거나 연극에 나올 법한 인물이라는 인상을 줄 수 있는 복장이면, 소년은 그걸로 만족했습니다. 초여름 무렵이라, 소년은 맨발에 아사우라조리[17]를 신었습니다. 거기까진 좋았습니다만, 퍼뜩 소년은 묘한 걸 생각해 냈습니다. 그건 바로 모모히키[18]였습니다. 감색 무명의 착 들러붙는 기다란 모모히키를, 연극 속 도비가 입고 있었던 듯한데, 그걸 갖고 싶다고 생각했습니다. 못난 놈! 하면서 냅다 옷자락을 걷어 올리고, 홱 돌변해 싸울 태세. 그때 감색 모모히키가 눈에 스며들 만큼 도드라집니다. 사루마타[19] 하나만으론, 안 됩니다. 소년은 그 모모히키를 사들이기 위해 성하 시내를 구석구석 뛰어 돌아다녔습니다. 아무 데도 없습니다. 저기요, 있잖아요, 그 미장이 아저씨들이 입는 거 말이에요, 딱 붙는 감색 모모히키, 그런 거 없을까요? 열심히 설명해 가며 포목점, 버선 가게로 물어물어 다녔지만, 글쎄 그건, 지금은, 하고 가게 사람들은 웃으면서 고개를 저었습니다. 이미 꽤 무더울 즈음이라, 소년은 땀투성이로 찾아 헤매다가 드디어 어떤 가게 주인한테서, 그건 우리 집엔

---

16) 두 겹으로 되어 빳빳하고 폭 좁은 남자용 허리띠.
17) 삼실로 엮은 끈목을 소용돌이 모양으로 바닥에 댄 짚신.
18) 타이츠 비슷한 남성용 하의. 장인, 도비, 인력거꾼 등이 입는다.
19) 짧은 모모히키.

없는데 골목을 돌면 소방용품 전문점이 있으니까 그리 가서 물어 보면 혹시 알 수 있을지도 몰라요, 라는 좋은 말씀을 들었습니다. 그러네! 소방을 미처 떠올리지 못했네! 도비라 하면, 불 끄는 사람이니 지금의 소방관이잖아, 과연! 맞는 말이야! 신바람이 나서, 알려 준 그 골목 가게로 뛰어 들어갔습니다. 가게에는 크고 작은 소화 펌프가 진열되어 있었습니다. 소방 장대도 있습니다. 어쩐지 불안해지는 걸 그래도 용기를 짜내어, 모모히키 있어요? 물었더니, 있습니다. 즉각 대답하며 들고나온 것은 감색 무명 모모히키가 틀림없지만, 모모히키 양 바깥쪽에 소방 표시인 빨강 선이 굵게 세로로 떡하니 그어져 있었습니다. 아무려나 그걸 입고 다닐 용기가 없어, 소년은 쓸쓸히 모모히키를 단념할 수밖에 없었습니다.[20]

아무리 바보의 본고장인들, 이 정도 바보는 흔치 않을지도 모른다. 베껴 쓰면서 작자 자신, 살짝 우울해졌다. 이곳, 게이샤들과 함께 밥을 먹은 요릿집이 있는 유흥가를 '팽나무 골목'이라 하지 않았나? 여하튼 이십여 년쯤 옛일이다 보니 기억도 아스라이 또렷하지 않은데, 오미야노사카 아래 팽나무 골목, 이라는 곳이었다고 기억한다. 또한 감색 모모히키를 사러 땀투성이가 되다시피 돌아다닌 곳은 도테마치〔土手町〕, 성시에서 가장 번화한 상점가다. 그에 비해 아오모리의 유흥가 이름은 하마마치〔濱町〕다. 그 이름에 개성이 없는 듯 여겨진다.

---

20) 다자이 오사무, 「멋쟁이 동자」.

히로사키의 도테마치에 맞먹는 아오모리의 상점가는 오마치
〔大町〕라고 불린다. 이것도 마찬가지로 여겨진다. 내친김에, 히
로사키 지역명과 아오모리 지역명을 아래에 열거해 보련다.
이 두 소도시의 성격 차이가 뜻밖에 분명히 드러날지도 모른
다. 혼초〔本町〕, 자이후초〔在府町〕, 도테마치, 스미요시초〔住吉
町〕, 오케야마치〔桶屋町〕, 도야마치〔銅屋町〕, 자바타케초〔茶畑
町〕, 다이칸초〔代官町〕, 가야초〔萱町〕, 햣코쿠마치〔百石町〕, 가
미사야시마치〔上鞘師町〕, 시모사야시마치〔下鞘師町〕, 뎃포마치
〔鐵砲町〕, 와카도초〔若黨町〕, 고비토초〔小人町〕, 다카조마치〔鷹
匠町〕, 고짓코쿠마치〔五十石町〕, 곤야마치〔紺屋町〕. 이러한 것
이 히로사키시의 거리 이름이다. 그에 비해 아오모리시의 거
리 이름은 다음과 같다. 하마마치, 신하마마치〔新濱町〕, 오마
치, 고메마치〔米町〕, 신마치〔新町〕, 야나기마치〔柳町〕, 데라마치
〔寺町〕, 쓰쓰미마치〔堤町〕, 시오마치〔鹽町〕, 시지미가이마치〔蜆
貝町〕, 신시지미가이마치〔新蜆貝町〕, 우라마치〔浦町〕, 나미우치
〔浪打〕, 사카에마치〔榮町〕.

하지만 나는 히로사키시를 상급 지역, 아오모리시를 하급
지역이라고 생각하는 건 결코 아니다. 다카조마치, 곤야마
치 같은 회고적인 이름은 딱히 히로사키시에만 한하는 지역
명이 아니라, 일본 전국의 성시에 어김없이 그런 이름의 동네
가 있는 법이다. 아무렴, 히로사키시의 이와키산〔岩木山〕[21]은

---

21) 히로사키시 북서쪽에 위치하며, 표고 1,625미터. '쓰가루 후지'라는 별
칭으로 널리 알려져 있다.

아오모리시의 핫코다산〔八甲田山〕보다도 수려하다. 그런데 쓰가루 출신으로 소설의 명인, 가사이 젠조[22] 씨는 향토의 후배에게 이런 말로 깨우치고 있다. "우쭐거려선 안 돼! 이와키산이 멋있어 보이는 건, 이와키산 주위에 높은 산이 없어서야. 다른 고장에 가 봐. 저만한 산은, 쌔고 쌨어. 주위에 높은 산이 없으니까, 그토록 흐뭇해 보이는 거지. 우쭐거려선 안 돼!"

역사를 지닌 성시는 일본 전국에 무수하다고 할 만치 많이 있건만, 어째서 히로사키의 성시 사람들은 그리도 고집스레 그 봉건성을 자랑삼다시피 하는 걸까? 대놓고 정색하며 말할 것도 없지만, 규슈〔九州〕, 사이고쿠〔西國〕, 야마토〔大和〕 등지와 비교하면 이 쓰가루 지방은 거의 하나같이 신개척지라고 해도 좋을 법한 땅이다. 전국에 자랑할 만한 어떠한 역사를 지니고 있는가? 가깝게는 메이지 유신 때인들, 이 번(藩)에서 어떤 근왕[23] 인사가 나왔는가? 번의 태도는 어떠하였나? 노골적으로 말해, 그저 타 번의 준마 꼬리에 매달려[24] 처신했을 뿐 아니었던가? 대체 어디에 뽐낼 만한 전통이 있나? 그런데도 히로사키 사람은 어째선지 완고하게 어깨를 치켜올리고 있다. 그러고는 아무리 강한 세력가일지라도, 그이는 미천한

---

22) 葛西善藏(1887~1928). 히로사키시 출신 작가. 자신의 힘겨운 생활 경험을 묘사한 사소설을 남겼다.
23) 임금을 위하여 충성을 다함.
24) 쉬파리가 준마의 꼬리에 매달려 하루에 천 리를 갔다는 고사. 즉 재능 없는 사람이 훌륭한 사람을 뒤따라 자기 능력 밖의 일을 이룬다는 뜻.

자야! 단지 시절의 운 드세어 위세를 떨칠 뿐이다, 하며 복종하지 않는다. 이 지방 출신의 육군 대장 이치노헤 효에 각하는 귀향할 때면 반드시 일본 옷에 모직 하카마 차림이었다는 이야기를 들었다. 장군 복장으로 귀향했다간 향리 사람들이 당장 눈을 부릅뜨고 설쳐 대며, 그이가 뭐 대단한가? 단지 시절의 운 드세어 어쩌고, 말하리라는 걸 알았기에 현명하게, 귀향 때는 일본 옷에 모직 하카마 차림으로 정했다는 이야기를 들었는데, 전부 사실은 아닐지라도 이러한 전설이 떠오르는 것도 무리가 아니라고 여겨질 만큼 히로사키 성시 사람들에겐 뭐가 뭔지 통 알 수 없는 껄끄러운 반골 기질이 있는 듯하다. 무얼 감추리! 사실은 내게도 그런 다루기 까다로운 뼈가 하나 있어, 그것 때문만은 아닐 테지만 뭐, 덕택에 여태껏 하루 벌어 하루 꾸려가는 연립주택 살림을 벗어나지 못한 채인 거다. 몇 년 전, 나는 어느 잡지사로부터 '고향에 보내는 말'을 요청받아 그 응답으로 말하길,

그대를 사랑하고, 그대를 미워하노라.

히로사키의 험담을 흠씬 늘어놓았지만, 이건 히로사키에 대한 증오가 아닌 작자 자신의 반성이다. 나는 쓰가루 사람이다. 나의 조상은 대대로 쓰가루번의 농민이었다. 말하자면 순수 혈통 쓰가루인이다. 그러니 조금도 허물없이, 이처럼 쓰가루의 험담을 하는 거다. 타지 사람이 만약 나의 이러한 험담을 듣고서 안이하게 쓰가루를 얕본다면, 나는 역시나

불쾌히 여기리라. 뭐라 하건, 나는 쓰가루를 사랑하고 있으
니까.

히로사키시. 현재 세대 수는 일만, 인구는 오만 남짓. 히로
사키 성, 사이쇼인〔最勝院〕의 오층탑은 국보로 지정되어 있다.
벚꽃 필 무렵의 히로사키 공원은 일본 제일이라고, 다야마 가
타이[25]가 보증했다고 한다. 히로사키 사단의 사령부가 있다.
산 참배, 매년 음력 7월 28일부터 8월 1일까지 사흘간, 쓰가
루의 영봉(靈峯) 이와키산 꼭대기 신사에서 열리는 제례에 참
배하는 사람 수만 명, 참배하러 오가다 춤추면서 이곳을 통
과하고 시내는 더없이 흥청거린다. 여행 안내장에는 우선 대
충 그러한 내용이 적혀 있다. 하지만 나는, 히로사키시를 설명
하는 데, 그것만으로는 아무래도 불만족스럽다. 그런 까닭에
이리저리 어릴 적 기억을 더듬어 무언가 한 가지, 히로사키의
면모를 생생히 드러낼 만한 것을 묘사하고 싶었으나, 이도 저
도 하잘것없는 추억뿐이고 잘 풀리지 않아, 급기야 나 자신도
미처 예상치 못한 험한 욕설 따위가 튀어나오니, 작자 스스로
어찌할 바를 모를 따름이다. 나는 이 옛 쓰가루번의 성시에
지나치게 구애되고 있다. 이곳은 우리 쓰가루인에게 궁극적
영혼의 의지처라야 하건만, 어쩐지 그걸로는, 나의 지금까지
설명만으론 이 성시의 성격이 아직은 한참 애매하다. 벚꽃에
에워싸인 천수각은, 오직 히로사키 성에만 있는 게 아니다. 일

---

25) 田山花袋(1871~1930). 소설가. 적나라한 현실 묘사를 주장했으며, 대
표작으로 「이불」, 「시골 교사」 등이 있다.

본 전국 대부분의 성은 벚꽃에 에워싸여 있지 않나? 그 벚꽃
에 에워싸인 천수각이 곁에 자리 잡고 있다 한들, 오와니 온
천이 쓰가루의 내음을 지켜낼 수 있으리라고 정해진 게 아니
잖나? 히로사키 성이 그 자리에 있는 한, 오와니 온천은 도회
지가 남긴 술 한 모금 홀짝거리다 고약하게 주정하는 일 따윈
없으리라고, 바로 앞서, 되게 흥에 겨워 썼을 터인데, 여러모로
생각하고 거듭 생각해 보면 그것도 단지 작자의 칠칠하지 못
한 미문(美文)투 감상에 지나지 않은 듯한 느낌이 들어, 이것
저것 죄다 기댈 게 못 되니 그저 마음 허전할 뿐이다. 도무지
이 성시는 칠칠하지 못하다. 옛 번주 대대로 성이 있는데도,
현청을 다른 신흥 도시에 빼앗겼다. 일본 전국, 대부분 현청
소재지는 옛 번의 성시다. 아오모리현의 현청을 히로사키시
가 아니라 아오모리시에 가져갈 수밖에 없었던 부분에, 아오
모리현의 불행이 있었다는 생각마저 나는 하고 있다. 나는 결
코 아오모리시를 유달리 싫어하는 게 아니다. 신흥 지역의 번
영을 보는 것 역시 상쾌하다. 나는 다만, 이 히로사키시가 패
배하고서도 빈둥빈둥 무사태평 낯인 게 안달이 난다. 패배한
자에게 가세하고 싶은 건 자연스러운 인정이다. 나는 어떡해
서든 히로사키시의 편을 들어 주고 싶기에 서툴기 짝이 없는
문장으로나마 이리저리 궁리해 힘껏 써 왔지만, 히로사키시의
결정적 미점(美點), 히로사키 성의 독특한 강점을 끝내 묘사하
지는 못했다. 거듭 말한다. 이곳은 쓰가루인 영혼의 의지처다.
무언가 있을 터이다. 일본 전국, 어디를 찾아도 눈에 띄지 않
는 특이하고 멋들어진 전통이 있을 터이다. 나는 그걸 분명히

예감하고 있지만, 그게 무엇인지 형태로 드러내어 또렷이 이거라고 독자에게 과시할 수 없음이, 참을 수 없이 분하다. 이 안타까움!

봄날 해 질 녘이었다고 기억하는데, 히로사키 고등학교 문과생이었던 나는 혼자 히로사키 성을 찾아가, 성 광장의 한 귀퉁이에 서서 이와키산을 저 멀리 바라보았을 때, 퍼뜩 발밑으로 꿈처럼 시내가 고즈넉이 펼쳐져 있는 걸 깨닫고, 오싹 놀란 적이 있다. 나는 그때까지 이 히로사키 성이, 히로사키의 변두리에 고립해 있는 줄로만 여기고 있었다. 그런데, 보라! 성 바로 아래, 내가 여태껏 본 적도 없는 고아(古雅)한 시내가, 수백 년이나 옛 모습 그대로 작은 처마를 나란히 잇대고 숨죽인 채 고즈넉이 웅크리고 있었던 거다. 아아! 이런 곳에도 동네가 있네! 어린 나는 꿈꾸는 듯한 기분으로, 엉겁결에 깊은 한숨을 내쉬었다. 『만요슈〔萬葉集〕』[26] 같은 데 흔히 나오는 '고모리누〔隱沼〕'[27] 비슷한 느낌이다. 나는 어째선지 그때, 히로사키를, 쓰가루를 이해한 듯한 느낌이 들었다. 이 동네가 있는 한, 히로사키는 결코 범상한 도시가 아니라고 생각했다. 그렇다 해도, 이 또한 나 홀로 우쭐대는 지레짐작이라, 독자는 무슨 얘긴지 알 수 없을지도 모르겠는데, 히로사키 성은 이 '고모리누'를 지녔으니까 희대의 명성(名城)이다, 라고 이제 와선 나도 막무가내로 밀어붙이는 수밖에 달리 없다. '고모리누' 언

---

26) 현존하는 일본 최고(最古)의 시가집. 나라 시대 말기에 완성되었으며, 약 4500수의 작품이 수록되어 있다.
27) 초목이 우거진 아래에 가려져 보이지 않는 늪.

저리에 수많은 꽃이 만발하고 하얀 벽의 천수각이 말없이 서 있다고 한다면, 그 성은 기필코 천하의 명성이 틀림없다. 그리하여 그 명성 옆의 온천도 영원히 순박한 기풍을 잃는 일이 없으리라고, 요즘 말로 하자면 '희망적인 관측'을 시도하면서, 나는 이 사랑하는 히로사키 성과 결별하기로 하련다. 생각건대 자신의 육친을 이야기하는 게 지극히 어려운 일인 거와 마찬가지로, 고향의 핵심을 이야기하는 것도 수월한 일이 아니다. 칭찬해야 할지 헐뜯어야 할지, 알 수가 없다. 나는 이 쓰가루의 서편에서 가나기, 고쇼가와라, 아오모리, 히로사키, 아사무시, 오와니에 대해 내 어릴 적 추억을 펼쳐 보이며 제 분수를 모른 채 모독하는 비평을 두서없이 늘어놓았는데, 과연 나는 이 여섯 지역을 적확하게 이야기했는지 어떤지, 그걸 생각하면 절로 우울해지지 않을 수가 없다. 그 죄가 만 번 죽어 마땅할 만큼의 폭언을 내뱉고 있는지도 모르겠다. 이 여섯 지역은 내 과거에서 나와 가장 친숙하고, 내 성격을 처음 이룬 데다 내 숙명을 규정지은 곳인 터라, 도리어 나는 이들 지역에 대해 맹목적인 구석이 있을지도 모른다. 이들 지역을 이야기하는 데에 나는 결코 적임자가 아니었음을, 지금 분명히 자각했다. 이하 본편에서 나는, 이 여섯 지역에 대해 이야기하는 건 애써 피하고 싶은 심정이다. 나는 쓰가루의 다른 지역을 이야기하련다.

어느 해 봄, 나는 태어나서 처음 혼슈 북단, 쓰가루 반도를 얼추 삼 주 남짓 걸려 일주했는데, 라는 서편의 첫머리 문장으로 마침내 이제부터 되돌아가는 셈이지만, 나는 이번 여행에서 그야말로 태어나서 처음 쓰가루의 다른 고장을 보았다. 그때까지는 난, 정말로 그 여섯 지역 말고는 알지 못했다. 초등학교 시절, 소풍 가거나 하면서 가나기 근처 몇몇 마을을 본 적은 있지만, 그건 현재의 내게 그리운 추억으로 진하게 남아 있지는 않다. 중학 시절의 여름방학에는 가나기의 생가에 돌아가도, 2층 서양식 방에서 긴 의자에 드러누운 채 사이다를 벌컥벌컥 병나발로 들이켜면서 형들의 장서를 손에 닿는 대로 마구 읽어 재끼며 지내느라 아무 데도 여행 가지 않았고, 고등학교 시절에는 방학이 되면 어김없이 도쿄, 바로 위 형(이 형은 조각을 공부하고 있었는데, 스물일곱 살에 죽었다.) 집으로 놀러 갔고, 고등학교 졸업과 동시에 도쿄의 대학으로 와서는 그걸로 뚝, 십 년이나 고향에 돌아가지 않았으니, 이번 쓰가루 여행은 내게 상당히 중대한 사건이었다고 말하지 않을 수 없다.

나는 이번 여행에서 보아 온 고장의 지세, 지질, 천문, 재정, 연혁, 교육, 위생 등에 대해, 전문가인 양 아는 척하는 의견은 삼갈 생각이다. 내가 그걸 말해 봤자, 어차피 벼락치기 공부 같은 부끄럽고 경박한 도금질이다. 그런 거에 대해 상세히 알고 싶은 사람은 그 지방의 전문 연구가에게 묻는 게 좋다. 나에겐, 또 다른 전문 과목이 있다. 세상 사람은 예컨대, 그 과목을 사랑이라 부른다. 사람의 마음과 사람의 마음이 맞닿는 걸 연구하는 과목이다. 나는 이번 여행에서, 주로 이 한 과목을 추적했다. 어느 부문으로 추적해도 결국은, 쓰가루의 현재 살아 있는 모습을 고스란히 독자에게 전할 수 있다면, 쇼와의

쓰가루 풍토기로서 우선 뭐, 합격이 아닐까 나는 생각하는데,
아아! 일이 잘 풀리면 좋으련만.

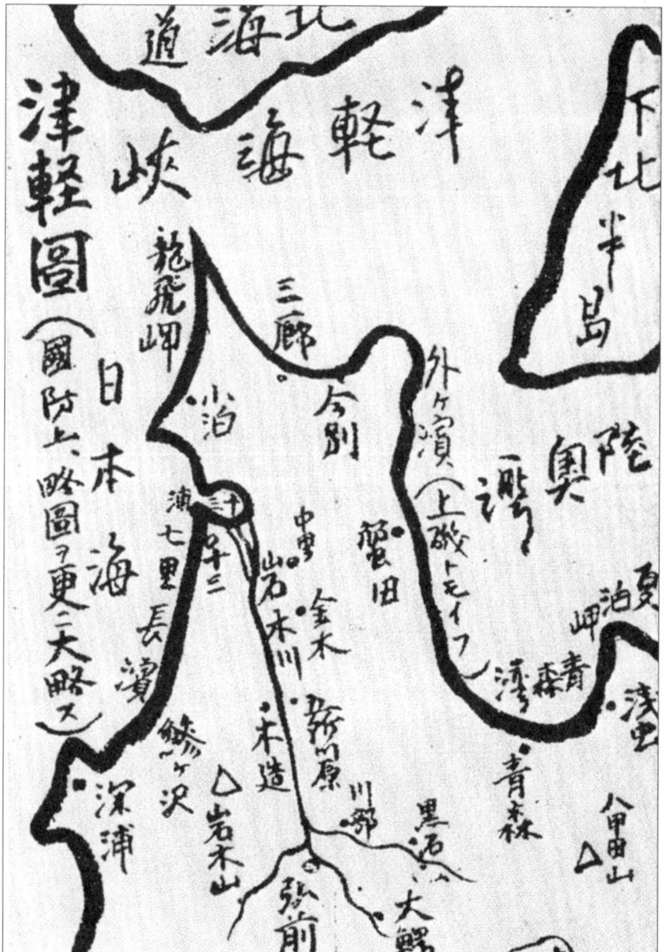
北海道
津軽海峡
津軽圖
(國防上ノ略圖ヲ更ニ大略ス)
下北半島
陸奥
日本海
龍飛岬
三厩
小泊
今別
外ヶ濱(上磯トモイフ)
十三
七里長濱
中里
蟹田
金木
岩木川
五所川原
木造
鰺ヶ沢
深浦
岩木山
川部
黒石
弘前
大鰐
青森
浅虫
夏泊岬
八甲田山
十和田湖

쓰가루 지도

본편

1. 순례

"글쎄, 왜 여행을 떠나요?"

"괴로우니까."

"당신의 '괴로워'는 입버릇이라, 도통 신용할 수 없어요."

"마사오카 시키 서른여섯, 오자키 고요 서른일곱, 사이토 료쿠우 서른여덟, 구니키타 돗포 서른여덟, 나가쓰카 다카시 서른일곱, 아쿠타가와 류노스케 서른여섯, 가무라 이소타 서른일곱."

"그게, 뭔데요?"

"그 녀석들이 죽은 나이. 픽픽 죽어 버렸어. 나도 슬슬, 그 나이야. 작가에겐 요만한 연령 때가, 가장 중요하고,"

"그리고, 괴로운 때?"

"무슨 소리야? 농담 말아. 너도 조금은 알 법도 하건만. 이제 더는, 말하지 않겠어. 말한들, 거슬리거든. 이봐, 난 여행을 떠나.”

나도 제법 나이를 먹은 탓인지, 자신의 기분 설명 따윈 거슬리는 일인 듯 여겨져, (더구나 그건, 대개 흔해 빠진 문학적 허식이니까) 아무 말도 하고 싶지 않다.

쓰가루에 대해 써 보지 않겠는가. 어느 출판사의 친한 편집자에게 전부터 이런 말을 들어 온 데다 나도 살아 있는 동안 한 번 자신이 태어난 지방을 구석구석 보아 두고 싶어서, 어느해 봄, 거지 같은 차림새로 도쿄를 출발했다.

5월 중순의 일이다. 거지 같은, 이라는 표현은 대체로 주관적인 의미로 사용한 거지만, 그러나 객관적으로 말한들 그다지 훌륭한 차림은 아니었다. 내겐 신사복이 한 벌도 없다. 근로봉사 작업복이 있을 뿐이다. 그것도 양복점에 특별히 주문해 지은 게 아니었다. 마침 집에 있던 무명 헝겊을 아내가 감색으로 물들여 점퍼 비슷한 것, 바지 비슷한 걸로 어설프게 만들어낸, 어쩐지 납득이 안 되는 낯선 모양새의 작업복이다. 물들인 직후는 천 색깔도 분명 감빛이었던 게 한두 번 입고 외출했더니 순식간에 변색해, 보랏빛 비슷한 묘한 색이 되었다. 보라색 양장은 여자라도, 웬만한 미인이 아니고선 어울리지 않는다. 나는 그 보라색 작업복에 녹색 인조섬유 각반[1]을 매고, 고무밑창의 하얀 즈크[2]화를 신었다. 모자는 인조섬유 테니스 모

---

1) 걸음을 걸을 때 가뜬하도록 발목에서 무릎 아래까지 매는 헝겊띠.
2) 네덜란드어 doek. 굵은 베실 또는 무명실로 두껍게 짠 직물.

자. 그토록 멋 부리던 사람이 이런 차림으로 여행을 떠나는 건, 태어나서 처음 있는 일이었다. 하지만 역시나 짊어진 배낭에는 어머니 유품을 수선해 새로 지어 가문(家紋) 자수가 들어간 홑겹 하오리[3]와 오시마산(産)[4] 겹옷, 그리고 센다이히라[5] 하카마를 슬며시 넣어 두었다. 언제, 어떤 일이 있을지 알 수 없다.

17시 30분 우에노 출발 급행열차를 탔는데, 밤이 이슥해지면서 몹시 추워졌다. 나는 그 점퍼 비슷한 것 안에, 얄따란 셔츠 두 장을 입었을 뿐이다. 바지 안에는 팬티뿐이다. 겨울 외투를 입고 무릎 담요 따위를 준비해 온 사람조차, 춥다! 오늘 밤 대체 어쩐 일인지 무지 춥네! 떠들썩거린다. 나도 이 추위는 뜻밖이었다. 도쿄에선 그즈음 이미, 서지 홑옷을 입고 다니는 성미 급한 사람도 있었다. 나는 도호쿠의 추위를 깜박 잊고 있었다. 나는 손발을 가능한 한 자그맣게 움츠린 채, 그야말로 영락없는 '거북이 움츠리는' 품새로, 이거야! 심두멸각(心頭滅却)[6] 수행은 이거야! 하고 자신을 다독여 보았지만, 새벽녘에 이르러 더욱더 추워지니 심두멸각 수행도 이젠 단념하고, 아아, 어서 아오모리에 도착해 어딘가 숙소 화롯가에 책

3) 기모노 위에 입는 짧은 겉옷.

4) 가고시마현 아마미오시마에서 만드는 고급 견직물. 붓으로 살짝 스친 것 같은 비백 무늬가 있다.

5) 미야기현 센다이 지방에서 생산되는 정교한 견직물.

6) 무념무상의 경지에 이르는 것. 무념무상의 경지에서는 불조차 선선하게 느껴진다는 말이 있다. 즉 어떤 고난 중에도 그걸 초월한 경지에 도달하면 고통을 느끼지 않는다는 비유.

상다리하고 앉아, 따끈하게 데운 술을 마시고 싶다! 라는 어지간히 현실적인 일을 일심으로 염원하는 볼썽사나운 꼴이 되었다. 아오모리에는 아침 8시에 닿았다. T군이 역에 마중 나와 있었다. 내가 미리 편지로 알려 두었더랬다.

"일본옷 차림으로 오시리라 생각했습니다."

"그런 시대가 아니랍니다." 나는 애써 농담 투로 그리 말했다.

T군은 딸아이를 데리고 와 있었다. 아아, 이 아이한테 줄 선물을 가져왔으면 좋았을 텐데, 하고 그때 곧바로 생각했다.

"아무튼, 우리 집에 잠시 들러 쉬시는 건?"

"고마워. 오늘 정오 무렵까지, 가니타〔蟹田〕의 N군에게 갈 생각인데."

"알고 있습니다. N씨한테 들었습니다. N씨도, 기다리시는 모양입니다. 아무튼 가니타행 버스가 나올 때까지, 우리 집에서 잠깐 쉬시는 게 어떨지요?"

화롯가에 책상다리하고 앉아 따끈하게 데운 술을, 이라는 나의 밉살스럽고 속된 염원은 기적적으로 실현되었다. T군 집에서는 이로리7)에 활활 숯불이 피어올랐고, 쇠 주전자에는 작은 술병 하나를 넣어 놓았다.

"오시느라 고생하셨습니다." T군은 새삼스레 내게 머리 숙여 인사하고, "맥주로 하는 게 나았을까요?"

"아니, 일본 술이." 나는 나직이 헛기침했다.

---

7) 방바닥 일부를 네모나게 잘라 내고 그곳에 재를 깔아 취사용, 난방용으로 불을 피우는 장치.

T군은 오래전, 우리 집에 있었던 적이 있다. 주로 닭장 일을 도맡았다. 나와 동갑이었던 터라, 사이 좋게 놀았다. "하녀들을 단단히 혼쭐내는 구석이, 그 애의 나쁜 듯 좋은 듯한 구석이야." 그 무렵 할머니가 T군을 비평하던 말을 나는 들었기에 기억한다. 그 뒤 T군은 아오모리로 나와 공부했고, 그러고는 아오모리시의 어느 병원에 근무했다. 환자한테서도 병원 직원들로부터도, 상당히 신뢰받았던 모양이다. 몇 해 전 출정하여 남방의 외딴섬에서 싸우다 병에 걸려 지난해 귀환했는데, 병을 고쳐서 다시 이전의 병원에서 일하고 있다.

"전지에서 가장, 기뻤던 일이 뭐였나?"

"그건," T군은 말이 끝나자마자 대답했다. "전지에서 배급받은 맥주를 컵에 한 잔 마셨을 때입니다. 아끼고 아끼면서 조금씩 홀짝거리는데, 도중에 컵을 입술에서 떼어 한숨 돌려야지 생각하건만, 도저히 컵이 입술에서 떨어지지 않더군요. 도저히 떨어지지 않더라고요."

T군도 술을 좋아하는 사람이었다. 하지만 지금은 조금도 마시지 않는다. 그리고 이따금, 가볍게 기침을 한다.

"어떤가? 몸은." T군은 훨씬 이전에 한 번 늑막염을 앓은 적이 있고, 이번에 그게 전지에서 재발했다.

"이번엔 전지 후방에서 봉사입니다. 병원에서 환자를 돌보는 덴, 몸소 병이 나서 한번 시달려 보지 않고선 알 수 없는 점이 있습니다. 이참에, 좋은 체험을 했지요."

"과연 훌륭한 인간이 된 것 같군. 사실 가슴의 질병 같은 건," 하고 나는, 다소 취기가 돌아 넉살 좋게도 의사에게 의학을 설명하기 시작했다. "정신의 질병인 거야. 잊어버리면, 낫게 돼 있어. 가끔은 실컷 술이라도 마시고."

"네, 뭐, 정도껏 그러고 있어요." 말하고는 웃었다. 나의 난폭한 의학은, 전문가에겐 그리 신용 받지 못하는 듯했다.

"뭘 좀 드시렵니까? 아오모리에도 요즘은, 맛있는 생선이 드물어서."

"아니야, 고맙네." 나는 옆에 차려진 밥상을 우두커니 바라보면서, "맛나 보이는 것들뿐이잖아! 성가시게 했군. 한데 난, 그다지 먹고 싶지 않아."

이번 쓰가루 여행을 앞두고, 마음속 다짐한 일이 하나 있었다. 그건, 먹거리에 담백해져라, 라는 거였다. 나는 딱히 성자(聖者)도 아니고 이런 말을 하는 건 대단히 쑥스럽지만, 도쿄 사람은 어쩐지 먹거리를 지나치게 탐낸다. 나는 자신이 케케묵은 인간인 탓인지, 무사는 굶고서도 잇새를 후빈다, 따위의 살짝 자포자기 비슷한 그 어처구니없이 무작정 버티는 모습을 우스꽝스레 여기면서도 사랑한다. 구태여 이쑤시개까지 써 가며 보여 주지 않아도 될 법하건만, 그런 게 남자의 오기다. 남자의 오기라는 건, 여하튼 우스꽝스러운 형태로 드러나기 십상이다. 도쿄 사람 중에는 오기도 활기도 없이 지방으로 가서, 저희는 지금 거의 아사할 지경에 놓였습니다, 하고 무지과장되게 궁핍을 호소하고, 그러고는 시골 사람이 내미는 흰쌀밥 같은 걸 두 손 모아 절하며 먹고, 입발림 주르르 흘려 대고, 뭔가 좀 더 먹을 건 없나요? 고구마예요? 정말 고맙습니다, 몇 달 만에 이토록 맛난 고구마를 먹는지요! 내친김에 조금 집으로 가져갔으면 싶은데, 나눠 주실 수 있을는지요? 하면서 얼굴 가득 비굴한 웃음을 띠고 탄원하는 사람이 더러 있다는 소문을 들었다. 도쿄 사람 모두가, 확실히 똑같은 양의 식료품 배급을 받고 있을 터이다. 그 사람 한 사람이, 특별히 아사할 지경에 놓였다는 건 기이하다. 어쩌면 위장 확장일지도 모르겠는데, 어쨌든 먹거리를 애원 탄원함은 꼴사납다. 나라를 위해, 어쩌고 정색하며 나서서 말하지 않더라도, 어느 세상에서건 인간으로서의 긍지는 끝까지 지녔으면 싶다. 도쿄의 소수 예외자가 지방으로 가서 마구 엉터리로 제국 수도의 식료품 부족을 호소하는 터라, 지방 사람들은 도쿄에서 온 손님을 깡그리 먹거리를 찾아 뒤지러 온 사람으로 경멸하며 처신하게 되었다는 소문도 들었다. 나는 쓰가루에, 먹거리를 찾아 뒤지러 온 게 아니다. 차림새야말로 보랏빛 거지와 흡사해도, 나는 진리와 애정의 거지다, 흰쌀 거지가 아니다! 하고, 도쿄 사람 전체의 명예를 위해서도 연설 투로 거슬리도록 한껏 뽐내며 큰소리쳐 주고 싶을 정도의 결의를 품고 쓰가루로 온 거다. 만약 누군가 나더러, 자아! 이건 흰쌀밥입니다, 배가 터지도록 드세요, 도쿄는 심각하다면서요? 하고 진심으로 호의로써 말해 줘도 나는 가볍게 한 그릇만 먹고, 그러고는 이렇게 말할 생각이었다. "익숙해진 탓인지, 도쿄 밥이 더 맛있어요. 반찬 같은 것도, 마침 떨어졌다 싶을 즈음, 바로 배급이 있습니다. 어느 틈엔가 위장이 오그라들어 작아졌으니까, 조금만 먹어도 배가 부르답니다. 정말 신통하지요."

하지만 나의 그런 뒤틀린 조심성은, 완전히 허사였다. 나는

쓰가루 이곳저곳 지인들의 집을 방문했지만, 어느 한 사람 내
게, 하얀 밥이에요, 배가 터지도록 듬뿍 먹어 두세요, 하고 말
해 준 이는 없었다. 특히나 내 생가의 여든여덟 살 할머니께서
는, "도쿄는 맛있는 게 뭐든지 있는 곳이니까, 너한테 뭔가 맛
난 걸 먹여야지 하면서도 참 난처하구나. 오이 술지게미 절임
이라도 먹이고 싶은데, 어찌 된 셈인지 요샌 술지게미도 도통
없단다." 하고 면목 없다는 듯 말하기에, 나는 참으로 행복한
심정이었다. 이를테면 나는, 먹거리 같은 거엔 그다지 민감하
지 않은 너글너글한 사람들만 만난 것이다. 나는 자신의 행운
을 신에게 감사했다. 저것도 가져가, 이것도 가져가, 하며 내게
식료품 선물을 끈덕지게 마구 떠맡긴 사람도 없었다. 덕분에
나는 가벼운 배낭을 짊어지고 홀가분히 여행을 계속할 수 있
었는데, 하지만 귀경해 보니 우리 집에는 저마다 여행지에서
상냥한 사람들이 보낸 소포가 나보다 앞서 잔뜩 와 있었기에
얼떨떨했다. 그건 여담이지만, 여하튼 T군도 더는 내게 음식
을 권하지 않았고, 도쿄의 먹거리 형편이 어떠한가 따위 이야
기는 한 번도 화제에 오르지 않았다. 주된 화제는 역시나, 예
전에 두 사람이 가나기 집에서 함께 놀던 무렵의 추억이었다.

"난, 그래도 자넬, 친구라 여기고 있네." 참으로 난폭한, 무
례한, 비아냥거리듯 뇌꼴스럽고 한껏 연극 투로 꾸민, 우쭐대
는 말이다. 나는 말해 버리고는 몸부림쳤다. 다른 식으로 말
할 수 없는 건가.

"그건, 되레 유쾌하지 않습니다." T군도 민감하게 헤아린 듯
하다. "나는 가나기의 당신 집에서 시중들었던 사람입니다. 그

리고, 당신은 주인입니다. 그리 생각하지 않으시면, 난 기쁘지 않습니다. 묘한 일이지요. 그로부터 이십 년이나 지났지만, 지금도 연신 가나기 당신 집의 꿈을 꿉니다. 전지에서도 꾸었습니다. 닭한테 모이 주는 걸 깜빡했네! 야단났다! 하면서 퍼뜩 꿈에서 깨는 일이 있습니다."

버스 시간이 되었다. 나는 T군과 함께 밖으로 나왔다. 이젠 춥지 않다. 날씨도 좋고, 게다가 따끈히 데운 술도 마셨고, 춥기는커녕 이마에 땀이 배어 나왔다. 갓포 공원의 벚꽃은 지금, 만발해 있다 한다. 아오모리시의 거리는 희읍스름하니 메말랐고, 아니, 거슴츠레 취한 눈에 비친 엉터리 인상을 늘어놓는 일은 삼가련다. 아오모리시는 지금 조선업에 힘을 쏟고 있다. 도중에, 중학 시절 내가 신세를 진 도요타 아버지의 묘를 찾아 인사하고, 버스 정류장으로 서둘렀다. 어떤가? 자네도 함께 가니타에 가지 않겠나? 하고 예전의 나라면 선뜻 말할 수 있었을 텐데, 나도 과연 나이가 들어 조금은 '사양한다'라는 걸 익히게 된 탓인지, 아니면, 아니, 까다로운 기분 설명은 관두자. 요컨대, 서로가 어른이 된 것이리라. 어른이라는 건 쓸쓸한 법이다. 서로 사랑하면서도 조심하느라, 남남처럼 서먹서먹함을 떨치지 못한다. 어째서, 그리 조심스러워야만 하는 걸까? 그 답은 별거 아니다. 멋들어지게 배신당하고, 된통 창피를 당한 적이 너무 많았기 때문이다. 사람은 믿을 게 못 된다, 라는 발견은, 청년이 어른으로 이행하는 제1과다. 어른이란, 배신당한 청년의 모습이다. 나는 말없이 걷고 있었다. 느닷없이 T군이 먼저 말을 꺼냈다.

"나는, 내일 가니타로 갑니다. 내일 아침, 첫 버스로 갑니다. N씨 집에서 만나지요."

"병원은?"

"내일은 일요일입니다."

"아이쿠, 그런가? 일찍 말하지 않고."

우리에겐 아직, 철없는 소년의 부분도 남아 있었다.

2. 가니타

쓰가루 반도의 동해안은, 예부터 소토가하마로 불리며 선박의 왕래가 번성했던 곳이다. 아오모리시에서 버스를 타고 이 동해안을 북상하면, 우시로가타, 요모기타, 가니타, 다이라다테, 잇폰기, 이마베쓰 등 지역을 통과하여 요시쓰네[1]의 전설로 이름 높은 민마야[三厩]에 도착한다. 소요 시간, 약 네 시간이다. 민마야는 버스 종점이다. 민마야에서 파도가 밀려드는 위태로운 길을 걸어 세 시간 남짓 북상하면, 닷피[龍飛] 마을에 가까스로 당도한다. 문자 그대로, 길이 끊기는 지점이다. 여기 곶은 그야말로, 아슬아슬하게 혼슈의 북단이다. 하지만 이 언저리는 최근 국방 면에서 상당히 중요한 곳이므로, 거

---

1) 미나모토노 요시쓰네(源義經, 1159~1189). 가마쿠라 막부를 세운 미나모토노 요리토모의 이복동생. 형이 막부를 세우는 데 큰 역할을 했으나, 두 사람의 불화로 인해 결국 자결이라는 비참한 최후를 맞았다. 여러 전설과 설화, 가부키 등에서 비극적 주인공으로 그려진다.

리 수치와 그 외 구체적인 사실을 기술하는 건 일절 삼가야만 한다. 아무튼 이 소토가하마 일대는, 쓰가루 지방에서 가장 오랜 역사를 지닌 곳이다. 그리고 가니타마치는 그 소토가하마에서 가장 큰 마을이다. 아오모리시에서 버스로 우시로가타, 요모기타를 지나 약 한 시간 반, 그렇다 해도 얼추 두 시간이면 이 마을에 도착한다. 이른바 소토가하마의 중심부다. 세대수는 천 남짓, 인구는 오천을 훨씬 웃도는 듯하다. 근래 신축한 지 얼마 안 되는 가니타 경찰서는, 소토가하마 노선 전체에 걸쳐 가장 당당하면서 눈에 띄는 건축물 가운데 하나이리라. 가니타, 요모기타, 다이라다테, 잇폰기, 이마베쓰, 민마야, 요컨대 소토가하마의 마을 전부가 이곳 경찰서의 관할 구역이 된다. 다케우치 운페이라는 히로사키 사람이 저술한『아오모리현 통사(通史)』에 따르면, 이 가니타 해변은 옛날에 사철(砂鐵)의 산지였다거나, 지금은 전혀 나지 않지만 게이초 연대[2]의 히로사키 성 축성 때에는 이 해변의 사철을 제련해 사용했다고 한다. 또한 간분 9년(1669년) 에조 봉기 때에는 그 진압을 위한 큰 배 다섯 척을 이 가니타 해변에서 새로 만든 적도 있고, 4대 번주 노부마사의 겐로쿠 연대에는 쓰가루 아홉 포구 가운데 하나로 지정되어 여기에 마을 행정관을 두고 주로 목재 수출을 관할하게 했다는데, 이러한 내용은 죄다 내가 나중에 조사해서 알게 된 사실이고, 그때까지 나는 가니타는 게의 명산지, 그리고 내 중학 시절의 유일한 벗인 N군이 있다

---

2) 1596~1615년.

는 것밖에 알지 못했다. 나는 이번 쓰가루를 도보 여행하면서 N군 집에도 들러 신세를 질 생각에 미리 N군에게 편지를 보냈는데, 그 편지에도 "아무것도 마음 쓸 거 없네. 당신은, 모른 척해 주시게. 마중 따윈 절대로, 나오지 마시게. 한데 사과주, 그리고 게는 꼭." 이런 식으로 써서 보냈을 터인데, 먹거리에 담백해져라, 라는 나의 자계(自戒)도 오직 게만은 예외를 인정한 셈이다. 나는 게를 좋아한다. 어째선지 좋아한다. 게, 새우, 갯가재, 아무런 영양분이 될 것 같지 않은 먹거리만 좋아한다. 그리고 즐기는 건, 술이다. 음식에는 아무 관심도 없었을 터인 애정과 진리의 사도도, 이야기가 여기에 이르러 어쩌다 그만 타고난 탐욕성의 끄트머리를 폭로하고 말았다.

가니타의 N군 집에서는, 고양이 다리 모양의 빨간 상다리가 달린 큼직한 밥상에 게를 산더미처럼 쌓아 올린 채 내가 오기만을 기다리고 있었다.

"사과주가 아니면 안 되는가? 일본 술도, 맥주도 안 되는가?" N군은, 말하기 거북하다는 듯 말한다.

안 되기는커녕 그야 사과주보다 낫기 마련이지만, 일본 술이나 맥주가 귀중하다는 것쯤 '어른'인 나는 알고 있기에, 사양하여 사과주라고 편지에 쓴 거였다. 쓰가루 지방에는 요즘, 고슈〔甲州〕의 포도주처럼 사과주가 비교적 풍부하다는 소문을 들었다.

"그야, 뭐든지." 나는 복잡한 미소를 흘렸다.

N군은 그제야 마음 놓인다는 낯으로,

"야아! 그 말 들으니 안심이네. 난 도무지 사과주를 좋아하지 않거든. 실은 마누라가 말이야, 자네 편지를 보더니, 이건 다자이가 도쿄에서 일본 술이며 맥주를 실컷 마시다가 고향 내음 물씬한 사과주를 한번 마셔 보고 싶어서, 이렇듯 편지에도 쓴 게 틀림없으니 사과주를 내놓자고요, 하기에, 나는 그럴 리 없어, 그 녀석이 맥주며 일본 술을 싫어하게 될 리가 없어, 그 녀석은 분수에 맞지 않게 사양하고 있는 게 확실하다고 말했지.”

“하지만, 부인 말씀도 빗나간 건 아니야.”

“무슨 소리! 이제 그만해. 일본 술을 먼저 하겠나? 맥주?”

“맥주는, 나중이 좋겠지.” 나도 살짝 뻔뻔스러워졌다.

“나도 그러는 게 좋아. 이봐, 술! 미지근해도 상관없으니까, 어서 가져오라고!”

어디에서나 술 잊기는 어려워라. 하늘 끝 먼 데서 친구와 옛 정을 나누네.

청운의 꿈 이루지 못하고, 백발이 성성하니 서로가 놀라는 구나.

이십 년 전 헤어져, 삼천 리 밖을 떠돌았네.

이러한 때 한 잔의 술도 없다면, 그 무엇으로 평생을 풀어 가리오.

— 백거이(白居易)[3]

----

3) 「하처난망주(何處難忘酒)」 7수 가운데 두 번째 시.

　나는 중학 시절에는 남의 집으로 놀러 간 적이 전혀 없는데, 어찌 된 까닭인지 같은 반 N군 집에는 참으로 뻔질나게 놀러 갔다. N군은 그 무렵, 데라마치의 큰 술 가게 2층에 하숙하고 있었다. 우리는 매일 아침, 서로 불러내어 함께 등교했다. 그리고 돌아올 때는 샛길로, 해안을 따라 어슬렁어슬렁 걸었다. 비가 와도 허둥지둥 내달리지도 않고, 온몸이 물에 빠진 생쥐 꼴이 되어도 태연스레 천천히 걸었다. 지금 생각하면 둘 다, 어지간히 느긋하면서 얼빠진 듯한 구석이 있는 아이였다. 그 점이 두 사람 우정의 열쇠인지도 몰랐다. 우리는 절 앞 광장에서 러닝을 하거나 테니스를 쳤고, 또 일요일에는 도시락을 들고 근처 산으로 놀러 갔다. 「추억」이라는 내 초기 소설에 나오는 '친구'란 대개 이 N군을 가리킨다. N군은 중학교를 졸업한 뒤 도쿄로 나가 어느 잡지사에서 일한 모양이다. 나는 N군보다 이삼 년 뒤늦게 도쿄로 나와 대학에 적을 두었는데, 그때부터 다시 두 사람의 교유가 부활했다. 당시 N군의 하숙은 이케부쿠로이고 내 하숙은 다카다노바바였지만, 그래도 우리는 거의 매일 만나다시피 놀았다. 이번에는 테니스나 러닝 같은 놀이가 아니었다. N군은 잡지사를 그만두고 보험회사에 근무했는데, 워낙 느긋한 성질인지라 나와 마찬가지로 언제나 남한테 속임을 당하기만 한 듯하다. 그런데 나는 남한테 속임을 당할 때마다 조금씩 칙칙하고 비굴한 남자가 되어 갔지만, N군은 그와 반대로 아무리 속임을 당하건, 더더욱 무사태평에다 밝은 성격의 남자가 되어 간다. N군은 불가사의한 남자야. 비뚤어지지 않으니 감동이야. 그런 면은 조상이 남긴 은덕이라 여길 수밖에! 하며, 어울려 노는 입이 험한 또래도 그 순순함에는 하나같이 탄복했다. N군은 중학 시절에도 가나기의 내 생가에 놀러 온 적이 있고, 도쿄에 온 후에도 도쓰카의 내 바로 위 형 집으로 이따금 놀러 왔다. 그리고 이 형이 스물일곱에 죽었을 때는 회사를 쉬면서까지 이런저런 용무를 돌봐주어, 나의 육친들 모두가 고마워했다. 얼마 안 지나 N군은 시골집의 정미업을 이어야만 하기에 귀향했다. 가업을 잇고 나서도 그 불가사의한 인덕으로 동네 청년들의 신뢰를 얻어, 이삼 년 전 가니타마치 주민 모임 의원에 선출되고, 또 청년단의 분단장이니 무슨 모임의 간사니 갖가지 역할을 떠맡아, 지금은 가니타마치에서 없어선 안 될 남자 가운데 한 사람이 되어 있는 낌새다. 그날 밤도 N군네 집으로 이 지방의 젊은 유력자 두세 명이 놀러 와서 함께 술이며 맥주를 마셨는데, N군의 인기는 상당한 듯 역시나 좌중의 스타였다. 바쇼[4] 옹의 도보 여행 지침으로 세상에 전해지는 것 가운데, 1. 즐겨 술을 마시지 말 것, 향응을 받아 고사하기 어렵더라도 거나한 기분쯤에서 그칠 것. 흐트러짐을 막기 위함이니, 라는 조항이 있었던 듯한데, 그 논어의 주무량불급란(酒無量不及亂)이라는 말은, 술은 얼마든지 마셔도 좋지만 무례한 행동거지를 하지 말라, 라는 의미로 나는 해석하고 있는 터라, 굳이 옹의 가르침에 따를 생각은 없다. 고주망태가 되도록 취해서 예의를 잃을 정도가 아

---

4) 마쓰오 바쇼(松尾芭蕉, 1644~1694). 에도 전기의 하이쿠 시인. 방랑의 여정에서 소박한 서민들의 삶과 자연을 노래했다.

니라면, 괜찮은 거다. 당연한 이야기 아닌가! 나는 알코올에는
세다. 바쇼 옹의 몇 배나 더 센 게 아닐까 싶다. 남의 집에서
대접을 잘 받고 그러곤 마구 흐트러져 버리는, 그 정도로 멍청
이는 아니다. 이러한 때 한 잔의 술도 없다면, 그 무엇으로 평
생을 풀어 가리오, 이다. 나는 엄청나게 마셨다. 또한 옹의 그
여행 지침에는, 1. 하이카이〔俳諧〕5) 외엔 잡담하지 말 것, 잡담
이 나오거든 말뚝잠을 자고 힘을 키울 것, 이라는 조항도 있
었던 듯한데, 나는 이 지침에도 따르지 않았다. 바쇼 옹의 도
보 여행은 우리네 속인이 보기엔 흡사 바쇼풍 선전을 위한 지
방 출장이 아닌가 의심스러울 만치, 여행하는 곳곳마다 하이
쿠 모임을 열어 바쇼풍 지방 지부를 마련하고 걷는다. 하이카
이 청강생에게 에워싸인 강사라면 그야 하이카이 이외의 잡
담을 피하고, 그러고는 잡담이 나오면 자는 척을 하건 무얼 하
건 멋대로이겠으나, 내 여행은 무슨 다자이풍 지방 지부를 마
련하기 위한 여행이 아니고, N군인들 설마 나한테 문학 강의
를 들을 작정으로 술자리를 만들지는 않았으리라. 또 그날 밤
N군 집으로 놀러 온 유력자들도, 내가 N군의 오랜 벗이라는
이유로 내게도 다소 친밀함을 느껴 술잔을 주고받는다는 실
정인지라, 내가 대뜸 정색하고 나서서 문학 정신이 머무는 곳
을 내내 설파하다가, 잡담이 나오면 방 기둥을 등진 채 거짓
잠을 잔다는 건, 그다지 온당치 않은 태도인 듯 여겨진다. 나

---

5) 하이카이 렌가〔連歌〕의 준말. 앞구(5. 7. 5)와 뒷구(7. 7)를 여럿이 주고받
으며 짓는 일본 시 형식.

는 그날 밤, 문학에 대해선 한마디도 꺼내지 않았다. 도쿄 말조차 사용하지 않았다. 오히려 거슬릴 정도로 노력하여, 순수 쓰가루 말로 이야기했다. 그러고는 일상의 자질구레한 세속적 잡담만 했다. 그렇게까진 애쓰지 않아도 될 터인데, 라고 술자리의 누군가 한 사람이 느꼈을 게 틀림없으리라 싶을 만큼, 나는 쓰가루의 쓰시마 '오즈카스'로서 사람을 대했다. (쓰시마 슈지[津島修治]란 내가 태어났을 때의 호적 이름이고, 또 오즈카스란 '叔父糟'라는 한자어로 갖다 맞추면 되려나, 셋째 아들이나 넷째 아들을 업신여겨 말할 때 이 지방에서는 그 단어를 쓴다.) 이번 여행으로 나를 다시 한번 그 쓰시마의 오즈카스로 환원시키려는 기획도, 내게 없는 건 아니었다. 도회인으로서 내게 불안을 느껴, 쓰가루인으로서 나를 움켜잡으려는 염원이다. 표현을 바꾸자면, 쓰가루인이란 어떤 사람이었나, 그걸 밝혀 내고 싶어서 여행을 떠난 것이다. 내 삶의 본보기로 삼을 순수 쓰가루인을 찾아내고 싶어서 쓰가루에 온 것이다. 그리고 나는 참으로 수월히도, 곳곳에서 그걸 발견했다. 누가 어떻다는 게 아니다. 거지 차림새의 가난한 나그네에겐, 그런 우쭐대는 비평은 허락되지 않는다. 그거야말로, 무례하기 짝이 없는 일이다. 내가 설마 개개인의 언동, 또는 나를 대하는 접대 방식에서 그걸 발견했겠는가. 그런 탐정 같은 빈틈없는 눈초리로, 나는 여행하지는 않았다. 나는 대체로 고개를 떨군 채, 자신의 발치만을 보며 걸었다. 하지만 내 귀에 소곤소곤, 숙명이라 부를 만한 것이 속살거리는 경우가 참으로 빈번히 있었다. 나는 그걸 믿었다. 나의 발견이란, 그처럼 이유도 형태도 아무것도 없는 지독히 주관적인 거다. 누가 어찌했다거나, 어느 분이 무어라 말씀하셨다거나, 그러한 거에 나는 전혀 무엇 하나 구애되는 구석이 없었다. 그건 당연지사, 나 같은 건 거기에 구애될 자격이고 뭐고 없긴 해도, 아무튼 현실은 내 안중에 없었다. "믿는 데에 현실이 있는 것이고, 현실은 결코 사람을 믿게 만들 수 없다."라는 묘한 말을, 나는 여행 수첩에 두 번이나 거듭 쓰곤 했다.

삼가야지 생각하면서도, 그만 어설픈 감회를 늘어놓았다. 나의 이론은 횡설수설, 스스로도 무슨 말을 하고 있는지 알 수 없는 경우가 많다. 거짓을 말할 때조차 있다. 그러니 기분을 설명하기가 싫은 거다. 어쩐지 아무래도 속 들여다보이는 서툰 허식을 부리는 듯하여, 부끄러움에 얼굴을 붉힐 따름이다. 어김없이 된통 후회하리란 걸 알면서도 흥분한 나머지, 그야말로 '잘 돌아가지도 않는 혀에 채찍질을 연신 해대어' 입을 삐죽거리며 주저리주저리 지리멸렬한 말을 내뱉고, 상대방 마음에 경멸은커녕 연민의 정마저 일으키고 마는 건, 이 또한 내 슬픈 숙명의 하나인가 보다.

그날 밤, 그러나 나는 그러한 어설픈 감회를 입 밖에 내진 않고, 바쇼 옹의 유훈을 거스르는 모양새이긴 했지만, 말뚝잠도 자지 않고서 신나게 잡담하는 데만 흥겨워했고, 눈앞에 내가 좋아하는 게가 수북하니 쌓인 더미를 바라보며 밤이 이슥하도록 줄곧 마셨다. 자그마한 몸집에 시원시원 재바른 N군 부인은, 내가 게 더미를 바라보고 즐기기만 할 뿐 도무지 손을 대지 않는 걸 알아채고는, 게 껍데기를 벗겨 먹는 걸 성가셔하는 게 틀림없다고 생각하신 낌새로, 자신이 손수 척척 게 껍데기를 멋들어지게 벗기고서 그 뽀얗고 아름다운 게살을 각각 게 등딱지에 채워, 후르츠 뭐라던가, 그 과일 원형을 고스란히 유지한 그대로 향긋하고 서늘한 과일 같은 모양새를 내어, 자꾸만 자꾸만 내게 권했다. 필시 오늘 아침, 이 가니타 바닷가에서 방금 건져 올린 게이리라. 갓 딴 과실처럼 신선하고 상큼한 맛이다. 나는, 먹거리에 무관심할 것, 이라는 자계를 태연스레 어기고 세 개 네 개씩이나 먹었다. 이날 밤 부인은 연거푸 찾아오는 사람 모두에게 밥상을 차려 올리는데, 이 지역 사람조차도 그 밥상 요리의 풍요로움에 놀라워했을 정도였다. 유력자 손님들이 돌아가고 난 뒤, 나와 N군은 안방에서 거실로 술자리를 옮겨 아토후키를 시작했다. 아토후키란 이 쓰가루 지방에서 혼례나 집안에 무슨 모임이 있을 경우, 손님이 다들 돌아간 뒤 몇몇 친척들끼리만, 남은 잔치 음식을 모아 조촐히 여는 위로연을 말하는데, 어쩌면 '아토히키'[6]의 사투리인지도 모른다. N군은 나보다 훨씬 알코올엔 강한 체질인지라, 우리는 더불어 문란해질 염려는 없었으나,

"한데, 자네도." 나는 깊은 한숨을 쉬고, "여전히, 마시는군. 하긴 나의 선생님이니까 어련하겠는가만."

나에게 술을 가르친 건, 바로 이 N군이다. 그건, 분명히 그러하다.

"으음." N군은 술잔을 손에 쥔 채 진지하게 끄덕이고, "난들,

---

6) 자꾸 탐내는 일, 특히 술을 한번 마시기 시작하면 계속 마시려는 버릇.

무척이나 그 점에 대해선 생각하고 있지. 자네가 술로 무슨 실수 따윌 저지를 때마다, 난 책임을 느끼고 괴로웠어. 한데 말이지, 요즘은 이렇게 고쳐 생각하기로 애쓰고 있네. 그 녀석은 내가 가르치지 않은들, 혼자 술꾼이 되었을 녀석임에 틀림없다. 내 알 바 아니다, 라고."

"아아, 그렇지! 그 말 그대로야. 자네한테 책임 같은 건 없어. 정말이지, 그 말 그대로야."

이윽고 부인도 자리를 함께해 서로의 아이 이야기들을 주고받으며 고즈넉이 아토후키를 하는 사이, 느닷없이 닭 울음소리 새벽을 알리는 터라, 화들짝 놀란 나는 물러나 잠자리로 갔다.

다음 날 아침 눈을 뜨자, 아오모리시의 T군 목소리가 들렸다. 약속대로 아침 첫 버스로 와 주었다. 나는 냅다 벌떡 일어났다. T군이 있어 주면, 나는 어쩐지 마음 놓이고 든든하다. T군은 아오모리 병원의, 소설 좋아하는 동료를 한 사람 데려왔다. 또한 그 병원의 가니타 분원 사무장을 맡은 S씨라는 사람도 함께 와 있었다. 내가 세수하는 동안, 민마야 근처 이마베쓰에서 M씨라는 소설 좋아하는 젊은이도, 내가 가니타에 온다는 걸 N군한테 듣기라도 한 모양으로, 수줍은 듯 웃으면서 찾아왔다. M씨는 N군하고도 T군하고도 S씨하고도 전부터 알고 지내는 사이인 듯하다. 이제부터 곧장 다 함께, 가니타의 산으로 꽃구경을 가자는 의논이 모인 낌새다.

간란산〔觀瀾山〕. 나는 예의 자줏빛 점퍼를 입고 녹색 각반을 차고 나섰지만, 그렇듯 거창스러운 차림을 할 필요는 전혀 없었다. 그 산은 가니타의 변두리에 있고, 높이가 백 미터도 채 안 되는 자그만 산이다. 하지만 이 산에서 바라보는 조망은 나쁘지 않았다. 그날은 눈부실 정도로 화창한 날씨에 바람 한 점 없어, 아오모리만 건너편에 나쓰도마리(夏泊)곶이 보였고, 또 다이라다테 해협을 사이에 두고 시모키타(下北) 반도가 바로 코앞인 듯 보였다. 도호쿠의 바다라고 하면 남쪽 사람들은 어쩌면 거무튀튀하니 험악한, 거센 파도가 용솟음치는 바다를 상상할지도 모르겠는데, 이 가니타 주변의 바다는 더없이 온화한 데다 물 빛깔도 담박하고 염분도 옅게 느껴지면서, 바다 내음조차 어렴풋하다. 눈이 녹아든 바다다. 거의 호수와 흡사하다. 깊이 같은 건 국방상 말하지 않는 편이 좋을지도 모르겠지만, 파도는 부드러이 모래톱을 희롱하고 있다. 그리고 바닷가 바로 가까이 어망이 여럿 세워져 있는데, 게를 비롯한 오징어, 가자미, 고등어, 정어리, 대구, 아귀 등 다양한 물고기가 사계절 내내 손쉽게 잡히는 모양이다. 이 마을에선 지금도 옛날과 다름없이 매일 아침 생선 장수가 리어카에 생선을 가득 싣고서, 오징어에 고등어요! 아귀에 도도바리요! 농어에 임연수요! 마치 화가 난 듯 큰 소리로 외치면서 팔러 다닌다. 그리고 이 근방의 생선 장수는 그날 잡은 생선만을 팔러다니며, 전날 팔다 남은 물건은 아예 취급하지 않는 모양이다. 딴 곳으로 보내 버리는지도 모른다. 그러니 이 마을 사람들은 그날 잡은 살아 있는 물고기만을 먹는 셈인데, 그러나 바다가 거칠어지거나 하여 단 하루라도 고기잡이를 못 했을 때는, 온 마을에 날생선 한 마리도 찾아볼 수 없고 마을 사람들은 건어물과 산나물로 식사한다. 이는 가니타만 그러한 게 아니고 소토가하마 일대 어느 어촌이건, 또한 소토가하마만 그러한 게 아니고 쓰가루의 서해안 어촌에서도 완전히 똑같다. 가니타는 또한, 산나물이 엄청 넘쳐나는 곳인 듯하다. 가니타는 해안 마을이긴 하나, 평야가 있는가 하면 산도 있다. 쓰가루 반도의 동해안은 산이 바로 해안까지 다가서 있기에 평야가 부족하여, 산비탈에 논이며 밭을 개간한 곳도 적지 않은 상태인지라, 산을 넘어 쓰가루 반도 서부의 드넓은 쓰가루 평야에 사는 사람들은, 이 소토가하마 지방을 '그늘(산그늘, 이라는 뜻)'이라 부르며 다소 불쌍히 여기는 경향이 없지도 않은 듯 여겨진다. 하지만 이 가니타 지방만은, 결코 서부에 뒤지지 않는 멋들어진 비옥한 들을 갖고 있다. 서부 사람들에게 불쌍히 여겨진다는 걸 안다면, 가니타 사람들은 겸연스레 여기리라. 가니타 지방에는 가니타강이라는 수량 풍부하고 온화한 강이 느긋하니 흐르고 있고, 그 유역에 논밭이 드넓게 펼쳐져 있다. 다만 이 지방에는 동풍도 서풍도 드세게 몰아치는 탓에 흉작인 해도 적지 않은 모양이지만, 그래도 서부 사람들이 상상하는 만큼 땅이 메말라 있진 않다. 간란산에서 내려다보면 수량 듬뿍 넘치는 가니타강이 구불구불 기다란 뱀처럼 휘돌아 가고, 그 양쪽으로 첫 갈이가 끝난 무논이 너무도 여유롭게 자리 잡아, 넉넉하고 믿음직스러운 경관을 이룬다. 산은 오우 산맥에서 갈라져 나온 본주〔梵珠〕 산맥이다. 이 산맥은 쓰가루 반도의 밑둥치에서 솟아올라 똑바로 북진하여 반도의 툭 튀어나온 끝, 닷피곶까지 내달려 바다로 굴러떨어진다. 이백 미터에서 삼사백 미터 남짓의 나직한 산들이 늘어서 있고, 간란산에서 얼추 똑바로 서쪽에 푸르게 우뚝 솟은 오쿠라다케〔大倉岳〕는 이 산맥에서 마스카와다케〔增川岳〕 등과 함께 가장 높은 산 가운데 하나이지만, 그래봤자 칠백 미터 될까 말까 그 언저리다. 하지만 산 높아 귀한 게 아니요, 수목 있어 귀하도다, 라면서 어지간히 흥 깨는 번듯한 말을 거리낌 없이 단언하는 실리주의자도 있는 것이니, 쓰가루 사람들은 구태여 그 산맥의 나직함을 부끄러워할 필요도 없으리라. 이 산맥은 전국 유수의 노송나무 산지다. 그 오랜 전통을 자랑삼아도 좋을 쓰가루의 산물은, 노송나무다. 사과 따위가 아니다. 사과 같은 건 메이지 초기에 미국인한테서 씨앗을 얻어 시험적으로 심었고, 그 후 메이지 20년대에 이르러 프랑스 선교사로부터 프랑스식 전지법을 배워 별안간 성과를 거두었는데, 그로부터 지방 사람들도 이 사과 재배에 달려들기 시작하면서 아오모리 명산품으로 전국에 알려진 것은, 다이쇼에 접어들고 나서의 일이다. 설마 도쿄의 가미나리 과자,7) 구와나〔桑名〕의 대합 구이8)만큼 경박한 '산물'은 아니지만, 기슈〔紀州〕의 귤 따위에 비하자면 훨씬 역사가 얕다. 간토, 간사이 사람들은 쓰가루 하면 대뜸 사과를 떠올리는지라, 이 노송나무 숲에 대해선 그다지 잘 모르는 듯 보인다. 아오모리현이라는 이름도 거기서 생겨나지 않았을까 싶을 만치, 쓰가루의 산들에는 수목이 수많은 가지를 서로 휘감아 엉킨 채 겨울에도 여전히 푸릇푸릇

---

7) 강정 같은 과자로, 아사쿠사의 가미나리 문 앞에서 팔았다.
8) 대합 살에 꼬치를 끼우고 간장을 발라 구운 것.

무성하다. 옛날부터 일본 3대 삼림지의 하나로 손꼽히는 모양이고, 쇼와 4년(1929년) 판 『일본지리풍속대계』에도 "무릇 이 쓰가루의 대삼림은 멀리 쓰가루번 시조 다메노부의 위업에 기인하며, 이후 엄격한 제도 아래 오늘날 한층 그 울창함을 이어 왔고, 그리하여 우리나라의 모범적 삼림 제도라 불린다. 처음 덴나, 조쿄 무렵,[9] 쓰가루 반도 지방에서 일본 해안의 사구 수 리 사이에 식수, 조림을 실시함으로써 해풍을 막고, 또한 이로써 이와키강 하류 지방의 황무지 개척에 이바지했다. 그 후 번에서 이 방침을 이어받아 힘껏 삼림 육성에 힘쓴 결과, 간에이 시대[10]에는 이른바 병풍 수림으로 성장했고 또한 이로 인해 농경지 8300여 정보(町步)의 개간을 보기에 이르렀다. 그로부터 번내의 각 지역은 끊임없이 조림에 힘써, 백여 곳의 거대 번 소유림을 마련하게 되었다. 그리하여 메이지 시대에 이르러서도 관청은 대대적으로 삼림 행정에 힘을 쏟아, 아오모리현 노송나무 숲의 호평은 세상이 떠들썩하도록 들린다. 분명히 이 지방의 재질은 각종 건축 토목의 용도에 아주 적합하고 특히 습기에 잘 견디는 특성을 지니며, 목재의 산출이 풍부한 데다 그 운반이 비교적 편리하므로 귀하게 여겨져 연간 생산액 팔십만 섬"이라 기록되어 있는데, 이는 쇼와 4년 판이니까 현재의 생산액은 그 세 배쯤 되리라 여겨진다. 하지만 위 인용은 쓰가루 지방 전체의 노송나무 숲에 대한 설명이니,

---

9) 덴나는 1681∼1684년, 조쿄는 1684∼1688년의 연호.
10) 1624∼1644년.

노송나무 잔가지 / 사과꽃

이를 가지고 특별히 가니타 지방만의 자랑으로 삼을 수는 없다. 그러나 이 간란산에서 바라보는 울울창창한 산들은 쓰가루 지방에서도 가장 빼어난 삼림지대로, 예의 『일본지리풍속대계』에도 가니타강 하구의 큼직한 사진이 실려 있다. 그 사진에는 "이 가니타강 부근에는 일본 3대 아름다운 삼림이라 일컫는 노송나무 국유림이 있고, 가니타는 이를 실어 보내는 포구로서 상당히 번창한 항구로, 여기서 삼림 철도가 해안을 벗어나 산으로 들어가 매일 많은 목재를 실어 여기로 운반해 온다. 이 지방의 목재는 품질이 뛰어날 뿐더러 저렴하여 유명하다"라는 설명이 붙어 있다. 가니타 사람들이 자랑삼고 싶어하지 않겠는가. 더구나 이 쓰가루 반도의 등골뼈를 이루는 본주산맥은 노송나무뿐만 아니라 삼나무, 너도밤나무, 졸참나무, 계수나무, 칠엽수, 낙엽송 같은 목재도 산출되고 또 산나물이 풍부한 걸로 유명하다. 반도 서부의 가나기 지방도 산나물은 꽤 풍부한데, 이 가니타 지방도 고사리, 고비, 땅두릅, 죽순, 머위, 엉겅퀴, 버섯류를 마을 바로 근처의 산록에서 참으로 손쉽게 얻을 수 있다. 이렇듯 가니타는 논도 있고 밭도 있고 바다 먹거리, 산 먹거리도 풍족하여 그야말로 안락하고 태평스러운 별천지인 양 독자에게 여겨지겠으나, 한데, 이 간란산에서 내려다본 가니타 마을의 기척은 어쩐지 께느른하다. 활기가 없다. 지금까지 나는 가니타를 과찬할 만치 칭찬하며 써 왔으니까, 이쯤에서 살짝 험담하더라도 가니타 사람들이 설마 나를 두드려 패지는 않으려니 여긴다. 가니타 사람들은 온화하다. 온화하다는 건 미덕이지만, 마을을 께느른하게 만들 정도로 마을 사람들이 무기력한 것도, 나그네로선 마음 편치 않다. 천연의 혜택이 많다는 건 마을의 기운 면에서 되레 나쁜 일이 아닐까 싶을 만큼, 가니타 마을은 차분하고 쥐 죽은 듯 고요하다. 하구의 방파제도 반쯤 짓다 말고 내팽개쳐 둔 듯한 모양새다. 집을 지으려고 땅 고르기를 하다가 그뿐, 집을 지으려고도 않고 그 붉은 흙이 드러난 공터에 호박 따위를 심고 있다. 간란산에서 그런 게 죄다 보이는 건 아니지만, 가니타에는 아무래도 건설 도중에 내팽개친 공사가 너무 많은 듯 여겨진다.

마을 행정의 생기발랄한 추진을 가로막는 묘하게 고루한 책동자 같은 이가 있는 건 아니야? 하고 N군에게 내가 물었더니, 이 젊은 마을 대표 의원은 쓴웃음 지으며, 그만해, 그만해, 라고 했다. 삼가야 할 것은 사족(士族)의 상법(商法),[11] 문사의 정담(政談). 나의 가니타 마을 행정에 대한 중뿔난 질문은, 전문가 의원의 비웃음을 불러왔을 뿐인 어이없는 결과로 끝났다. 그것에 대해 단박에 떠오르는 이야기는 드가[12]의 실패담이다. 프랑스 화단의 거장 에드가 드가는 일찍이 파리의 어느무용 극장 복도에서 우연히 대(大)정치가 클레망소[13]와 나란히 긴 의자에 걸터앉았다. 드가는 아무 거리낌 없이 평소 자신이 품고 있던 고매한 정치담을 이 정치가에게 피력했다. "내가 만약, 수상이 된다면 말이죠, 그 책임의 중대함을 헤아려, 모든 은혜와 사랑의 유대를 끊어 내고, 고행자처럼 단순 검소한 생활을 택하고, 관청 바로 가까이 아파트 5층 언저리에 아주아주 작은 방 하나를 빌려, 그곳엔 테이블 하나와 변변찮은 철제 침대만 두고서, 관청에서 돌아오면 밤늦도록 그 테이블에서 잔업을 정리하고, 수마가 엄습하는 동시에 옷도 구두도벗지 않은 채 그대로 침대에 쓰러지다시피 등걸잠을 자고, 다음 날 아침 눈을 뜨자마자 벌떡 일어나, 선 채로 달걀과 수프를 먹고, 가방을 그러안고 관청으로 가는, 그런 식의 생활을

· 11) 사족이란 무사 집안, 즉 적임자가 아닌 사람이 장사를 하면 실패하기 마련이라는 비유.
12) Edgar Degas(1834~1917). 프랑스 화가, 조각가.
13) Georges Clemenceau(1841~1929). 프랑스 정치가, 언론인.

할 게 틀림없소!" 이렇듯 열정을 담아 이야기했으나, 클레망소는 한마디 대답도 없이 그저 무언가 완전히 어안이벙벙한 듯 경멸 어린 눈빛으로, 이 화단의 거장 얼굴을 물끄러미 바라볼 뿐이었다고 한다. 드가 씨도 그 눈빛에는 당해 내지 못한 모양이다. 어지간히 창피스러웠나 본데, 그 실패담을 아무한테도 알리지 않고 십오 년이 지난 뒤에야, 그의 몇 안 되는 벗 가운데서도 가장 마음에 들어 했다는 발레리[14] 씨에게만, 슬며시 털어놓았다. 십오 년이라는 엄청스레 기나긴 세월, 꼭꼭 감추고 감추어 온 구석을 보건대, 과연 오만불손한 거장도 베테랑 정치가의 무의식적인 경멸의 눈빛에 된통 당한 나머지 그야말로 뼛속까지 사무치는 무엇이 있었으려니 하고, 절로 동정심이 가슴에 치미는 걸 느낀다. 여하튼 예술가의 정치담은 실수의 근원이다. 드가 씨가 좋은 본보기다. 일개 가난뱅이 문사에 불과한 나는, 간란산의 벚꽃이며 또 쓰가루 벗들의 애정에 관해서만 이야기하는 편이 아무래도 무난할 듯하다.

그 전날에는 하늬바람이 세차게 불어 N군 집의 미닫이문을 흔들기에, "가니타는, 바람의 마을인걸." 나는 예의 혼자 지레짐작하는 탁설을 내뱉기도 했던 것인데, 오늘 가니타 마을은 간밤의 내 망발을 키득키득 비웃기라도 하듯 잔잔하고 화창한 날씨다. 바람 한 점 없다. 간란산 벚꽃은 지금이 절정인 듯하다. 고즈넉이, 담백하니 피어 있다. 만발하다, 라는 표현은 어울리지 않는다. 꽃잎도 하늘하늘 비쳐 보일 듯 투명하여 아

---

14) Paul Valéry(1871~1945). 프랑스 시인, 사상가, 평론가.

슬아슬, 자못 눈(雪)에 씻기어 피었다, 라는 느낌이다. 딴 종류
의 벚꽃일지도 모른다고 여겨질 정도다. 노발리스[15]의 『푸른
꽃』도 이런 꽃을 공상해 말하지 않았을까 싶을 만치, 아스라
한 꽃이다. 우리는 벚꽃 아래 잔디밭에 책상다리를 하고 앉아,
찬합을 펼쳤다. 이건 역시나 N군 부인의 요리다. 그 밖에 게
와 갯가재가 큼직한 대바구니에 잔뜩. 그리고 맥주. 나는 게걸
스러워 보이지 않을 정도로, 갯가재 껍질을 벗기고, 게 다리를
빨아먹고, 찬합 요리에도 젓가락을 갖다 댔다. 찬합 요리 가운
데선, 화살꼴뚜기 몸통에 화살꼴뚜기의 투명한 알을 빽빽이
채워 넣은 그대로 간장을 발라 구워 동글동글 썰어 놓은 것
이, 나는 되게 맛있었다. 귀환 병사인 T군은 덥다, 더워! 하면
서 윗옷을 벗고 거의 반라 상태로 일어나서는, 군대식 체조를
시작했다. 타월 수건으로 머리띠 매듭이 앞이마에 오도록 동
여맨 그 거무스름한 얼굴은, 약간 미얀마의 바모 장관[16]을 닮
았다. 그날 함께 자리한 사람들은 정열의 높낮이에서는 제각
기 조금씩 차이가 있었던 듯해도, 무언가 소설에 대한 술회를
내게서 듣고 싶어 하는 기색을 내비쳤다. 나는 질문받은 것만
은 똑똑히 대답했다. '질문에 대답하지 않음은 바람직하지 않
다'라는 예의 바쇼 옹의 행각(行脚) 지침을 따른 셈인데, 그러
나 그 밖의 더욱 중대한 조항은 멋들어지게 거스르고 말았다.
1, 타인의 단점을 들어, 나의 장점을 드러내지 말 것. 남을 비

---

15) Novalis(1772~1801). 독일 초기 낭만파의 대표 시인.
16) Ba Maw(1893~1977). 미얀마 정치가.

방하여 나를 뽐내는 건 대단히 상스럽다. 나는 그 대단히 상스러운 짓을, 저질러 버렸다. 바쇼인들 하이카이 딴 학파에 대한 험담은 콕콕 찔러 했을 게 틀림없지만, 그렇다 해도 아무려나 나처럼 조심성이고 뭣도 없이 눈썹을 치켜세우고 입술을 삐죽삐죽, 어깨를 으쓱 추켜올리며 다른 소설가를 매도하는 따위 한심스러운 짓은 하지 않았으리라. 나는 몹시 징글맞게도, 그 한심스러운 처신을 저지르고 말았다. 일본의 어느 쉰 살 연배 작가의 작업에 대해 묻기에 나는, 그다지 좋진 않아요, 하고 그만 얼결에 대답하고 말았던 거다. 최근 그 작가의 과거 작업이 어찌 된 셈인지, 외경에 가까운 감정으로 도쿄의 독서인에게도 받아들여지고 있는 낌새다. 신(神)[17]이라는 묘한 호칭을 쓰는 이도 나오고, 그 작가를 좋아한다고 고백하는 것이 그 독서인의 취미가 고상함을 증명하는 수단이 된다는 이상한 풍조마저 얼핏 눈에 띄는데, 그야말로 역성이 지나쳐 되레 폐가 됨을 일컫는 것이니, 그 작가는 몹시 곤혹스러워 쓴웃음 짓고 있을지도 모르겠다. 하지만 나는 진작부터 그 작가의 기묘한 위세를 멀찍이 바라보며, 예의 쓰가루인이 지닌 우매한 마음에서 "그이는 미천한 자야! 단지 시절의 무운(武運) 드세어 운운" 혼자 흥분하여, 고분고분 그 풍조에 따를 순

---

17) '소설의 신'이라 불린 작가 시가 나오야(志賀直哉)로 짐작된다. 이 무렵 시가 나오야는 예순을 넘긴 터라, 일부러 십 년 차를 두어 설정했는지도 모른다. 다자이는 「여시아문(如是我聞)」에서 시가 나오야와 그 문학에 대한 날선 비평을 가했다. 다자이 산문집 『마음의 왕자』(유숙자 옮김, 민음사, 2024)에 수록되어 있다.

없었다. 그리하여 근래 이르러 그 작가의 작품 대부분을 다시 읽어 보고는, 좋은데! 하고 여기긴 했으나, 딱히 취미의 고상함은 느끼지 못했다. 오히려 '인정머리 없는' 구석에, 이 작가의 강점이 있는 게 아닐까 싶을 정도였다. 글로 써진 세계도 쩨쩨한 소시민의 의미 없이 거드름 피우는 일희일우(一喜一憂)다. 작품의 주인공은 자기 삶의 방식에 대해 이따금 '양심적'인 반성을 하는데, 그런 부분은 유독 진부해서 이렇듯 비아냥대는 반성이라면 하지 않는 편이 낫다고 여겨질 정도이고, '문학적'으로 풋내 나는 미숙함에서 벗어나려다가 도리어 거기에 빠져들고 만 듯한 좀스러움이 느껴졌다. 유머를 염두에 둔 듯한 부분도 뜻밖일 만큼 많았지만, 자신을 깡그리 내던지지 못한 무엇이 있어선지 변변찮은 신경이 한 가닥 흠칫흠칫 살아 있는 탓에, 독자는 순순히 웃을 수가 없다. 귀족적, 이라는 유치한 비평을 주워들은 적도 있으나 얼토당토않은 일, 그야말로 역성이 지나쳐 되레 폐가 되는 것이다. 귀족이란, 칠칠하지 못할 정도로 활달한 이가 아닐까 싶다. 프랑스 혁명 즈음, 폭도들이 왕의 거실에까지 난입했는데 그때 프랑스 국왕 루이 16세, 비록 어리석다 할지언정, 껄껄 웃으며 다짜고짜 폭도 한 명에게서 혁명 모자를 빼앗아 손수 그걸 냉큼 머리에 쓰고, 프랑스 만세! 외쳤다. 피에 굶주린 폭도들도 이토록 밝고 천진무구의 신기한 기품에 감동받아, 저도 모르게 그만 왕과 더불어 프랑스 만세를 목청껏 외치고, 왕의 몸에는 손가락 하나도 건드리지 않은 채 얌전히 왕의 거실에서 물러났던 거다. 진정한 귀족에겐 이처럼 순진하고 꾸미지 않은 기품이 있는 법이다. 입을 꾹 다문 채 옷깃을 여미고 짐짓 시치미 떼고 있는 것, 그건 귀족의 하인에게 흔히 있는 타입이다. 귀족적 따위, 가련한 단어를 써선 안 돼.

그날, 가니타의 간란산에서 함께 맥주를 마신 사람들도 대체로 그 쉰 살 연배 작가에게 심취한 자인 듯 나더러 그 작가에 대해서만 질문하는 통에, 급기야 나도 바쇼 옹 행각의 지침을 어기고 그런 험담을 했는데, 일단 하기 시작하니 점점 더 흥분하게 되어, 그야말로 눈썹을 치켜세우고 입술을 삐죽거리는 결과가 되고 말아, 귀족적 따위, 엉뚱한 데서 탈선하고 말았다. 자리한 사람들은 내 이야기에 조금도 동감하는 기색을 보이지 않았다.

"귀족적 따위, 그런 멍청한 이야기를 우리는 하지 않았어요." 이마베쓰에서 온 M씨는 당혹스러운 표정으로 혼잣말처럼 말했다. 주정뱅이의 터무니없는 말에 완전히 질리고 말았다는 식으로 보였다. 다른 사람들도, 서로 얼굴을 마주 보며 히죽히죽 웃고 있다.

"요컨대." 내 목소리는 비명이나 다름없었다. 아아! 선배 작가의 험담은 하는 게 아니다. "남자다움에 속아 넘어가선 안 된단 거지. 루이 16세는, 역사상 보기 드문 추남이었거든." 점점 더 탈선할 뿐이다.

"그래도, 그 사람의 작품은, 전 좋아합니다." M씨는 몹시도 똑똑히 선언한다.

"일본에선, 그 사람의 작품 정도면, 괜찮은 편이겠지요?" 아오모리 병원의 H씨는 조심스레 어색함을 중재하려는 낯으로 말한다.

내 입장은, 영 엉망이 될 따름이다.

"그야, 괜찮은 편일지도 모르지. 뭐, 괜찮은 편일 테지. 한데 자네들은, 나를 앞에 두고서, 내 작품에 대해선 한마디도 해 주지 않으니, 너무하잖아!" 나는 웃으면서 본심을 털어놓았다.

다들 미소 지었다. 역시나 본심을 털어놓는 게 제일이지, 하고 나는 우쭐해져서,

"내 작품 따윈 엉망진창이지만, 그래도 난, 대망(大望)을 품고 있지. 그 대망이 하도 무거워서, 비틀비틀하는 게 나의 현재 이 모습이야. 자네들한텐 칠칠맞지 못하고 무지하며 꾀죄죄한 모습으로 보일 테지만, 그래도 난 진짜 기품이란 걸 알고 있지. 솔잎 모양의 마른 과자를 내놓거나 청자 항아리에 수선화를 집어넣어 보여 준들, 난 눈곱만큼도 그걸 고상하다고는 생각지 않아. 벼락부자 취미야, 실례야! 진짜 기품이라는 건, 새까맣고 묵직하니 커다란 바위에 하얀 국화 한 송이. 토대에, 지저분하고 큼직한 바위가 없어선 안 돼. 그게 진짜 고상함이라는 거야. 자네들이야 아직 젊으니까, 철사로 떠받친 카네이션을 컵에 집어넣는 식의 여학생티 나는 리리시즘[18]을, 예술의 기품이랍시고 여기고들 있는 거지."

폭언이었다. '타인의 단점을 들어, 나의 장점을 드러내지 말 것. 남을 비방하여 나를 뽐내는 건 대단히 상스럽다.' 바쇼 옹의 이 행각 지침은, 엄숙한 진리에 가깝다. 실제로 대단히 상

---

18) lyricism. 예술 작품에 표현된 서정적인 정취.

스러운 것이다. 내겐 이 상스러운 못된 버릇이 있는 터라 도쿄 문단 내에서도 모두에게 언짢은 느낌을 주고, 꾀죄죄한 멍청이로 경원당하는 거다.

"뭐, 어쩔 수 없지." 나는 뒤로 양손을 짚고서 올려다보며, "내 작품 따윈 정말로, 형편없으니까. 무슨 말을 하건, 헛일이야. 그래도, 자네들이 좋아하는 그 작가의 10분의 1쯤은, 내 작업을 인정해 줘도 좋잖아? 자네들이, 내 작업을 산뜻이 인정해 주지 않으니까, 난들, 쓸데없는 말을 지껄이고 싶어지는 거야. 인정해 줘! 20분의 1이라도 괜찮아. 인정하라고!"

다들, 한바탕 웃었다. 웃음을 사니, 나도 기분이 홀가분해졌다. 가니타 분원의 사무장 S씨가 몸을 일으키며,

"어떻습니까? 이쯤에서, 자리를 바꿀까요?" 세상 물정에 익숙한 사람 특유의 자비롭고 어르는 듯한 투로 말했다. 가니타 마을에서 가장 큰 E라는 여관에 모두의 점심을 준비하게끔 해 두었다 한다. 괜찮아? 하고, 나는 T군에게 눈으로 물었다.

"괜찮습니다. 대접을 받지요." T군은 일어나서 웃옷을 입으며, "우리가 전부터 계획했습니다. S씨가 배급받은 고급술을 챙겨 놓았다고 하니까, 이제부터 다 함께, 그걸 대접받으러 갑시다. N씨 대접만 받고 있어선, 안 됩니다."

나는 T군이 하는 말에 얌전히 따랐다. 그러니 T군이 곁에 있어 주면, 마음 든든하다.

E라는 여관은 상당히 깨끗했다. 방의 도코노마19)도 그럴듯

---

19) 다다미방 정면에 바닥을 한 층 높여 만들어 놓은 곳. 족자를 걸거나 도

했고, 변소도 청결했다. 혼자 찾아와 묵더라도 쓸쓸하지 않은 숙소라고 생각했다. 대체로 쓰가루 반도의 동해안 여관은, 서해안에 비하면 월등하다. 오래전부터 다른 지역의 수많은 나그네를 떠나보내고 맞이한 전통이 내비친 건지도 모른다. 예전엔 홋카이도로 건너가려면 반드시 민마야에서 출항하게 되어 있었기에, 이 소토가하마 간선도로는 그러한 전국의 나그네를 아침저녁으로 떠나보내고 맞아들였다. 여관의 밥상에도 게가 따라 나왔다.

"역시, 가니타로군!" 누군가 말했다.

T군은 술을 마시지 못하니까 혼자 먼저 밥을 먹었지만, 다른 사람들은 다들 S씨의 고급술을 마시고, 밥을 뒷전으로 미루었다. 취기로 거나해진 S씨는 차츰 흥이 올랐다.

"전 말이죠, 누구 소설이건, 죄다 똑같이 좋아합니다. 읽어보면, 전부 재밌어요. 정말이지, 그것참 훌륭합니다. 그래서 저는, 소설가란 걸 너무너무 좋아합니다. 어떤 소설가건, 좋아하고 좋아해서 참을 수 없습니다. 저는 아이를, 남자아이로 세 살이 되었는데요, 이 녀석을 소설가로 키울까 생각합니다. 이름도, 후미오라고 지었습니다. 글월 문(文)에다 사내 남(男)이라 씁니다. 머리 생김새가 어쩐지, 당신을 꼭 닮은 듯합니다. 실례지만 그런 식으로, 정수리가 넓적하거든요."

내 머리가, 정수리가 넓적하다니 금시초문이었다. 나는 내 용모의 이런저런 갖가지 결점을 구석구석 샅샅이 죄다 알고

자기, 꽃병 등으로 장식한다.

있다고 여겨 왔건만, 머리 모양까지 이상한 줄은 미처 깨닫지 못했다. 자신이 깨닫지 못한 결점이 아직도 많이 있지나 않을까. 다른 작가의 험담을 한 직후였기도 하여, 몹시 불안해졌다. S씨는 더욱더 흥이 나서,

"어떻습니까? 술도 이젠 슬슬 없어진 듯하고, 이제부터 우리 집으로 함께 가시지 않겠습니까? 자, 잠깐이면 됩니다. 우리 마누라도, 후미오도, 한번 만나 주세요. 부탁입니다. 사과주라면 가니타에는 얼마든지 있으니까, 집에 가서 사과주를, 자아!" 연신 나를 유혹한다. 호의는 고마웠으나, 나는 정수리 이후부터 별안간 의기소침하여, 어서 N군 집으로 돌아가 한숨 자고 싶었다. S씨의 집으로 가서, 이번엔 머리 생김새에 한술 더 떠 머리 내용물까지 훤히 간파당해 실컷 욕을 얻어먹는 결과가 되지나 않을까, 하고 생각하면 더더욱 마음이 무거웠다. 나는 늘 그러하듯 T군의 낯빛을 살폈다. T군이 가라고 하면, 이건 꼭 가지 않으면 안 되리라 각오하고 있었다. T군은 진지한 표정으로 잠시 생각하고,

"가 보시는 건 어때요? S씨는, 오늘은 보기 드물게 된통 취한 듯한데, 아주아주 전부터 당신이 오시기를 무척 고대하며 기다렸습니다."

나는 가기로 했다. 머리 정수리에 집착하는 건, 그만두었다. 그건 S씨가 유머를 위해 말씀하신 게 틀림없다고 고쳐 생각했다. 아무래도 용모에 자신이 없으면, 이렇듯 하찮은 일에도 끙끙대서 큰일이다. 용모에 대해서뿐만 아니라, 내게 지금 가장 부족한 건 '자신감'일지도 모른다.

S씨 집으로 가서, 그 쓰가루인의 본성을 폭로한 열광적인 접대 품새에는, 같은 쓰가루인인 나조차도 조금 쩔쩔맸다. S씨 는 집으로 들어가자마자, 연거푸 부인에게 일거리를 시킨다.

 "이봐, 도쿄 손님을 모셔 왔어. 드디어 모셔 왔어. 이분이, 바로 그 다자이라는 사람이야. 인사 드려야지? 어서 나와서 공손히 절을 하라고. 그리고 말야, 술. 아니, 술은 이미 마셔 버렸거든. 사과주를 가져와. 뭐야, 한 되밖에 없나? 조금이잖 아! 두 되 더 사 와! 기다려. 그 툇마루에 걸어 놓은 마른 대 구를 뜯어서, 잠깐, 그건 쇠망치로 두들겨 보들보들하게 해서 뜯지 않으면 낭패야. 기다려, 그런 손놀림으론 안 돼, 내가 하 지. 마른 대구를 두들기려면, 이런 식으로, 이런 식으로, 아, 아얏! 뭐, 이런 식이야. 이봐, 간장을 가져와. 대구포에는 간장 이 없으면 낭패야. 컵이 하나, 아니, 두 개 모자라. 어서 가져 와, 기다려, 이 찻잔으로도 괜찮겠지. 자아! 건배, 건배. 이봐, 두 되 더 사 와, 기다려, 아이를 데려와. 소설가가 될 수 있을 지 어떨지, 다자이한테 한번 보이자고. 어떻습니까, 이 머리 모 양은? 이런 걸, 정수리가 넓적하다고 하는 거지요. 당신의 머 리 모양을 꼭 닮았다고 생각하는데요. 참 잘된 일이지요! 이 봐, 아이를 저리 데려가. 시끄러워 견딜 수가 있나! 손님 앞에, 이런 구질구질한 아이를 데려오다니, 실례잖아! 벼락부자 취 미라고! 어서 사과주를, 두 되 더. 손님이 도망가 버리잖아. 기 다려, 넌 여기서 서비스하라고. 자아, 모두에게 술을 따라 드 려. 사과주는 옆집 아주머니에게 좀 사 달라고 부탁해 봐. 아 주머니는, 설탕을 갖고 싶어 했으니까 조금 나눠 줘. 기다려,

아주머니한테 줘선 안 돼! 도쿄 손님에게, 우리 집 설탕 전부
를 선물로 드리도록 해. 알겠지? 잊어버리면 안 돼. 전부, 드리
라고. 신문지로 감싸고 나서 기름종이로 감싸고 끈으로 묶어
서 드리라고. 아이를 울려서야 쓰나! 실례잖아! 벼락부자 취미
라고! 귀족이란 그런 게 아니거든. 기다려. 설탕은 손님이 돌
아가실 때라도 괜찮다잖아! 음악, 음악. 레코드를 시작해. 슈
베르트, 쇼팽, 바흐, 뭐든 괜찮아. 음악을 시작해. 기다려. 뭐
야, 그건 바흐? 그만해. 시끄러워 죽겠네. 이야기고 뭐고 할 수
가 있나. 좀 더 조용한 레코드를 틀어, 기다려, 먹을 게 떨어졌
네. 아귀 튀김을 만들어. 소스가 우리 집 자랑이지. 과연 손님
마음에 드실지 어떨지, 기다려, 아귀 튀김, 그리고 달걀 된장
가야키를 대접해 드려. 이건 쓰가루가 아니고선 먹을 수 없는
음식이야. 그렇지. 달걀 된장이야! 달걀 된장이 제일이야. 달걀
된장. 달걀 된장.”

　나는 결코 과장법을 써서 묘사하고 있는 게 아니다. 이 질
풍노도와도 같은 접대는, 쓰가루인의 애정 표현이다. 마른 대
구란 큼직한 대구를 눈보라 속에 내다 놓고 꽁꽁 얼렸다가 말
린 것으로, 바쇼 옹이 특히나 좋아할 만한 산뜻하고 숙부드러
운 맛이 나는데, S씨 집 툇마루에는 그것이 대여섯 마리, 매달
려 있었다. S씨는 비칠비칠 몸을 일으켜, 그걸 두세 자루 낚아
채어 냅다 무턱대고 쇠망치로 마구 두들기다가 왼쪽 엄지손가
락을 다치고, 그러고는 나뒹굴고, 엉금엉금 기다시피 돌아다
니며 모두에게 사과주를 따라 주었다. 머리 모양 건 하나만도,
결코 S씨는 나를 놀려먹을 작정으로 말한 게 아니고, 또한 유

머를 위해 말한 것도 아니라는 사실을 나는 또렷이 이해할 수 있었다. S씨는, 정수리가 넓적한 머리라는 것을, 진지하게 존경하고 있는 듯하다. 근사한 거라고 여기는 듯하다. 쓰가루인의 우직스러운 가련함, 보아라! 그것이다. 그러고는 마침내 달걀 된장, 달걀 된장, 연발하기에 이르렀는데, 이 달걀 된장 가야키라는 거에 대해서 일반 독자에겐 다소 설명이 필요할 성싶다. 쓰가루에서는 소고기 전골, 닭고기 전골을 가리켜 제각각 소고기 가야키, 닭고기 가야키라는 식으로 부른다. 가이야키[20]의 사투리일 거라고 짐작된다. 지금은 그렇지도 않은가 본데, 내가 어렸을 적 쓰가루에서는 고기를 삶는 데에 가리비의 커다란 조가비를 사용했다. 조가비에서 얼마간 맛국물이 나온다고 맹신한 부분도 없지 않은 듯하지만, 아무튼 이것은 선주(先住) 민족인 아이누가 남긴 풍습이 아닐까 여겨진다. 우리는 다들, 이 가야키를 먹고 자랐다. 달걀 된장 가야키라는 것은, 그 조가비 냄비를 사용해서 된장에다 다랑어포를 깎아 넣고 끓이다가 거기에 달걀을 떨어뜨려 먹는 원시적인 요리인데, 사실 이건 환자가 먹는 음식이다. 병이 들어 식욕이 나지 않게 되었을 때, 이 가야키의 달걀 된장을 죽에 끼얹어 먹는다. 하지만 이것 또한 쓰가루 특유의 요리 가운데 하나임은 틀림없었다. S씨는 그걸 떠올리고, 내게 맛보일 요량으로 연발한 것이다. 나는 부인에게, 이미 충분하니까요, 라며 거의 빌다시피 부탁드리고 S씨 집과 작별했다. 독자도 여기에 주목해 주시기

---

20) 가이야키[貝焼]는 조가비에 요리 재료를 담아 구운 음식.

바란다. 그날 S씨의 접대야말로, 쓰가루인의 애정 표현이다. 더군다나 순수 토박이 쓰가루인의 그것이다. 이는 나한테도 S씨와 정말이지 흡사한 일이 빈번히 있는 터라 거리낌 없이 이야기할 수가 있는데, 벗 있어 먼 데서 찾아왔을 때는 어떻게 하면 좋을지 도통 알 수 없게 되고 만다. 그저 가슴이 두근두근, 의미도 없이 우왕좌왕, 그러다가 전등에 머리를 부딪쳐 전등갓을 깨뜨리기도 한 경험마저 나에겐 있다. 식사 중에 귀한 손님이 나타났을 때, 나는 당장 젓가락을 집어던지고 입을 우물우물하면서 현관에 나가는 탓에, 되레 손님이 낯을 찌푸리고 마는 경우가 있다. 손님을 기다리게 한 채 마음 차분하니 식사를 계속하는, 그런 재주를 나는 부릴 수가 없다. 그러고는 S씨처럼, 실제로 더할 나위 없이 극진한 마음 씀씀이로 이것저것 집 안에 있는 모든 걸 깡그리 꺼내다 놓고 향응한들, 그저 손님을 질리게 만들 뿐인 결과가 되고, 오히려 나중에 그 손님에게 자신의 무례함을 사과해야만 하는 처지가 되고 만다. 잘게 뜯어선 던지고, 잡아 뽑아선 던지고, 따선 던지고, 마지막엔 자기 목숨까지도, 라는 식의 애정 표현은 간토, 간사이 사람들한테는 오히려 무례하고 폭력적인 것처럼 여겨져 결국은 경원당하고 마는 게 아닌가 싶어, 나는 S씨로 인해 나 자신의 숙명을 깨닫게 된 듯한 느낌이 들어, 돌아오는 길에 S씨가 그립고 안타까워 어쩔 바를 몰랐다. 쓰가루인의 애정 표현은, 약간 물로 희석해서 복용하지 않으면 타 지역 사람한테는 버거운 구석이 있을지도 모른다. 도쿄 사람은 그저 묘하게 거드름 피우면서, 찔끔찔끔 요리를 내온단 말이지. '무염(無鹽) 느

타리버섯'은 아니지만, 나도 기소[木曾] 님[21]처럼 이 애정의 과
도한 노출 때문에, 지금껏 얼마나 도쿄의 거만스러운 풍류인
들에게 멸시당해 왔던가! "입안으로 그러넣으세요, 그러넣으
세요."라며 채근하였다.[22] 바로 그거다.

　나중에 들었는데, S씨는 그 후 일주일, 그날의 달걀 된장을
떠올리면 창피스러워서 술을 마시지 않고는 배길 수 없었다
한다. 평소엔 남보다 갑절로 부끄럼쟁이에다 신경이 섬세한 사
람인가 보다. 이 또한 쓰가루인의 특징이다. 순수 토박이 쓰
가루인이라는 건 평소엔 결코 투박스러운 야만인이 아니다.
어쭙잖은 도회인보다도 훨씬 우아한, 세심한 마음 씀씀이를
갖고 있다. 그 억제된 마음이 어떤 형편에 따라 와르르 봇물
터지듯 세차게 치솟을 때, 어떻게 해야 좋을지 알 수 없게 되
어, "무염 느타리버섯 여기 있으니, 자아자아." 채근하는 꼴이
되고 말아, 경박한 도회인에게 빈축을 당하는 후회스러운 결
과가 되는 것이다. S씨는 그 이튿날, 몸을 웅숭그리고 술을 마
시는데, 그 자리에 한 친구가 찾아가서,

　"어떤가? 그러고 나서 부인한테 야단맞았지?" 웃으면서 물
었더니, S씨는 아가씨처럼 수줍어하고,

---

21) 헤이안 말기, 가마쿠라 초기의 무장(武將) 미나모토노 요시나카(源義
仲, 1154~1184). 기소 산중에서 성장해 기소 요시나카라고 한다.
22) 『헤이케 이야기[平家物語]』 8권에 나오는 일화. 네코마노추나곤에게
밥을 "그러넣으세요, 어서 푹푹 드세요."라며 권했다. 절이지 않은 날생선을
가리키는 '무염'이지만, 신선한 건 뭐든지 '무염'이라 하는 줄 착각한 기소는
'무염 느타리버섯'을 대접했다. 음식 담은 그릇이 더러워 먹는 시늉만 하는
네코마에게 어서 먹으라고 재촉한 것.

"아니에요. 아직." 이렇게 대답했다 한다.

야단맞을 작정인 모양이다.

3. 소토가하마

S씨 집과 작별하고 N군 집으로 가서 N군과 나는 또다시 맥주를 마시고, 그날 밤은 T군도 붙들려서 N군 집에 묵기로 되었다. 세 사람 함께 안방에서 잤는데 T군은 다음 날 이른 아침, 우리가 아직 잠든 사이에 버스로 아오모리로 돌아갔다. 업무가 분주한 낌새다.

"기침하던데?" T군이 일어나 몸차림하면서 콜록콜록 옅은 기침을 하던 것을, 나는 잠결에도 귀 밝게 듣고서 괜스레 슬펐기에, 일어나자마자 N군에게 그리 말했다. N군도 일어나 바지를 입으면서,

"음, 기침하더군." 엄숙한 표정으로 말했다. 술꾼이란, 술을 마시지 않을 때는 어지간히 엄숙한 표정을 짓는다. 아니, 얼굴뿐만이 아닐지도 모른다. 마음도, 엄격해지고 만다. "그다지 좋은 기침은 아니던걸." N군도 역시나, 잠들어 있는 듯해도, 분명 그걸 듣고 있었던 거다.

"기운으로 눌러야지." N군은 툭 내뱉는 듯한 투로 말하고, 바지 허리띠를 단단히 조이며 "우린들, 나았으니까!"

N군도 나도, 오래도록 호흡기 질병과 싸워 왔다. N군은 지독한 천식이었는데, 지금은 그걸 완전히 극복해 버린 듯하다.

이 여행을 나서기 전, 만주 병사들을 위해 발행되는 어느 잡지에 단편소설을 하나 보내기로 약속하고서, 그 마감일이 오늘 내일로 빠듯한 터라, 나는 그날 하루 그리고 다음 날 하루, 요 이틀 동안 안방을 빌려 작업했다. N군도 그 사이, 별채의 정미(精米) 공장에서 일했다. 이틀째 저녁 무렵, N군은 내가 작업하고 있는 방으로 찾아와,

"썼는가? 두세 장이라도 썼는가? 내 일은, 이제 한 시간 지나면 완료야. 일주일 치 일을 이틀에 해치웠어. 나중에 또 놀아야지 생각하니까 마음에 탄력이 붙어서, 일의 능률도 쭉쭉 오르는걸. 거의 다 됐어. 마지막 힘을 쏟아야지!" 그러고는 바로 공장 쪽으로 갔다가, 십 분도 채 지나지 않아 다시 내 방으로 찾아와,

"썼는가? 내 일은, 거의 다 됐어. 요즘은 기계도 잘 돌아가. 자넨, 아직 우리 공장을 본 적이 없을 테지. 지저분한 공장이야. 보지 않는 편이 좋을지도 몰라. 자아, 분발하자고! 난 공장 쪽에 있겠네." 말하고는 돌아간다. 둔감한 나도, 가까스로 그제야, 알아차렸다. N군은 내게, 공장에서 일하는 자신의 바지런한 모습을 보여 주고 싶은 게 틀림없다. 이제 곧 자기 일이 끝날 터이니, 끝나기 전에 보러 오라는 수수께끼였던 거다. 나는 그걸 알아차리고 미소 지었다. 서둘러 작업을 마무리하고, 나는 도로 건너 별채에 있는 정미 공장으로 나갔다. N군은 누덕누덕 기운 코르덴 윗옷을 입고, 눈앞이 어질어질 회전하는 거대한 정미 기계 옆에 뒷짐을 진 채, 제법 그럴싸한 표정으로 서 있었다.

"번창하는데!" 나는 큰 소리로 말했다.

N군은 뒤돌아보고, 참으로 기쁜 듯이 웃으며,

"작업은 끝났는가? 잘됐군. 나도, 이제 곧 끝나. 들어오게! 게다 신은 그대로 괜찮아."라고는 해도, 나는 게다 신은 그대로 정미소에 어슬렁어슬렁 들어갈 만큼 무신경한 남자가 아니다. N군마저 청결한 짚신으로 바꿔 신었다. 그 언저리를 둘러 봐도 덧신 같은 것도 없기에, 나는 공장 입구 문간에 선 채 그저 싱글싱글, 웃고 있었다. 맨발로 들어갈까 생각도 했으나, 그건 N군을 다만 민망하게 할 뿐인 과장되고 위선적인 몸짓과 비슷하게도 여겨져, 맨발이 될 수도 없었다. 내겐 상식적으로 선한 일을 행하는 데에, 몹시 쑥스러워하는 나쁜 버릇이 있다.

"규모가 어마어마한 기계인걸! 자넨 혼자서 잘도 조작해 내는군." 입발림이 아니었다. N군도 나와 마찬가지로, 과학적 지식 면에선 그리 능통하지 못했다.

"아니, 간단한 거야. 이 스위치를 이렇게 하면." 말하면서, 여기저기 스위치를 틀어서 모터를 덜커덕 멈춰 보이기도 하고, 또 등겨 눈보라를 일으켜 보이기도 하고, 갓 만들어진 쌀을 폭포처럼 좌르르 떨어뜨려 보이는 등 자유자재로 그 거대한 기계를 다루어 보여 준다.

퍼뜩 나는, 공장 한가운데 기둥에 붙여 놓은 조그만 포스터에 눈길을 멈췄다. 잘쏙한 술병처럼 생긴 얼굴의 남자가 양반다리에다 팔을 걷어붙인 채 커다란 술잔을 기울이는데, 그 커다란 술잔에는 집채며 흙벽의 곳간이 떡하니 얹혀 있고, 게다가 그 묘한 그림에는 '술은 몸을 마시고 집을 마신다'라는 설명 문구가 인쇄되어 있었다. 내가 그 포스터를 한참이나 응시하고 있는 탓에, N군도 알아차렸는지 내 얼굴을 보고 히쭉 웃었다. 나도 히쭉 웃었다. 똑같은 죄목의 인물이다. "아무래도!" 하는 느낌이다. 나는 그런 포스터를 공장 기둥에 붙여 두는 N군을, 안쓰럽게 여겼다. 누가 대(大)술꾼을 원망하리오, 그거다. 내 경우엔, 그 커다란 술잔에, 나의 약 이십여 종 변변찮은 저서가 얹혀 있을 법한 형편이다. 나에겐, 마실 만한 집도 곳간도 없다. '술은 몸을 마시고 저서를 마신다.' 이렇게라도 말해야 할 처지겠지.

공장 안쪽에 상당히 큼직한 기계가 두 대 쉬고 있다. 저건 뭔가? N군에게 물었더니, N군은 희미하니 한숨을 쉬고,

"저건 말이지, 새끼줄 만드는 기계 그리고 돗자리 만드는 기계인데, 워낙 조작이 까다로워서, 도통 내겐 감당이 안 되더라고. 사오 년 전, 이 부근 일대가 극심한 흉작이라 정미 의뢰도 뚝 끊겨 버리고, 어찌나 난감하던지! 매일매일 화롯가에 앉아 담배를 피우며 이런저런 생각 끝에, 이런 기계를 사들여 이 공장 한 귀퉁이에서 덜커덕덜커덕 움직여 보았는데, 난 손재주가 서투르니까 아무리 해도, 잘 안 되더군. 참 쓸쓸했지! 결국 가족 여섯, 근근이 먹고 지냈어. 그 무렵엔, 이젠 어찌 되려나 싶더라고."

N군에겐 네 살 남자아이가 한 명 있는 외에, 죽은 여동생의 아이들 셋도 맡아 돌보고 있다. 여동생 남편도 중국 북부에서 전사했기에, N군 부부는 부모를 여읜 이 아이들 셋을 당연한 일인 양 키우며 자신의 아이와 전혀 다름없이 귀여워해

주고 있다. 부인 말씀에 따르면, N군은 지나치게 귀여워하는 경향마저 있다고 한다. 남겨진 아이들 셋 중에 맏아들은 아오모리의 공업학교에 들어갔다고 하는데, 그 아이가 어느 토요일, 아오모리에서 칠 리 길을 버스도 타지 않고 터벅터벅 걸어서 한밤 12시쯤 가니타의 집에 간신히 도착해, 외삼촌! 외삼촌! 부르며 현관문을 두드렸고, N군은 화들짝 일어나 현관을 열고는 여전히 꿈결인 듯 정신없이 그 아이의 어깨를 그러안고, 걸어온 거야? 엉? 걸어온 거야? 이 말만 되풀이할 뿐 말을 못 잇다가, 그러고는 부인을 마구잡이로 호되게 꾸짖으면서, 그렇지! 뜨끈한 설탕물을 먹여라, 떡을 구워라, 우동을 데워라, 연거푸 일거리를 시켜 대는 통에 부인이, 이 아이는 피곤해서 졸릴 테니까, 하고 말을 꺼내기가 무섭게, “뭐, 뭐라고!” 그러더니 몹시도 야단스레 부인을 향해 주먹을 치켜올렸는데, 하도 진기하고 희한한 싸움인지라 그 조카 아이가 푸훗! 웃음을 터뜨리자, N군도 주먹을 치켜올린 채 웃음이 터졌고 부인도 웃고, 뭐가 뭔지 흐지부지 되고 말았다는 그런 일도 있었다는데, 이 또한 N군 인품의 편린을 보여 주기에 딱 걸맞은 일화라고 내겐 느껴졌다.

“7전 8기야. 온갖 일이 생기지.” 말하면서 나는, 자신의 신상을 함께 견주어 생각하고, 문득 눈물겨워졌다. 이 선량한 벗이, 익숙하지 않은 손놀림으로, 공장 한 귀퉁이에서 홀로, 덜커덕덜커덕 돗자리를 짜고 있는 쓸쓸한 모습이, 생생히 눈앞에 보이는 듯한 느낌이 들었다. 나는, 이 벗을 사랑한다.

그날 밤은 또, 서로 한 가지 일을 끝냈으니까, 라는 등 핑계

삼아 둘이서 맥주를 마시며 향토의 흉작에 대해 이야기를 나누었다. N군은 아오모리현 향토사 연구회 회원이었던 터라, 향토사 문헌을 꽤 갖고 있었다.

"여하튼, 이런 식이란 말이지." 하고 N군은 어떤 책을 펼쳐 내게 보였는데, 그 페이지에는 다음과 같은, 쓰가루 흉작의 연표라고나 할 불길한 일람표가 실려 있었다.

겐나 1년	대흉 (大凶)
겐나 2년	대흉
간에이 17년	대흉
간에이 18년	대흉
간에이 19년	흉 (凶)
메이레키 2년	흉
간분 6년	흉
간분 11년	흉
엔포 2년	흉
엔포 3년	흉
엔포 7년	흉
덴나 1년	대흉
조쿄 1년	흉
겐로쿠 5년	대흉
겐로쿠 7년	대흉
겐로쿠 8년	대흉
겐로쿠 9년	흉
겐로쿠 15년	반흉 (半凶)
호에이 2년	흉

호에이 3년	흉
호에이 4년	대흉
교호 1년	흉
교호 5년	흉
겐분 2년	흉
겐분 5년	흉
엔쿄 2년	대흉
엔쿄 4년	흉
간엔 2년	대흉
호레키 5년	대흉
메이와 4년	흉
안에이 5년	반흉
덴메이 2년	대흉
덴메이 3년	대흉
덴메이 6년	대흉
덴메이 7년	반흉
간세이 1년	흉
간세이 5년	흉
간세이 11년	흉
분카 10년	흉
덴포 3년	반흉
덴포 4년	대흉
덴포 6년	대흉
덴포 7년	대흉
덴포 8년	흉
덴포 9년	대흉

덴포 10년   흉

게이오 2년   흉

메이지 2년   흉

메이지 6년   흉

메이지 22년   흉

메이지 24년   흉

메이지 30년   흉

메이지 35년   대흉

메이지 38년   대흉

다이쇼 2년   흉

쇼와 6년   흉

쇼와 9년   흉

쇼와 10년   흉

쇼와 15년[1]   반흉

쓰가루 사람이 아닐지라도, 이 연표 앞에서는 한숨을 쉬지 않을 수 없으리라. 오사카 여름 전투에서 도요토미가 멸망한 겐나 원년부터 현재까지 약 삼백삼십 년간, 약 육십 회 흉

---

1) 각 연호의 연대는 다음과 같다.

겐나 1615~1624년, 간에이 1624~1644, 메이레키 1655~1658년,

간분 1661~1673년, 엔포 1673~1681년, 덴나 1681~1684년,

조쿄 1684~1688년, 겐로쿠 1688~1704년, 호에이 1704~1711년,

교호 1716~1736년, 겐분 1736~1741년, 엔쿄 1744~1748년,

간엔 1748~1751년, 호레키 1751~1764년, 메이와 1764~1772년,

안에이 1772~1781년, 덴메이 1781~1789년, 간세이 1789~1801년,

분카 1804~1818년, 덴포 1830~1844년, 게이오 1865~1868년,

메이지 1868~1912년, 다이쇼 1912~1926년, 쇼와 1926~1989년.

작이 있었다. 우선 오 년에 한 번씩 흉작을 겪었다는 계산이
나온다. 더욱이 N군은 또 다른 책을 펼쳐 내게 보여 주었는
데, 거기엔 "이듬해 덴포 4년(1833년)에 이르러선, 상서로운 입
춘 그날부터 동풍 끊임없이 휘몰아치고, 3월 삼짇날 명절[2]이
되어도 쌓인 눈 녹지 않아 농가에서 썰매를 사용했다. 5월이
되어 볏모의 생장, 겨우 한 다발일지라도 계절의 순서 피할 수
없는 까닭에 마침내 그대로 모심기에 착수했다. 그러나 연일
동풍 점점 더 사나워져, 6월 삼복 철에 들어서도 짙은 구름
잔뜩 드리우고 날씨 자욱하여 맑은 하늘 환한 날을 보기가 거
의 드물었다. (중략) 매일 아침저녁 냉기 강하여 6월 삼복에
솜옷을 입었고, 밤에는 유난히 쌀쌀하여 7월 네부타[武多](작
자 주. 음력 칠석 무렵, 무사의 형상 또는 용, 호랑이 형상을 한 극채
색의 대형 등롱을 짐수레에 실어 끌고, 젊은이들이 가지각색 분장으
로 거리를 춤추면서 줄지어 행진하는 쓰가루 연중행사 가운데 하나
다. 다른 마을의 대형 등롱과 충돌하여 싸움이 어김없이 벌어진다.
사카노우에노타무라마로[3]의 에조[蝦夷][4] 정벌 때, 이 같은 대형
등롱을 여봐란듯이 과시하며 산속 에조를 꾀어 들임으로써 섬멸한
이래 그 풍습이 남았다는 설이 있지만, 아무려나 믿기 어렵다. 쓰가

―――――――――

2) 3월 3일, 인형을 장식하고 여자아이들의 성장을 축하해 준다. 일본의 다
섯 명절 중 하나.
3) 坂上田村麻呂(758~811). 헤이안 초기의 무인. 교토의 기요미즈데라[清
水寺]를 건립했다.
4) 고대에 오우 지역부터 홋카이도에 걸쳐 살았고, 언어와 풍속을 달리하면
서 야마토 조정에 복종하지 않은 사람들. 에미시라고도 한다.

루뿐만 아니라 도호쿠〔東北〕 각지에 이와 유사한 풍속이 있다. 도호쿠의 여름 축제용 장식 수레라고 생각하면 무난하지 않겠는가.) 무렵이 되어서도 도로에 모깃소리 들리지 않고, 집 안에선 어렴풋이 그 소리를 듣기는 해도 모기장을 칠 정도는 아니고 매미 소리 같은 것도 아주 드물었다. 7월 6일쯤부터 더위 나타나 백중맞이 전에 홑옷을 입고, 13일쯤부터 올벼에 왕성하게 이삭이 팬 탓에 사람들도 들썩들썩하고 봉오도리⁵⁾도 대단히 흥청거렸으나, 15일, 16일, 햇빛이 희끄무레하여 마치 한밤중 거울 같았고, 17일 밤, 춤추는 이도 흩어지고 오가는 이도 드문드문한데 차츰 새벽녘이 다가올 즈음, 느닷없이 두터운 서리가 내려 이삭 모가지가 기울어지니, 길에는 늙은이 젊은이 할 것 없이 이를 보는 자들의 슬픈 울음소리로 그득했다.” 이처럼 애처롭다는 말 외에 도무지 표현할 길 없는 형편이 기록되어 있다. 우리가 어렸을 적에도 노인들한테서 게가즈(쓰가루에선, 흉작을 ‘게가즈’라고 한다. ‘기카쓰〔飢渴〕’⁶⁾의 사투리인지도 모른다.)의 몸이 떨리도록 처참한 상황을 듣고, 어린 마음에도 암담한 심정이 되어 울상을 짓고 말았던 것인데, 오랜만에 고향에 돌아와 이러한 기록을 똑똑히 맞닥뜨리게 되니, 애수를 건너뛰어 무언가, 까닭을 알 수 없는 분노마저 느껴져,

“이거, 심한데!” 그러고는 “과학 세상이네 뭐네 잘난 척 말해 봤자, 이런 흉작을 막아 낼 방법을 농민들한테 가르쳐 주

---

5) 백중맞이 밤에 많은 남녀가 모여서 추는 윤무.
6) 배고프고 목마름.

지도 못하다니, 흐리멍덩해!"

"아니, 기술자들도 이리저리 연구는 하고 있지. 냉해를 견디는 품종이 개량되기도 했고, 모내기 철에도 여러 궁리가 더해져, 지금은 옛날처럼 극심한 흉작 따윈 없어졌지만, 그래도, 그렇다 해도, 역시나 사오 년에 한 번은, 잘못될 때가 있거든."

"흐리멍덩해!" 나는 누구에게랄 것도 없는 울분으로, 입을 삐죽거리며 헐뜯었다. N군은 웃으며,

"사막에서 살아가는 사람도 있질 않나. 화낸들 소용없어. 이런 풍토에선 또 독특한 인정이 생겨나기도 하거든."

"그리 쓸 만한 인정도 아니지. 봄바람처럼 너그럽고 온화한 구석이 없으니, 나 같은 건, 언제나 남쪽 지방 예술가한테 짓눌리는 편이지."

"그래도 자넨, 지지 않잖아! 쓰가루 지방은 예부터 타지 사람에게 공격당해 무너진 적이 없어. 얻어맞기는 해도, 지는 일이 없다고! 제8사단은 국보라는 말을 듣잖아."

태어나자마자 흉작에 내몰려 비와 이슬을 홀짝거리며 자라난 우리 조상의 피가, 지금의 우리에게 전해지지 않았을 리가 없다. 봄바람처럼 너그럽고 온화한 미덕도 분명 부럽기야 하지만, 나는 역시나 조상의 슬픈 피에, 할 수 있는 한 멋들어진 꽃을 피워 내도록 노력하는 것 말고는 달리 어쩔 수 없는 듯하다. 괜스레 과거의 비참함을 탄식하지 않고, N군처럼 그 즐풍목우(櫛風沐雨)7)의 전통을 대범하게 자랑삼는 편이 나

---

7) 바람으로 머리를 빗고 비로 목욕함. 긴 세월을 객지로 떠돌며 갖은 고생

을지도 모르겠다. 더구나 쓰가루일지라도, 언제까지나 옛날처럼 처참한 지옥 그림을 되풀이하고 있는 건 아니다. 그다음 날, 나는 N군의 안내를 받아 소토가하마 도로를 버스로 북상해 민마야에서 일박하고, 그러고는 더욱 해안가 물결 들이치는 조마조마한 길을 걸어 혼슈 북단, 닷피미사키(龍飛岬)까지 갔던 것인데, 그 민마야와 닷피 사이의 황량하고 삭막한 각 마을에서조차 세찬 바람에 맞서 성난 파도에 꺾이지 않고 열심히 일가를 꾸리며 쓰가루인의 건재함을 애틋하게 과시하고 있었다. 또 민마야 남쪽의 각 마을, 특히나 민마야, 이마베쓰 등에 이르러서는 산뜻한 바다 항구의 환한 분위기 가운데 차분하기 그지없는 생활을 펼쳐 보여 주고 있었던 거다. 아아! 괜스레 '게가즈'의 그림자에 겁먹지 말라! 다음 인용은 사토 히로시라는 이학사(理學士)의 흐뭇한 문장이지만, 나의 이 책을 읽는 독자의 우울함을 떨쳐 내기 위해, 나아가 우리 쓰가루인의 밝은 출발을 위한 건배사로서 조금 빌려 쓰련다. 사토 이학사의 『오슈[8] 산업총설』에 이르기를, "총을 쏘면 어김없이 풀숲에 숨어들고, 뒤쫓으면 어김없이 산으로 들어간 에조의 세력 범위였던 오슈, 산악 겹겹이 중첩하여 가는 곳마다 천연의 장벽 이루니, 그로 인해 교통을 저해받는 오슈, 바람에 파도 높아 해운 불편한 일본해 그리고 기타가미 산맥에 가로막혀 발달하지 않는 톱니 모양 곶과 만(灣)이 많은 태평양에

을 겪는다는 뜻이다.
8) 후쿠시마, 미야기, 이와테, 아오모리 네 현과 아키타현 일부 지역의 옛 이름.

에워싸인 오슈. 더욱이 겨울철 강설이 많아 혼슈 가운데 가장 춥고, 예부터 수십 차례 흉작이 들이닥쳤다는 오슈. 규슈의 경지 면적이 2할 5푼인 반면, 겨우 1할 반에 불과한 가여운 오슈. 어디를 보더라도 불리한 자연적 조건에 지배당하는 그 오슈는, 한데 630만 인구를 먹여살리는 데 오늘날 어떠한 산업에 기대고 있으려나.

어느 지리서를 펼쳐 읽어 봐도, 오슈 땅은 혼슈 동북단에 외따로 있으며 의, 식, 주, 무엇이건 질박하다, 라고 나온다. 옛적의 억새 지붕, 마사메⁹⁾ 지붕, 삼목 껍질 지붕은 차치하고, 현재 대부분 백성은 함석지붕 집에 살고, 보자기를 머리에 덮어쓰고 몬페¹⁰⁾를 입고, 중간층 이하 모조리 변변찮은 음식을 감내하고 있다, 라고 한다. 진위는 어떠한가? 그토록 오슈 땅은 산업의 혜택을 입지 못한 것일까? 빠른 속도를 자랑삼는 20세기 문명은, 오로지 도호쿠 땅에만 도달하지 못한 것일까? 아니다, 그건 이미 과거의 오슈이며, 누군가 만약 현대의 오슈에 대해 이야기하려거든, 우선 문예부흥 직전의 이탈리아에서 볼 수 있었던 그 기운 왕성하게 뻗쳐오르는 힘을, 이 오슈 땅에 인정해야만 한다. 문화에서 또한 산업에서 그러하니, 황공하게도 메이지 대제(大帝)의 교육에 관한 마음은 참으로 신기하리만큼 빠르게 오슈 방방곡곡에까지 침투해 오슈 사람 특유의 듣기 거북한 비음의 감퇴와 표준어 진출을 촉진하여, 일찍이

---

9) 오동나무, 삼나무 등의 목재를 곧은결로 얇게 깎은 것.
10) 주로 농촌 여성이 작업복, 방한복으로 입는 바지.

원시적 상태로 영락해 몽매한 야만족 거주지에 교화의 빛을 부여했으니, 그리하여 이제야말로 보라! 개발 그리고 개척, 비옥하고 기름진 논이 시시각각 증가하는 것을! 그리고 개량 개선, 목축, 임업, 어업이 날이 갈수록 성대히 나아가는 것을! 더군다나 주민의 분포가 띄엄띄엄하니, 장래 발전의 여지 또한 이 땅에 대단히 많지 않으랴!

찌르레기, 오리, 박새, 기러기 같은 철새들 큰 무리가 먹이를 찾아 이 지방을 떠돌아다니듯, 팽창 시대를 만난 야마토〔大和〕민족이 각 지방에서 북상해 이 오슈에 이르러 에조를 정복하면서, 더러는 산에서 사냥하고 더러는 강에서 고기잡이하고, 여러 가지 재물이 생기는 근원의 매력에 이끌려 이곳저곳 떠돌아다녔다. 이리하여 대대로 이어나가 여기서 사람들은 제각기 땅에 정착해, 더러는 아키타, 쇼나이, 쓰가루의 평야에 벼를 심고, 더러는 북쪽 오슈의 산지에 식수 조림을 시도해 보고, 더러는 평원에서 말을 키우고, 더러는 바닷가 어업에 전념함으로써 오늘날 융성한 산업의 기초를 일군 것이다. 오슈 6현, 630만 백성은 이처럼 선인이 개발해 낸 특징 있는 산업을 소홀히 하지 않으며 더더욱 발전해 나갈 길을 강구하였으니, 철새는 영원히 헤매고 떠돌지라도 소박한 도호쿠 백성은 이제 더는 이동하지 않는다. 쌀을 짓고 사과를 내다 팔고, 울창한 아름드리 숲에서 이어지는 푸르른 대평원에 털의 결 반짝이는 멋들어진 망아지를 내달리게 하고, 고기잡이 나선 선박은 퍼덕거리는 은빛 비늘 물고기를 그득 싣고서 항구로 들어온다.”

참으로 고마운 축사로, 엉겁결에 와락 달려가서 감사의 악

수라도 하고 싶어질 정도다. 아무튼 나는 그다음 날, N군의 안내로 오슈 소토가하마를 북상했는데, 출발에 앞서 우선 문제는 술이었다.

"술은, 어떻게 하지요? 배낭에 맥주 두세 병, 넣어 둘까요?" 부인의 말에 나는 정말이지, 식은땀이 서 말쯤 흐를 법하게 창피스러웠다. 어째서 술꾼 나부랭이 면목 없는 종족의 남자로 태어났는가, 싶었다.

"아니, 괜찮습니다. 없으면 없는 대로, 또, 그건, 딱히." 어쩌고, 횡설수설 종잡을 수 없는 말을 하면서 배낭을 짊어지고 도망치다시피 집을 나왔는데, 뒤따라온 N군에게,

"아니, 거참! 술, 하는 소릴 들으면 오싹한다니까. 바늘방석이야." 실감을 고스란히 말했다. N군도 똑같은 심정인 듯, 낯을 붉힌 채 우후후 웃으며,

"나도 말이지, 혼자라면 참을 수도 있겠는데, 자네 얼굴을 보면 마시지 않고는 못 배기지. 이마베쓰의 M씨가 배급 술을 이웃에게서 조금씩 모아 두겠노라 했으니까, 이마베쓰에 잠깐 들르자고!"

나는 복잡한 한숨을 내쉬고,

"모두에게 수고를 끼치는걸." 이렇게 말했다.

처음엔 가니타에서 배로 곧장 닷피까지 가서, 돌아올 때는 도보와 버스라는 계획이었으나, 그날은 아침부터 세찬 샛바람에 거의 악천후라 할 만한 날씨여서 타고 가야 할 정기선은 결항이 되고 말았기에, 일정을 바꾸어 버스로 출발하기로 했다. 버스는 의외로 한산해, 둘 다 편하게 앉을 수 있었다. 소토

가하마 도로를 한 시간 남짓 북상하자, 서서히 바람도 잦아들고 파란 하늘도 드러나서, 이 정도면 정기선도 뜨지 않을까 싶었다. 여하튼 이마베쓰의 M씨 집에 들렀다가, 배가 뜰 것 같으면 술을 받아들고 곧장 이마베쓰항에서 배를 타기로 했다. 갈 때도 돌아올 때도 똑같은 육로를 지나는 건, 멋스럽지도 않고 시시하다고 여겨졌다. N군은 버스 창문 너머 갖가지 풍경을 손가락으로 가리키며 설명해 주었지만, 이제 슬슬 요새 지대에 가까워졌으니, 그 N군의 친절한 설명을 여기에 일일이 적어 두는 건 삼가야 하리라. 어쨌든 이 주변엔 옛날 에조 주거지의 흔적은 조금도 찾아볼 수 없고, 날씨가 차츰 갠 탓인지 어느 촌락이건 깔끔하고 밝게 보였다. 간세이 연간에 출판된 교토의 명의(名醫) 다치바나 난케이[11]의 『동유기(東遊記)』에는, "천지가 열린 이래 지금처럼 태평한 적 없었고, 서쪽으로 기카이야쿠〔鬼界屋玖〕섬부터 동쪽으로 오슈 소토가하마까지 호령(號令)이 두루 미치지 않은 곳 없다. 오랜 옛날, 야쿠섬은 야쿠국으로 외국인 양 들렀고, 오슈도 절반쯤 에조인의 영지였기에 더욱이 근래까지 미개인의 거처였으리라 보이는 난부〔南部〕, 쓰가루 근방 지명에는 야만적인 이름이 많다. 소토가하마 거리의 마을 이름에도 닷피, 호로즈키, 우치마쓰페, 소토마쓰페, 이마베쓰, 우테쓰 같은 곳이 있다. 이는 모두 에조 말이다. 지금도 우테쓰 언저리는 풍속도 다소 에조와 유사하

---

11) 橘南谿(1754~1806). 에도 중기의 의사, 문인. 교토에서 한방의를 개업. 문학을 즐기며 각지를 여행하고, 『동유기』, 『서유기(西遊記)』 등 기행문을 썼다.

여 쓰가루 사람도 그들은 에조 혈통이라면서 경멸한다. 내 생각에 우테쓰 근방뿐 아니라 난부, 쓰가루 근방의 촌민도 대부분 에조 혈통인 것 같다. 다만 빠르게 일본화하면서 풍속과 언어도 개선된 곳은, 선조 이래 일본인인 양 그럴듯하니 꾸며대는 것이라 여겨진다. 그러므로 예의 문화(禮儀文華)가 아직껏 펼쳐지지 못함은 당연한 일이다."라고 기록되어 있는데, 그 후 약 백오십 년, 지하의 난케이를 오늘날 이 평탄한 콘크리트 도로 위 버스에 태워 지나가게 한다면 멍하니 얼떨떨해져 고개를 갸우뚱거리고, 어쩌면 '간밤의 눈, 지금 어디에!' 식으로 감탄할지도 모르겠다. 난케이의 『동유기』, 『서유기』는 에도 시대의 명저 가운데 하나로 손꼽히는 모양인데, 그 범례에도 "나의 만유(漫遊)는 원래 의학을 위함이니 의학에 관련되는 건 잡담일지라도 따로 기록해 동지들에게도 보이련다. 다만 이 책은 여행 중 견문한 바를 붓 가는 대로 쓰는 것이니, 애써 그 일의 허실을 바로잡지 않아 잘못 기록하는 일도 많을 듯하다." 이처럼 스스로 고백하고 있다시피, 독자의 호기심을 자극하면 그만이라는 듯한 황당무계에 가까운 기사도 적지 않다고 할 만하다. 다른 지방에 대해선 말하지 않고, 예컨대 이 소토가하마 근방에 관한 기사로만 한정해 말하더라도, "오슈 민마야(三馬屋)(작자 주. 민마야(三厩)의 옛 명칭)는 마쓰마에(松前)로 배를 타고 건너가는 나루터로, 쓰가루령 소토가하마에 있으며 일본 도호쿠의 끝이다. 옛날 미나모토노 요시쓰네가 다카다치 저택을 벗어나 에조로 건너가려고 이곳까지 왔건만, 건너가기 위한 순풍이 없는 탓에 며칠 체류하다가, 도저히 참다못해 소지한 관음상을 바다 밑 바위 위에 올려 두고 순풍을 기원하자, 순식간에 바람이 바뀌어 탈 없이 마쓰마에 땅으로 건너갈 수 있었다. 그 관음상 지금도 이곳 절에 있으니, 요시쓰네의 순풍 기원 관음이라 부른다. 또한 물결 밀려드는 곳에 거대한 바위가 있는데 마구간인 양 구멍 셋 나란히 있다. 이는 요시쓰네의 말을 세운 곳이다. 이로써 이 땅을 민마야〔三馬屋〕라고 일컫게 되었다." 이처럼 아무런 의심도 품지 않은 채 적어 놓았고, 또한 "오슈 쓰가루의 소토가하마에 다이라다테라는 곳이 있다. 이곳 북쪽에 암석이 바다로 툭 튀어나온 곳 있는데, 이를 '이시자키〔石崎〕의 코'라고 부른다. 그곳을 넘어 얼마간 더 가면 슈다니〔朱谷〕가 있다. 이 산 저 산 우뚝 치솟은 그 사이로 가느다란 계곡물 흘러나와 바다로 떨어진다. 이 골짜기의 흙과 돌 모두 주홍색이다. 물빛까지 더욱 붉어, 젖은 돌 아침햇살에 비치는 빛깔 참으로 화사하여 눈이 번쩍 뜨이는 기분이다. 그 떨어지는 곳의 바다, 작은 돌까지도 대부분 주홍빛이다. 이 부근 바닷속 물고기 전부 붉다고 한다. 골짜기의 주홍빛 기운을 받아 바닷속 물고기 또는 돌까지도 주홍빛이라는 건 감정이 있거나 없는 모든 생물이 이를 신기하게 느낀다." 이렇듯 어설피 넘겨 버리는가 하면, 또 '오키나'라 불리는 괴상스레 생긴 물고기가 북해에 살고 있는데, "그 크기가 자그마치 이 리, 삼 리에 미치는 탓에 끝내 그 물고기의 몸통 전체를 본 사람은 없다. 드물게 바다 위로 떠 있는 걸 봐서는 거대한 섬이 몇이고 생긴 듯하나, 이는 오키나의 등짝, 꼬리와 지느러미 따위가 조금씩 보였을 뿐이다. 길이가 이십 길 삼십

길 되는 고래를 집어삼키는 일이란 고래가 정어리를 삼키는 거와 비슷한 까닭에, 이 물고기가 다가오면 고래는 동으로 서로 도망쳐 달아난다." 이런 말로 겁을 주기도 하고, 또 "이 민마야에 체류했을 적에, 어느 날 밤 이 집 근처의 노인이 찾아왔기에, 집안 할아버지 할머니들 모여 화롯가를 둘러싸고 이런저런 세상사 이야기하는데 그들이 다 함께 말하기를, 참으로 요 이삼십 년 전 마쓰마에 쓰나미만큼 무시무시한 일은 없었다, 그즈음 바람도 고요하고 비도 전혀 드물었는데, 다만 어쩐지 하늘 기미가 찌푸려지는가 싶더니 밤마다 이따금 번쩍번쩍하며 동서로 허공을 날아다니는 무엇이 있어 차츰차츰 어마어마해지고, 그 네댓새 전에 이르러선 한낮에도 온갖 신들이 허공을 날아다녔다. 관복 차림으로 말 위에 올라탄 이도 있고, 혹은 용을 타고 구름을 타고, 혹은 코뿔소나 코끼리 같은 걸 올라탔다. 하얀 옷을 차려입은 이도 있고, 빨강 파랑 가지각색의 차림새에다 그 모습 또한 거대하기도 하고 자그맣기도 한데, 종류가 다른 괴상 야릇한 불신(佛神)이 공중에 그득그득 동서로 날아다닌다. 우리도 다들 바깥으로 나가 날마다 날마다 참으로 고마워하며 두 손 모아 배례했다. 신기한 일을 눈앞에 보고 배례 올리면서 네댓새쯤 지나는 동안, 어느 저녁 무렵 먼바다 쪽을 바라보노라니, 새하얗게 눈 쌓인 산 같은 것이 아득히 보인다. "저걸 봐! 또 신기한 뭔가가 바닷속에 나타났다!" 말하는 사이, 점점 더 가까이 다가오면서 바로 앞 섬의 산 위를 타넘어 오는 걸 보건대 거대한 물결이 밀려들고 있다. "쓰나미다! 어서 도망쳐라!" 남녀노소가 앞을 다투어 도망

치며 갈팡질팡하는데, 삽시간에 밀어닥쳐 민가와 논밭과 초목과 날짐승 길짐승까지 남김없이 깡그리 바다 밑 쓰레기가 되었으니, 살아남은 백성, 바닷가 마을에는 한 사람도 없었다. 그런데 처음에 신들이 구름 속을 날아다닌 것은 이렇듯 큰 변고가 일어날 줄 아시고 이 땅을 도망쳐 나가려 한 것이라 두렵다는 이야기를 했다." 이처럼 불경스러우면서 또한 꿈 같은 내용도, 평이한 문장으로 거침없이 술술 기록되어 있다. 현재의 이 주변 풍경에 대해선 이번에 그다지 구체적으로 쓰지 않는 편이 좋겠다 싶고, 황당무계하긴 해도 그나마 옛사람의 여행기 따윌 베껴 쓰면서 공상적인 옛이야기 비슷한 분위기에 젖어 보는 것도 그 나름의 재미라 여기고서, 사실은 『동유기』의 두세 가지 기사를 여기에 가려뽑아 쓴 셈이 되는데, 내친김에 하나 더, 소설 좋아하는 사람에겐 특히나 흥미롭게 느껴지지 않을까 싶은 기사가 있기에 소개하련다.

"오슈 쓰가루의 소토가하마에 있을 무렵, 그곳 관리가 '단고〔丹後〕 사람은 없는가?' 하고 자꾸만 조사한 적이 있다. 무슨 까닭인가? 물으니, 쓰가루의 이와키야마〔岩城山〕 신은 단고 사람을 몹시 싫어하고 꺼린다, 혹여 단고 사람이 은밀히라도 이곳에 숨어들었을 때는 날씨가 대단히 나빠지면서 비바람 몰아쳐 배가 드나들 수 없고, 쓰가루 영지는 굉장히 곤란을 겪게 된다는 거다. 내가 유람할 때도 줄곧 바람이 험했던 탓에, 단고 사람이 들어와 있는지 조사한 것이다. 날씨가 험하면 언제라도 관리가 엄격히 조사하고, 만약 들어와 있을 시는 급히 밖으로 내보낸다. 단고 사람이 쓰가루 영지의 경계를 나서면, 날씨는 순식간에 개어 바람이 잠잠해진다. 토속적으로, 예로부터 말이나 풍습으로 꺼리고 싫어할 뿐만 아니라 관리가 매번 살피고 조사하는 건 진기한 일이다. 아오모리, 민마야, 그 밖에 소토가하마 거리 항구에서 가장 격심하게 단고 사람을 꺼리고 싫어한다. 하도 별스럽기에, 어떠한 까닭 있어 이러한가? 하고 상세히 물어보니, 이 지방 이와키야마의 신을 말하자면 안주히메〔安壽姬〕의 출생지라 하여 안주히메를 받들어 모신다. 이 따님은 단고 고장을 떠돌다가 산쇼다유〔三庄太夫〕에게 괴롭힘을 당했기 때문에, 지금까지도 그 고장 사람이라 하면 꺼리고 싫어하여 비바람을 일으키면서 이와키의 신은 사나워진다. 소토가하마 거리 구십여 리, 다들 대개 고기잡이 또는 선박을 운용하며 살아가는 터라 언제나 가장 순풍을 기원한다. 그러므로 당장 날씨에 지장이 생기거나 하면, 이 고장 통틀어 모두가 단고 사람을 꺼리고 싫어하게 된다. 이 이야기는 이웃 지방으로도 퍼져나가 마쓰마에, 난부 등지의 항구마다 대부분 단고 사람을 꺼리어 피하며 쫓아낸다. 이토록 사람의 원한이 깊은 것인가."

묘한 이야기다. 단고 사람에겐 그야말로 달갑지 않은 민폐다. 단고 지역은 지금의 교토 북부인데, 그 주변 사람은 그 시대에 쓰가루에 왔다가는 낭패를 당하지 않을 수 없었던 셈이다. 안주히메와 즈시오〔廚子王〕의 이야기는 우리도 어릴 적부터 그림책 등으로 익힌 데다, 오가이[12]의 걸작 『산쇼다유

---

12) 모리 오가이(森鷗外, 1862~1922). 도쿄대학 의과대 출신. 군의관으로

〔山椒大夫〕』에 대해선 소설을 좋아하는 사람이라면 누구나 알고 있다. 하지만 그 애달픈 이야기 속 아름다운 남매가 쓰가루에서 태어났고 사후에 이와키산〔岩木山〕에 모셔져 있음은 그다지 알려지지 않은 듯한데, 사실 나는 이것도 어쩐지 의심스러운 이야기라고 생각한다. 요시쓰네가 쓰가루에 왔다는 둥, 삼 리나 되는 거대 물고기가 헤엄치고 있다는 둥, 돌 빛깔이 녹아들어 강물도 물고기 비늘도 빨갛다는 둥 그런 내용을 태연스레 써 나가는 난케이 씨인지라, 이것도 어쩌면 예의 "애써 그 일의 허실을 바로잡지 않는다." 식의 무책임한 기사일지도 모른다. 그렇긴 하나 이 안주와 즈시오 쓰가루인 설은, 『와칸산사이즈에〔和漢三才圖會〕』의 '이와키산〔岩城山〕 곤겐〔權現〕[13]' 조목에도 나와 있다. 『산사이즈에』는 한문이라서 다소 읽기 힘들지만, "전하기를, 옛날 이 고장(쓰가루)의 영주, 이와키 판관(判官) 마사우지라는 자가 있었다. 에이호 원년(1081년) 겨울, 교토에 머물다가, 중상모략을 일삼는 자로 인해 서해(西海)로 유배당했다. 고향에 자식이 둘 있다. 누나를 안주〔安壽〕라 이름 지었다. 남동생을 즈시오마루〔津志王丸〕라 이름 지었다. 어머니와 함께 정처 없이 떠도는데, 데와〔出羽〕[14]를 지나고

유럽 유학을 했다. 문예에 조예가 깊어 서구 문학을 번역 소개하는 한편, 창작과 비평 활동을 펼쳤다. 대표작으로 『기러기』, 『다카세부네〔高瀬舟〕』 등이 있다.
13) 부처나 보살이 일본의 신으로 모습을 바꾸어 나타남.
14) 아키타현과 야마가타현을 아우른 옛 지명.

에치고[越後]15)에 이르러 나오에[直江] 포구 운운." 이처럼 자신 있는 듯 써 나가고 있으나 마무리 즈음에 이르러, "이와키[岩城]와 쓰가루 이와키산[岩城山]은 남북 백여 리를 동떨어져 있으니 이를 받들어 모시는 건 의아스럽다." 하고 저 스스로 무심코 사실을 말해 버리는 형편이 되고 말았다. 오가이의 『산쇼다유』에는, "이와시로[岩代]16) 시노부고리의 집을 나와서"라고 쓰여 있다. 요컨대 이는, 이와키[岩城]라는 글자를 '이와키'라 읽기도 하고 '이와시로'라 읽기도 하면서 마구 뒤섞였다가, 마침내 쓰가루의 이와키산[岩木山]이 그 전설을 이어받게 된 건 아닌가 싶다. 그런데 옛날 쓰가루 사람들은 안주와 즈시오가 쓰가루의 아이라는 사실을 굳게 믿어, 밉디미운 산쇼다유를 원망하다 못해 단고 사람이 들어오면 쓰가루의 날씨가 험상궂어진다고까지 골똘히 생각했다니, 우리처럼 안주와 즈시오를 동정하는 이들에겐 통쾌하지 않은 바도 아니다.

소토가하마의 옛이야기는 이쯤에서 그만두고, 한데, 우리가 탄 버스는 점심 무렵, M씨가 있는 이마베쓰에 도착했다. 이마베쓰는 앞서도 말했듯이 환하고, 근대적이라고까지 말하고 싶을 정도의 항구 도시다. 인구도 사천 가까이 되는 듯하다. N군에게 안내받으며 M씨의 집을 방문했는데, 부인이 나오셔서, 안 계십니다, 하신다. 다소 기운이 없는 듯 비쳤다. 남

---

15) 니가타현의 옛 지명.
16) 후쿠시마현 서부의 옛 지명.

의 집 가정의 이러한 낌새를 보면, 나는 단박에, 아아, 이건 나 때문에 싸우기라도 한 건가? 생각하고 마는 버릇이 있다. 들어맞을 때도 있고, 빗나갈 때도 있다. 작가나 신문기자 등의 출현은, 선량한 가정에 자칫 불안감을 불러일으키기 쉬운 법이다. 그것은 작가에게도 상당히 고통스러울 터다. 이 고통을 체험한 적이 없는 작가는, 멍청이다.

"어디로, 가셨습니까?" N군은 누긋하다. 배낭을 내려놓으며, "아무튼, 잠깐 쉬겠습니다." 현관 마루에 걸터앉았다.

"불러오겠습니다."

"아, 죄송하게 됐군요." N군은 태연스럽기 그지없다. "병원 쪽인가요?"

"네, 그렇지 싶습니다." 아름답고 내성적인 듯한 부인은, 나지막이 말하고는 게다를 꿰신고 밖으로 나갔다. M씨는 이마베쓰의 어느 병원에 근무하고 있다.

나도 N군과 나란히 마루에 걸터앉아, M씨를 기다렸다.

"제대로, 미리 약속은 해 두었나?"

"음, 그렇지." N군은, 차분히 담배를 피우고 있다.

"하필 점심때라, 불편한데." 나는 어쩐지 안절부절못했다.

"아냐, 우리도 도시락을 가져왔으니까." 하고는 어물쩍거린다. 사이고 다카모리[17]도 이러할까, 싶을 정도였다.

M씨가 왔다. 쑥스럽게 웃으면서,

"자아, 들어가시죠." 한다.

---

17) 西鄕隆盛(1827~1877). 메이지 유신에 공헌한 정치가, 군인.

"아니, 그러고 있을 수도 없습니다." 하고 N군은 몸을 일으키며, "배가 뜰 성싶으면, 당장 배로 닷피까지 갈 생각이거든요."

"그래요." M씨는 가볍게 끄덕이고, "그럼, 뜨는지 어떤지, 잠시 물어보고 오겠습니다."

M씨가 일부러 부두까지 물어보러 가 주었지만, 배는 역시나 결항이라는 거였다.

"어쩔 수 없지." 믿음직스러운 나의 안내자는 딱히 낙담한 기색도 보이지 않고, "그렇담, 여기서 잠깐 쉬면서 도시락을 먹을까?"

"응, 여기서 앉은 채로도 괜찮아." 나는 지나치다 싶게 사양했다.

"들어가시지 않겠습니까?" M씨는 마음이 여린 듯 말한다.

"들어가도록 하지, 뭐." N군은 태연스레 각반을 풀기 시작했다. "천천히, 다음 여정을 생각합시다."

우리는 M씨의 서재로 안내되었다. 자그만 화로가 있고, 숯불이 타닥타닥 소리 내며 타올랐다. 책장에는 책이 빼곡하니 채워져 있고, 발레리 전집이며 교카[18] 전집도 갖춰 놓았다. "예의 문화가 아직껏 펼쳐지지 못함은 당연한 일이다."라고 자신 있게 단안을 내린 난케이 씨도, 여기 이르러선 어쩌면 실신할지도 모르겠다.

---

18) 이즈미 교카(泉鏡花, 1873~1939). 소설가. 신비적이고 낭만적 색채가 짙은 환상문학을 펼쳤다.

"술은, 있습니다." 고상한 M씨는 되레 자신이 먼저 낯을 붉히며 그리 말했다. "마십시다."

"아니아니, 여기서 마시면." 말하다 말고, N군은 우후후 웃으며 얼버무렸다.

"그건 괜찮습니다." M씨는 민감하게 알아차리고, "닷피에 가져가실 술은, 따로 또 챙겨 두었으니까요."

"호호!" N군은 마구 들떠서, "아니, 그런데, 지금부터 마셨다간 오늘 중으로 닷피에 도착 못하게 될지도." 어쩌고 말하는 사이, 부인이 말없이 술병을 내왔다. 이 부인은 본디 말수가 적은 사람이지 딱히 우리한테 화난 게 아닐지도 모른다, 라며 나는 스스로 형편 좋을 대로 고쳐 생각하고,

"그러면 취하지 않을 정도로, 조금 마실까?" N군에게 제안했다.

"마시면 취해." N군은 선배티 나는 낯으로 말하고, "오늘은 그럼, 민마야 숙박인가?"

"그게 좋겠지요. 오늘은 이마베쓰에서 느긋하니 놀고, 민마야까지라면 걸어서, 뭐, 터벅터벅 걸어서 한 시간쯤? 아무리 취한들 거뜬히 갈 수 있습니다." M씨도 권한다. 오늘은 민마야 일박이라 정하고, 우리는 마셨다.

나는, 이 방으로 들어왔을 때부터 자꾸만 마음 쓰이는 게 하나 있었다. 내가 가니타에서 그만 험담해 버린 바로 그 쉰 살 연배 작가의 수필집이, M씨의 책상 위에 반듯이 놓여 있는 거였다. 애독자라는 건 훌륭한 이여서, 내가 그날, 가니타의 간란산에서 그토록 입이 험하게 이 작가를 매도했건만, 이

작가에 대한 M씨의 신뢰는 눈곱만큼도 동요하지 않은 걸로 보인다.

"잠깐, 그 책 좀 빌릴까요?" 도무지 신경이 쓰여 안절부절 못하겠기에, 마침내 나는 M씨에게 그 책을 빌려 어설프게 휘 릭 펼치고 그 부분을 번뜩이는 매의 눈초리로 읽기 시작했다. 무언가 결점을 주워 담고 개가를 올리고 싶었으나, 내가 읽은 부분은 그 작가도 특별히 긴장하며 쓴 대목이었는지, 아무래 도 파고들 빈틈이 없는 거다. 나는, 말없이 읽었다. 한 페이지 읽고, 두 페이지 읽고, 세 페이지 읽고, 이윽고 다섯 페이지 읽 고, 그러고는 책을 내던졌다.

"방금 읽은 대목은, 좀 괜찮더군. 하지만 다른 작품에는 안 좋은 구석도 있지." 나는 패배하고서도 억지를 부렸다.

M씨는 흐뭇한가 보았다.

"장정이 호화로우니까 말이야." 나는 나지막이, 다시금 아쉬 움에 억지를 부렸다. "이렇게 고급 종이에다, 이렇게 큼직한 활 자로 인쇄된다면, 대체로 문장은 훌륭하게 보이거든."

M씨는 대꾸 없이, 그저 잠자코 웃기만 한다. 승리자의 미 소다. 하지만 난 본심으로는, 그토록 분하게 여기지도 않았다. 좋은 문장을 읽고서, 휴우 마음이 놓였다. 결점을 찾아내어 개가 따월 올리기보다는, 얼마나 기분이 흡족한지 모른다. 거 짓말이 아니다. 나는, 좋은 문장을 읽고 싶다.

이마베쓰에는 혼카쿠지〔本覺寺〕라는 유명한 절이 있다. 데 이덴 화상〔貞傳和尙〕이라는 훌륭한 스님이 이곳의 주지였던 터라 알려지게 되었다. 데이덴 화상에 대해서는 다케우치 운

쓰가루 요람 엥쓰코 그림
(볏짚으로 겯는다)

페이 씨의 저서 『아오모리현 통사』에도 기재되어 있다. 이를테면 "데이덴 화상은 이마베쓰의 니야마 진자에몬의 자식으로, 일찍이 히로사키 세이간지〔誓願寺〕에 입문했다. 그 후 이와키 타이라〔磐城平〕, 센쇼지〔專稱寺〕에서 수행하기를 십오 년, 스물아홉 살 때부터 쓰가루 이마베쓰, 혼카쿠지의 주지가 되어 교호 16년(1731년) 마흔두 살에 이르는 동안, 교화한 곳이 쓰가루 지방뿐만 아니라 이웃 여러 고장에도 미쳤으며, 교호 12년 금동 솔도파(率塔婆)[19] 건립 공양 때 같으면, 영내는 물론 난부, 아키타, 마쓰마에 지방의 선남선녀가 운집하여 참배를 보았다."라는 내용이 적혀 있다. 그 절을 이제부터 한번 보러 가지 않겠는가, 하고 소토가하마의 안내자 N 마을 의원이 말을 꺼냈다.

"문학담도 좋지만, 도무지, 자네의 문학담은 일반인에겐 맞질 않아. 이상야릇한 구석이 있지. 그러니까, 아무리 세월이 지나도 유명해지질 않아. 데이덴 화상은 말이야." N군은 어지간히 취해 있었다. "데이덴 화상은 말이야, 부처님 가르침을 설파하는 건 뒤로 미루고, 우선 민중 생활의 복리증진을 도모하고 그랬지. 그러지 않고선 민중 따위, 부처님 가르침이고 뭐고 아예 듣지를 않아. 데이덴 화상은, 더러는 산업을 일으키고, 더러는." 그러면서 말을 하다 말고, 저 혼자 피식 웃음을 터뜨리고는, "뭐, 어쨌거나 가 보자고! 이마베쓰에 와서 혼카쿠지를 안 보는 건 수치지요. 데이덴 화상은, 소토가하마의 자랑이야. 이렇게 말하면서도 사실, 나도 아직 보질 못했거든. 좋은 기회니까, 오늘은 보러 가고 싶어. 다 같이 함께 보러 가자고!"

나는 여기서 마시면서 M씨와, 이른바 '이상야릇한' 구석이 있는 문학담을 나누고 싶었다. M씨도 그런가 보았다. 하지만 N군의 데이덴 화상에 대한 정열은 상당한 것인지라, 급기야 우리의 묵직한 엉덩이를 들어 올리고야 말았다.

"그럼 그 혼카쿠지에 들렀다가, 그러고는 곧장 민마야까지 걸어가 버리지 뭐." 나는 현관 마루에 걸터앉아 각반을 단단

---

19) 불사리를 안치해 공양하는 탑.

히 감으면서, "어떤가요? 당신도." 하고 M씨에게 권유했다.

"네, 민마야까지 동행하겠습니다."

"그건 참 고맙군요. 이 기세라면, 마을 의원은 오늘 밤 언저리, 민마야 숙소에서 가니타 마을 행정에 대해 한바탕 장황히 이야길 늘어놓지나 않을까 싶어, 사실은 우울했거든요. 당신이 함께해 주시면, 마음 든든합니다. 사모님, 바깥분을 오늘밤, 빌리겠습니다."

"네에." 이렇게만 말하고 미소 짓는다. 조금은 익숙해진 기색이었다. 아니, 체념한 건지도 모른다.

우리는 술을 제각기 물통에 채워 넣고, 무척 쾌활하게 출발했다. 그리고 도중에도 N군은, 데이덴 화상, 데이덴 화상, 해가며 엄청스레 시끄럽게 굴었다. 절 지붕이 보이기 시작했을 즈음, 우리는 생선 장수 아주머니와 마침 마주쳤다. 끌고 있는 리어카에는 여러 가지 생선이 잔뜩 쌓여 있다. 나는 두 자(尺) 남짓한 도미를 발견하고,

"그 도미는, 얼마인가요?" 도통 어림잡을 수가 없었다.

"1엔 70전입니다." 저렴하다고 생각했다.

나는 그만, 사 버렸다. 그런데 사 버리고 나선, 처리가 궁해졌다. 이제부터 절에 가는 거다. 두 자짜리 도미를 손에 들고 절에 가는 건 기괴한 꼴이다. 나는 어찌할 바를 몰랐다.

"쓸데없는 걸 샀군!" N군은 입을 삐죽거리며 나를 경멸했다. "그런 걸 사서 어쩌려고?"

"아니, 민마야 숙소에 가서, 이걸 한 마리 통째로 소금구이를 만들어 달래서, 커다란 쟁반에 담아 셋이서 먹을 생각이었

지.”

“하여튼, 자넨 이상야릇한 걸 생각한다니까. 그래서는 흡사 혼례라도 치르는 것 같군.”

“그래도 1엔 70전으로, 잠시 호화로운 기분에 잠길 수도 있으니까, 고맙잖아?”

“고맙지 않아. 1엔 70전이라니, 이 언저리에선 비싸. 참말로 자넨 어설프게도 사 버렸군.”

“그런가?” 나는 시들해졌다.

결국 나는 두 자짜리 도미를 늘어뜨린 채, 절 경내로 들어서고 말았다.

“어떡하지요?” 나는 나직이 M씨에게 의논했다. “난처하네요.”

“그렇군요.” M씨는 진지한 낯으로 생각하다가, “절에 가서 신문지든 뭐든 얻어 오지요. 잠깐, 여기서 기다리고 계세요.”

M씨는 절 부엌 쪽으로 가더니 마침내 신문지와 끈을 가져와, 문제의 도미를 꾸리고는 내 배낭에 넣어 주었다. 나는 후유, 안도하고서 절의 산문(山門)을 올려다보기도 했는데, 별반 빼어난 건축으로도 보이지 않았다.

“대단한 절도 아니잖아.” 나는 나직이 N군에게 말했다.

“아니아니, 아니아니. 외관보다도 내용이 좋거든. 아무튼, 절에 들어가서 스님 설명이라도 들어 보자고.”

나는 마음이 무거웠다. 마지못해 N군 뒤를 따라갔지만, 그러고는 정말이지 지독한 곤경에 처했다. 절의 스님은 부재중인 듯, 쉰 살 연배의 안주인일 성싶은 사람이 나와서 우리를 본당으로 안내해 주었고, 그다음부터 길고도 긴 설명이 시작되었다. 우리는 반듯하니 무릎을 꿇고 정좌한 채로 점잖게 경청하고 있어야만 한다. 설명이 다소 일단락되어, 얼씨구 기뻐라! 하고 몸을 일으키려는데, N군은 무릎걸음으로 다가가,

"그렇다면, 한 가지 더 여쭙겠습니다만." 하고 말한다. "대체 이 절은 데이덴 화상이, 언제쯤 지으신 건가요?"

"무슨 말씀이신지요? 데이덴 큰스님은 이 절을 창건하신 게 아닙니다. 데이덴 큰스님은 이 절의 중흥 개산(中興開山),[20] 5대째 큰스님이시고……." 또다시 장황한 설명이 이어진다.

"그랬던가요." N군은 멀거니 멀뚱대며, "그렇다면 좀 더 여쭙겠습니다만, 이 데이잔 화상은." 데이잔 화상이란다. 그야말로 엉망진창이다.

N군은 저 홀로 열광하여 무릎걸음으로 다가가고 또 다가가길 거듭해, 급기야 그 노부인의 무릎과 간격이 종이 한 장 남짓한 지점까지 진출하고서, 일문일답을 이어간다. 슬슬 사위가 어둑어둑해져, 이제부터 민마야까지 갈 수 있을지 어떨지 미심쩍었다.

"저기 있는 큼직하고 멋들어진 액자는, 그 오노 구로베 님이 쓰신 액자입니다."

"그렇습니까?" N군은 감탄해 마지않고, "오노 구로베 님이라고 하면……."

"잘 아실 테지요. 충신 의사(義士)의 한 사람입니다." 충신

---

20) 쇠퇴한 절을 다시금 번창시킨 승려.

의사라고 말한 듯하다. "그분은 이 지역에서 돌아가셨고, 돌아가신 건 마흔두 살, 무척이나 신앙이 두터운 분이셨다고 하는데, 이 절에도 빈번히 막대한 시주를 하시고……."

M씨는 이때 이윽고 일어서서 안주인 앞으로 나가, 안주머니에서 하얀 종이로 감싼 걸 내밀고, 말없이 공손히 고개 숙여 절하고, 그러고는 N군을 향해,

"이제 슬슬, 인사를." 나직이 말했다.

"아아, 그러지, 그만 갑시다!" N군은 대범하게 말하고, "좋은 말씀을 들었습니다."라며 안주인에게 인사치레를 건네고서야 겨우 몸을 일으켰는데, 나중에 물어본즉 안주인의 이야기를 하나도 기억하지 못한단다. 우리는 어이가 없어,

"그토록 정열적으로 온갖 질문을 퍼부었잖아?" 그러자,

"아니, 깡그리 건성건성이었어. 워낙 되게 취했거든. 나는 자네들이 이런저런 걸 궁금해 하겠거니 싶어서 꾹 참고, 그 안주인의 대화 상대가 되어 주었던 거지. 난 희생자야!" 형편없는 희생심을 발휘했군.

민마야의 숙소에 도착했을 때는, 이미 날이 저물어 가고 있었다. 바깥쪽 2층의 깔끔한 방으로 안내되었다. 소토가하마의 여관은 죄다, 마을에 걸맞지 않을 만치 고급스럽다. 방에서 바로 바다가 보인다. 가랑비가 내리기 시작해, 바다는 뽀얗게 잔잔하다.

"나쁘지 않군. 도미도 있고, 바다의 비를 바라보면서 천천히 마시자." 나는 배낭에서 도미 꾸러미를 꺼내 여종업원에게 건네고, "이건 도미인데, 이걸 이대로 소금구이로 해서 갖다 주

세요."

이 종업원은 그다지 영리해 보이지 않는 표정으로 그저, 네에, 라고만 하고는, 멍하니 그 꾸러미를 받아들고 방을 나갔다.

"알아들었어요?" N군도, 나와 마찬가지로 살짝 종업원에게 불안을 느낀 거겠지. 불러 세우고 다짐을 두었다. "그대로 소금구이를 하는 거예요. 세 사람이라고 해서, 셋으로 토막 내지 않아도 돼요. 굳이, 삼등분으로 할 필요는 없다고요. 알아들었어요?" N군의 설명도, 그리 능숙하다고는 할 수 없었다. 종업원은 여전히, 네에, 하고 미덥지 않은 대답을 했을 뿐이었다.

드디어 밥상이 나왔다. 도미는 지금 소금구이로 하고 있어요, 술은 오늘은 없다고 해요. 방긋 웃지도 않은 채, 그 영리해 보이지 않는 종업원이 말한다.

"도리 없지. 가져온 술을 마시자고."

"그렇게 돼 버렸군." N군은 안달스럽게 물통을 끌어당기고, "미안한데 술병 두 개와 술잔 세 개만."

굳이 딱 세 개일 것까진 없나? 어쩌고 농담을 하는 사이, 도미가 나왔다. 굳이 세 토막을 내지 않아도 된다는 N군의 당부가, 참으로 어처구니없는 결과가 되어 있었다. 대가리도 꼬리도 뼈도 없이, 그저 도미의 살점을 발라낸 소금구이가 다섯 토막뿐, 아무런 정취도 없이 희읍스름하게 접시에 올려져 있다. 나는 결코, 음식에 구애되는 건 아니다. 먹고 싶어서, 두 자짜리 도미를 샀던 게 아니다. 독자는, 이해해 주겠지 생각한다. 나는 그걸 한 마리 원래 모습 그대로 구워 달래서, 그러고는 그것을 커다란 접시에 올려놓고 바라보고 싶었던 거다. 먹는다, 먹지 않는다는 주요 문제가 아니다. 나는, 그걸 바라보면서 술을 마시고, 넉넉한 기분이 되고 싶었던 거다. 굳이 세 토막을 내지 않아도 된다, 라는 N군의 말투도 기이했지만, 그렇다면 다섯 토막을 내지요, 라고 생각하는 이곳 여관 사람의 무신경함에, 부아통이 치밀기도 하고 원망스럽기도 하고, 나는 정말이지 발을 동동 구르는 심정이었다.

"쓸데없는 일을 벌여 놨군." 접시에 멍청하니 담긴 다섯 토막의 생선구이(그건 이제 도미가 아니다, 그냥, 생선구이다.)를 바라보며, 나는, 울고 싶어졌다. 하다못해 횟감으로라도 부탁했더라면, 그나마 단념할 수도 있겠다 싶었다. 대가리며 뼈는 어찌했으려나? 큼직하고 멋들어진 대가리였건만, 내다 버리고 말았나? 생선이 풍부한 지방의 숙소는 되레 생선에 둔감해져, 요리법이고 뭐고 모르는 거다.

"화내지 말아, 맛있는데!" 인격 원만한 N군은, 아무렇지 않게 그 생선구이에 젓가락을 가져가며 그리 말했다.

"그래? 그렇담, 자네 혼자서 전부 먹으면 되잖아. 먹으라고! 난, 안 먹어. 이까짓, 어처구니없는데 먹을 수가 있나! 애당초, 자네 잘못이야. 굳이 삼등분으로 할 필요는 없어 어쩌고, 그런 가니타 마을 예산 총회에서나 쓸 법한 거들먹거리는 말투로 주석을 덧붙이니까, 그 멍텅구리 여종업원이 그만 허둥지둥해 버린 거라고. 자네 잘못이야. 난, 자넬, 원망하네."

N군은 태평스레 우후후 웃고는,

"그래도, 또한 유쾌하잖아? 셋으로 토막 내거나 하지 마세요, 그랬더니, 다섯 토막을 냈다. 멋스러워! 멋스럽다고, 이곳 사람들은. 자아, 건배! 건배, 건배!”

나는 영문을 알 수 없는 건배를 강요받았고, 도미의 울분 탓인지 곤드레만드레 몹시 취해서 자칫 문란해질 것 같기에, 홀로 일찌감치 자 버렸다. 지금 떠올려 봐도, 그 도미는, 분하다. 도통 무신경하다.

이튿날 아침 일어나자, 여전히 비가 내리고 있었다. 아래층으로 내려가 여관 사람에게 물었더니, 오늘도 배는 결항인 듯하다, 라는 거였다. 닷피까지 해안을 따라 걸어가는 수밖에 없다. 비가 그치는 대로 마음먹고 곧장 출발하기로 되어, 우리는 다시 이불 속으로 파고들어 잡담하면서 비 그치길 기다렸다.

“언니와 여동생이 있었는데.” 나는 문득, 그런 옛이야기를 시작했다. 언니와 여동생이, 어머니한테 똑같은 분량의 솔방울을 건네받고서, 이걸 가지고 밥과 된장국을 만들어 봐라, 라는 말씀에, 쩨쩨하고 조심스러운 여동생은 솔방울을 아끼고 아껴 하나씩 아궁이에 던져 넣으며 불을 피우느라, 된장국은커녕 밥조차 온전히 짓지 못했다. 언니는 의젓하고 시원시원한 성격이었던 터라, 주어진 솔방울을 한꺼번에 와르르 아까운 줄 모르고 아궁이에 지폈음에도, 그 불로 너끈히 밥을 지은 데다 나중에 잉걸불이 남았기에 그 잉걸불로, 된장국도 끓여 냈다. “그런 얘기, 아는지? 자, 마시자고. 닷피에 가져간다면서 어젯밤, 물통의 술을 하나 더 남겨 두었잖아? 그거, 마시자고! 쩨쩨하게 굴어 봤자 소용없어. 시원시원하게, 한꺼번에 와르르 해치우자고! 그리하면, 나중에 잉걸불이 남을지도 모르지. 아니, 남지 않아도 괜찮아. 닷피에 가면, 또 어떻게든 되겠지. 구태여 닷피에서 술을 안 마신들, 상관없잖아? 죽을 셈도 아닐 테고. 술을 마시지 않은 채 누워서, 고즈넉이, 지나온 길과 나아갈 길을 생각하는 것도, 나쁘진 않지.”

“알았어, 알았어!” N군은 벌떡 일어나, “만사, 언니 식으로 가자고. 한꺼번에 와르르, 해치워 버리자!”

우리는 일어나 화로를 에워싸고 쇠주전자에 술을 데워, 비가 그치길 기다리면서, 나머지 술을 깡그리 마셔 버렸다.

한낮 무렵, 비가 그쳤다. 우리는 늦은 아침밥을 먹고, 출발 채비를 했다. 으스스 춥고 찌푸린 날씨다. 숙소 앞에서 M씨와 헤어지고, N군과 나는 북쪽을 향해 떠났다.

“올라가 볼까?” N군은 기케이지〔義經寺〕 입구의 돌기둥 문 앞에서 멈춰 섰다. 마쓰마에의 아무개라는 입구 문 기부자의 이름이 그 문기둥에 새겨져 있었다.

“음.” 우리는 그 돌기둥 문을 지나, 돌계단을 올랐다. 정상까지, 제법 되었다. 돌계단 양쪽의 나무들 우듬지에서 빗방울이 떨어져 내린다.

“이건가?”

돌계단을 끝까지 오른 야트막한 산 정상에는 허름한 당집이 서 있다. 당집 문에는, 용담 잎과 꽃을 도안화한 미나모토 집안의 가문(家紋)이 붙어 있다. 나는 어째선지, 지독히 쓸쓸한 기분으로,

“이건가?” 하고, 다시 말했다.

“이거야.” N군은 얼빠진 목소리로 대답했다.

옛날 미나모토노 요시쓰네가 다카다치 저택을 벗어나 에조

로 건너가려고 이곳까지 왔건만, 건너가기 위한 순풍이 없는 탓에 며칠 체류하다가, 도저히 참다못해 소지한 관음상을 바다 밑 바위 위에 올려 두고 순풍을 기원하자, 순식간에 바람이 바뀌어 탈 없이 마쓰마에 땅으로 건너갈 수 있었다. 그 관음상 지금도 이곳 절에 있으니, 요시쓰네의 순풍 기원 관음이라 부른다.

예의 『동유기』에서 소개된 것은, 이 절이다.

우리는 아무 말 없이 돌계단을 내려왔다.

"이것 봐, 이 돌계단 군데군데, 움푹 팬 자리가 있지? 벤케이[21]의 발자국이라느니, 요시쓰네의 말발굽 자국이라느니 뭐라느니, 그런 이야기야." N군은 그리 말하고, 힘없이 웃었다. 나는 믿고 싶다고 생각했지만, 허사였다. 기둥문을 나온 곳에 바위가 있다. 『동유기』에 또 가로되,

"물결 밀려드는 곳에 거대한 바위가 있는데 마구간인 양 구멍 셋 나란히 있다. 이는 요시쓰네의 말을 세운 곳이다. 이로써 이 땅을 민마야〔三馬屋〕라고 일컫게 되었다."

우리는 그 거암 앞을, 애써 황급히 지나쳤다. 고향의 이러한 전설은, 기묘하게 창피스러운 거다.

"이건 분명, 가마쿠라 시대에 타처에서 흘러들어온 불량 청년 이인조가, 무얼 숨기랴, 본인은 구로 판관〔九郎判官〕,[22] 또한 이 수염 사내는 무사시보 벤케이, 하룻밤 숙소를 부탁하겠

---

21) 弁慶. 가마쿠라 시대 초기의 승려. 미나모토노 요시쓰네를 주군으로 섬겼으며, 호걸로 이름을 떨쳤다.
22) '구로'는 요시쓰네의 다른 이름.

네, 어쩌고 해 가며 시골 아가씨를 어루꾀어 다녔을 게 틀림없어. 도대체, 쓰가루에는 요시쓰네의 전설이 너무 많아. 가마쿠라 시대뿐만 아니라 에도 시대가 되고서도, 그런 요시쓰네와 벤케이가 어정버정 헤매고 있었을지도 모르지."

"하지만 벤케이 역은, 시시했을 거야." N군은 나보다 훨씬 수염이 짙은 탓에, 어쩌면 벤케이 역을 떠맡게 되지나 않을까, 불안을 느낀 모양이었다. "일곱 가지 도구[23]라는 묵직한 물건을 짊어지고 다녀야만 했으니까, 성가시지."

이야기하는 사이, 그런 불량 청년 두 사람의 방랑 생활이 무척 즐거웠으리라고 공상하면서, 부러워지기조차 했다.

"이 부근엔, 미인이 많군." 나는 나직이 말했다. 지나치는 마을의 집 뒤편에서 언뜻 모습을 비쳤다가 휙 사라지는 아가씨들은, 다들 살결이 보얗고 차림새도 말쑥하니 기품이 있었다. 손발이 가슬가슬하지 않을 것 같다.

"그런가? 그러고 보니, 그렇군." N만큼 여자에게 담박한 사람도 드물다. 그저, 오로지 술이다.

"설마 지금, 요시쓰네입네 밝히고 나선들, 믿지는 않을 테고." 나는 멍청한 공상을 하고 있었다.

처음에는 그런 하잘것없는 이야기를 주고받으며 어슬렁어슬렁 걷고 있었지만, 차츰 두 사람의 걸음걸이가 빨라지기 시작했다. 흡사 둘이서 걸음발 겨루기라도 하는 모양새로, 그러고는 부쩍 말수가 없어졌다. 민마야의 술기운이 가시고 있었

---

23) 낫, 톱, 망치, 도끼, 갈퀴 등 일곱 가지 무기.

다. 엄청 춥다. 서두르지 않을 수가 없다. 우리는 둘 다 엄숙한 표정으로, 바지런히 걸었다. 갯바람이 점점 더 드세졌다. 모자가 몇 번이고 바람에 날아갈 뻔했기에, 나는 그럴 때마다 모자챙을 꾹, 아래로 잡아당겼는데, 급기야 인조섬유 모자챙이 찌이익 찢어지며 떨어져 나가고 말았다. 비가 이따금, 후드득 후드득 내린다. 시커먼 구름이 낮게 하늘을 뒤덮고 있다. 물결의 너울거림도 한층 더 커지면서, 해안을 따라 좁다란 길을 걷고 있는 우리의 뺨에 물보라가 튄다.

"이래도, 길이 굉장히 좋아진 거야. 육칠 년 전엔, 이렇지 않았지. 물결이 잦아들기를 기다렸다가 재빨리 지나가야만 하는 곳이 몇 군데나 있었으니까."

"그래도 지금도, 밤엔 안 되겠지. 도저히, 걸을 수 없을 테지."

"그래, 밤엔 안 돼. 요시쓰네인들 벤케이인들 안 돼."

우리는 진지한 낯으로 그런 이야기를 하고, 더욱더 바지런히 걸었다.

"지치지 않아?" N군은 뒤돌아보며 말했다. "뜻밖에, 잘 걷는걸?"

"음, 아직은 늙지 않았지."

두 시간 남짓 걸었을 즈음부터, 사위 풍경은 어쩐지 심상찮게 스산해졌다. 처참하다 싶은 느낌이다. 그건 이미, 풍경이 아니었다. 풍경이라는 건, 오랜 세월 여러 사람이 바라보고 형용하고, 이를테면 인간의 눈길에 닳을 대로 닳아 연화하여 인간에게 길들이고 친숙해지고 말아, 높이 서른다섯 자 되는 게곤

〔華嚴〕 폭포[24]에도 역시나 우리 속 맹수 같은, 사람티 나는 내음이 어렴풋이 느껴진다. 예부터 그림으로 그려지고 노래로 읊어지고 하이쿠로 지어진 명소며 험지에는, 죄다 예외 없이 인간의 표정이 발견되는 법인데, 이 혼슈 북단의 해안은 아예 풍경이고 뭐고, 되지를 못한다. 점경(点景)인물[25]의 존재도 허락지 않는다. 굳이 점경인물을 두고자 한다면, 하얀 아쓰시[26]를 입은 아이누 노인이라도 빌려 오지 않으면 안 된다. 자줏빛 점퍼를 입은 간들간들한 사내 따윈, 두말없이 나가떨어져 버린다. 그림이고 노래고, 되지를 않는다. 단지, 암석과 물이다. 곤차로프[27]였던가, 대양을 항해하다 거친 비바람을 만났을 때 노련한 선장이, "자아, 잠깐 갑판에 나와 보세요. 이 거대한 물결을 무어라 형용하면 좋을지요? 당신들 문학자는, 분명 이 물결을 마주하고, 기막히게 근사한 형용사를 부여해 주실 게 틀림없소." 곤차로프는 물결을 응시하다 이윽고, 한숨을 쉬며 딱 한마디, "무시무시하군."

대양의 격랑이며 사막의 폭풍 앞에서는 어떠한 문학적 형용사도 떠오르지 않음과 마찬가지로, 이 혼슈의 막다른 길목의 암석이며 물도 그저 무시무시할 뿐이라, 나는 그러한 것들에서 시선을 돌리고 오직 자신의 발치만 보면서 걸었다. 이제 삼십

---

24) 높이 약 구십칠 미터, 폭은 약 칠 미터 되는 도치기현 닛코의 폭포.
25) 풍경화나 사진에서 정취를 더하기 위해 풍경 속에 넣는 인물.
26) 난티나무 껍질 실로 짠 직물. 또는 그걸로 만든 아이누의 윗옷.
27) Ivan A. Goncharov(1812~1891). 러시아 소설가, 기행작가. 지주 귀족의 생활과 심리를 극명하게 묘사했다. 대표작으로 『오블로모프』가 있다.

분 남짓이면 닷피에 도착하게 될 즈음, 나는 슬며시 웃으며,

"이거 아무래도, 역시나 술을 남겨 둘 걸 그랬나? 닷피 숙소에 술이 있을 성싶진 않고, 워낙 이렇게 추워서야." 나도 모르게 푸념을 늘어놓았다.

"아! 나도 방금 그 생각을 하고 있었거든. 조금만 더 가면, 내가 예전에 알고 지낸 이의 집이 있는데, 혹시나 거기에 배급 술이 있을지도 몰라. 그곳은 술을 마시지 않는 집이거든."

"한번 알아봐 주게."

"음, 역시나 술이 없어선 안 돼."

닷피에 거의 다다른 마을에, 그 지인의 집이 있었다. N군은 모자를 벗고 그 집으로 들어가더니, 잠시 뒤 웃음을 억지로 꾹 눌러 참는 듯한 낯으로 나와서,

"악운이 센걸! 물통에 가득 채워 왔지. 다섯 홉 이상은 돼."

"잉걸불이 남아 있었던 셈이군. 가자!"

조금만 더. 우리는 허리를 구부리고 세찬 바람에 맞서, 종종걸음으로 잔달음질 치다시피 닷피를 향해 돌진했다. 길이 더욱더 좁아졌다고 생각하는 사이, 느닷없이, 닭장 안으로 머리를 들이밀었다. 한순간, 나는 뭐가 뭔지, 영문을 알 수 없었다.

"닷피다!" N군이 색다른 낌새로 말했다.

"이곳이?" 차분히 둘러보니, 닭장이라 느꼈던 게 다름 아닌 닷피 마을인 거다. 흉포한 비바람을 맞으며, 자그마한 집들이 한 덩어리처럼 꽉 달라붙어 서로서로 감싸 안은 채 서 있다. 이곳은, 혼슈의 극지다. 이 마을을 지나 길은 없다. 다음엔 바

다로 굴러떨어질 따름이다. 길이 완전히 끊겨 있다. 이곳은, 혼슈의 막다른 골목이다. 독자도 명심하시라. 여러분이 북쪽을 향해 걷고 있을 때, 그 길을 어디까지나 거슬러 오르고 거슬러 올라가면, 어김없이 이 소토가하마 도로에 이르러 길이 더욱더 좁아지는데 한층 더 거슬러 오르면 쑤욱, 이 닭장 비슷한 신기한 세계로 움푹 빠져들고, 그곳에서 여러분의 길은 완전히 다한다.

"누군들 다 놀라지. 나도 말이야, 처음 여기로 왔을 때, 이크, 남의 집 부엌에 들어오고 말았다! 싶어서 철렁했다니까."
N군도 말했다.

하지만 여기는 국방상 대단히 중요한 지역이다. 나는 이 마을에 대해 이 이상 말하는 건 피해야만 한다. 골목길을 지나 우리는 여관에 도착했다. 할머니가 나와서, 우리를 방으로 안내했다. 이 여관의 방 또한 오호! 하고 눈이 휘둥그레질 만큼 깔끔한 데다, 결코 날림으로 짓지도 않았다. 우선 솜옷으로 갈아입고, 우리는 자그만 화로를 사이에 두고 양반다리로 앉았는데, 그제야 가까스로 살아 있다는 느낌을 되찾았다.

"저어, 술은 있습니까?" N군은, 사려 분별 있음 직한 차분한 말투로 할머니에게 물었다. 대답은, 뜻밖이었다.

"그럼요, 있습니다." 갸름한 얼굴에 고상한 할머니다. 그리 대답하고는, 태연스럽다. N군은 쓴웃음 지으며,

"아니, 할머니. 우리는 조금 많이 마시고 싶거든요."

"그러시지요, 얼마든지." 말하고서 미소 짓는다.

우리는 얼굴을 마주 보았다. 이 할머니는 요즈음 술이 귀

중품이 되었다는 사실을 모르는 건 아닐까, 의심스럽기까지
했다.

"오늘 배급이 있어서 말이지요, 이웃에 마시지 않는 곳도
꽤 있으니까, 그런 걸 모아." 말하면서 그러모으는 손놀림을 하
고는, 한됫병을 잔뜩 끌어안듯이 팔을 벌린 채, "아까 종업원
이, 이렇게 한가득 가져왔습니다."

"그 정도 있으면, 충분해요." 나는 그제야 안심하고, "이 쇠
주전자로 데울 거니까, 술병에 술을 담아서 네댓 병, 아니, 성
가셔, 여섯 병, 바로 가져다주세요." 할머니의 마음이 바뀌기
전에, 넉넉히 들여다 놓는 편이 좋겠다 싶었다. "밥상은, 나중
이라도 괜찮으니까."

할머니는 주문받은 대로, 쟁반에 술병을 여섯 병 올리고 가
져왔다. 한 병, 두 병, 마시는 동안 밥상도 나왔다.

"자아, 그럼, 천천히."

"고맙습니다."

여섯 병의 술이, 눈 깜짝할 사이 없어졌다.

"벌써 없어졌군." 나는 놀랐다. "엄청 빠르네. 너무 빠르잖
아!"

"그렇게나 마셨다고?" N군도 의아스럽다는 낯으로, 빈 술병
을 하나씩 흔들어 보더니, "없어! 여하튼 워낙 추웠으니까, 정
신없이 쏟아부은 모양이야."

"어느 술병에건, 찰랑찰랑 넘치도록 가득 술이 들어 있었는
데! 이렇게나 빨리 마셔 대고 나서, 여섯 병 더 어쩌고 말했다
간, 할머니는 우릴 도깨비가 아닌가 여겨 경계할지도 몰라. 괜

스레 공포심을 일으켜, 이제 술은 그만 드세요, 이런 말을 들으면 큰일이니까, 이젠 지참한 술을 데워 마시며 조금 짬을 두었다가, 그리고 나서, 여섯 병만 더, 라고 말하는 편이 좋아. 오늘 밤은, 이 혼슈 북단의 여관에서, 한번 밤새껏 마셔 보자고!" 이처럼 기묘한 책략을 고안해 낸 것이 실패의 근원이었다.

우리는 물통의 술을 술병에 옮겨 담아, 이번엔 가능한 한 천천히 마셨다. 그러는 사이 N군은 갑자기 취했다.

"이러면 안 되는데. 오늘 밤 난 취할지도 모르겠네." 취할지도 모르겠네가 아니다. 이미 몹시 취해 버린 낌새다. "이러면, 안 되는데. 오늘 밤, 난 취할 거야. 괜찮아? 취해도 괜찮아?"

"괜찮고말고! 나도 오늘 밤은 취할 작정이야. 뭐, 천천히 하자고."

"노래를 한번 뽑아 볼까나? 내 노래는, 자네, 들어 본 적이 없을 테지. 좀체 부르지 않거든. 그래도, 오늘 밤은 한번 부르고 싶어. 어, 자네, 노래해도 되겠지?"

"도리 없지. 들어 보자고." 나는 각오를 단단히 했다.

며엇 산 며엇 가앙, 하고 보쿠스이[28]의 여행 시가를, N군은 눈을 감고 나직이 읊조리기 시작했다. 상상했던 만큼 심하지는 않다. 잠자코 듣고 있으려니, 스며드는 무엇이 있었다.

"어때? 이상한가?"

"아니, 살짝, 뭉클했어."

---

28) 와카야마 보쿠스이(若山牧水, 1885~1928). 여행과 술을 즐기며 자연주의 가인(歌人)으로 활약했다. 인용된 노래는 "몇 산 몇 강을 넘어가면 쓸쓸함 다할 고장일런가, 오늘도 길 떠나네."

"그렇담, 하나 더."

이번엔 끔찍했다. 그도 혼슈 북단의 여관에 와서 기개가 광대해졌는지, 입이 떡 벌어질 만큼 무지무지 투박한 소리를 내질렀다.

도옹해, 작은 서엄, 바닷가아, 하고 다쿠보쿠[29]의 노래를 시작했는데, 그 목소리가 어찌나 우악스럽고 우렁찼는지! 바깥의 바람 소리조차 그의 목소리 탓에 싹 지워지고 말았을 정도였다.

"끔찍한데." 그랬더니,

"끔찍한가? 그럼, 새로 다시!" 크게 심호흡을 한 번 하고는, 더욱더 투박한 소리를 내지른다. 동해 바닷가 작은 섬, 이라며 잘못 부르기도 하고, 또 어찌 된 셈인지 다짜고짜, 지금 다시 옛일을 쓴다면 마스카가미 어쩌고, 『마스카가미〔增鏡〕』[30]의 노래가 튀어나오기도 하고, 신음하듯 아우성치듯 크게 울부짖듯, 참으로 난감한 처지가 되고 말았다. 나는 안쪽의 할머니에겐 들리지 않으면 좋으련만, 하고 조마조마 마음 졸이는데 아니나 다를까, 장지문이 스르륵 열리면서 할머니가 나오시고,

"자아! 노래도 나온 듯하니, 이제 슬슬 주무시지요." 하더니 밥상을 물리고, 냅다 이부자리를 펴고 말았다. 과연, N군의 기개 광대한 우렁찬 목청에는 간담이 서늘해진 모양이다. 나는

---

29) 이시카와 다쿠보쿠(石川啄木, 1886~1912), 일본 전통시 와카의 혁신을 꾀했으며, 구어투 표현에 생활감정을 노래했다. "동해 작은 섬 바닷가 하얀 모래사장, 나 눈물에 젖어 게와 노니네."
30) 남북조 시대의 기록으로 추정되는 역사 이야기책.

아직 아직, 이제부터 한바탕 마실 작정이었는데, 참으로 한심
스러운 꼴이 되고 말았다.

"엉망이었어. 노래는, 엉망이었어. 한 가지, 두 가지쯤으로 관
두었어야 했어. 그래가지고야, 누군들 깜짝 놀라지!" 나는 투덜
투덜 불평을 늘어놓으면서, 울며 잠자리에 드는 형편이었다.

이튿날 아침, 나는 이부자리에서 어린 여자아이의 고운 노
랫소리를 들었다. 이튿날은 바람도 잠잠해져 방에는 아침 햇
살이 비쳐들었고, 여자아이가 문밖 길에서 공치기 노래를 부
르고 있다. 나는 머리를 들어, 귀 기울였다.

    셋셋세
    여름 다가오는
    팔십팔야[31]
    들에도 산에도
    신록
    바람에 등꽃 물결
    수런수런 일렁일 때

나는, 차분히 있을 수 없는 심정이 되었다. 여태까지도 중앙
의 사람들에게 에조의 땅이라 여겨지며 경멸받는 혼슈 북단
에서, 이토록 아름다운 발음으로 상큼한 노래를 들으리라고는

---

31) 八十八夜. 입춘으로부터 팔십팔 일째 되는 날. 5월 2일경으로, 농가에서
는 파종의 적기로 여긴다.

생각지 못했다. 그 사토 이학사의 말씀처럼, "누군가 만약 현대의 오슈에 대해 이야기하려거든, 우선 문예부흥 직전의 이탈리아에서 볼 수 있었던 그 기운 왕성하게 뻗쳐오르는 힘을, 이 오슈 땅에 인정해야만 한다. 문화에서 또한 산업에서 그러하니, 황공하게도 메이지 대제(大帝)의 교육에 관한 마음은 참으로 신기하리만큼 빠르게 오슈 방방곡곡에까지 침투해 오슈 사람 특유의 듣기 거북한 비음의 감퇴와 표준어 진출을 촉진하여, 일찍이 원시적 상태로 영락해 몽매한 야만족 거주지에 교화의 빛을 부여했으니, 그리하여 이제야말로 보라! 운운." 이렇듯 희망으로 가득 찬 서광과도 흡사한 무엇을, 그 가련한 여자아이의 노랫소리에서 느끼고, 나는 차분히 있을 수 없는 심정이었다.

4. 쓰가루 평야

쓰가루　혼슈의 동북단 일본해 방면의 옛 명칭. 사이메이 천황[1] 시대, 고시〔越〕[2] 지방의 장관 아베노히라부가 데와 방면의 에조 땅을 지배하고 아키타〔齶田〕(지금의 아키타〔秋田〕), 누시로〔淳代〕(지금의 노시로〔能代〕), 쓰가루에 이르렀고, 마침내 홋카이도에 다다랐다. 여기에 쓰가루라는 이름이 처음 보인

---

1) 제37대 천황. 594~661년.
2) 고대에, 지금의 호쿠리쿠〔北陸〕 및 오우 지방의 일본해 연안 지역을 총칭.

다. 그리고 그 땅의 추장을 쓰가루 군령(郡領)으로 삼았다. 이 즈음 견당사(遣唐使) 사카이베노무라지이하시키, 에조를 당나라 황제에게 알렸다. 수행 관리 유키노무라지하카토코, 질문에 답하면서 에조의 종류를 설명하기를, 세 종류로 나뉘는데 가까운 곳을 니기에조, 다음을 아라에조, 먼 곳을 쓰가루〔都加留〕라고 부른다. 그 밖의 에조는, 자연스레 별종으로 인정됨과 마찬가지다. 쓰가루 에조라는 호칭은, 간교 2년(878년) 데와의 에비스〔夷〕[3] 반란 때도 빈번히 보인다. 당시의 장군 후지와라노 야스노리,[4] 반란을 평정하고 쓰가루에서 와타리지마〔渡島〕에 당도하여, 전대(前代) 지금껏 한 번도 귀속되지 않은 잡종 미개인, 빠짐없이 복종하게 되었다. 와타리지마는 지금의 홋카이도다. 쓰가루가 무쓰[5]에 속한 것은, 후지와라노 요리토모가 오우를 평정해 무쓰 수호하에 둔 이래의 일이다.

아오모리현 연혁　　본 현의 땅은 메이지 초기에 이르기까지 이와테, 미야기, 후쿠시마 등 여러 현의 땅과 함께 한 지역을 이루어 무쓰라 하였고, 메이지 초기에는 이 땅에 히로사키, 구로이시, 하치노헤, 시치노헤 및 도나미 등 다섯 번(藩)이 있었으나, 메이지 4년(1871년) 7월 여러 번을 폐지해 죄다 현으로 삼고, 같은 해 9월 부현(府縣) 폐합이 있었다. 잠시 모두 히로사키현으로 합병했으나, 같은 해 11월 히로사키현을 폐지,

---

3) 미개인, 야만인. 에조를 가리키거나 외국인을 멸시해 부르기도 한다.
4) 藤原保則(825~895). 헤이안 전기의 관료. 에조의 반란을 진압했다.
5) 아오모리현 전역과 이와테현 일부의 옛 지명.

아오모리현을 설치해, 위에 기술한 각 번을 그 관하에 두었으며, 이후 니노헤군(郡)을 이와테현에 붙임으로써 오늘에 이르렀다.

쓰가루 씨(氏)　후지와라 씨에서 나온 성씨. 진수부(鎭守府)[6] 장군 히데사토부터 8대 히데시게, 고와[7] 무렵에 무쓰 쓰가루군 땅을 차지했으며, 후에 쓰가루 도사미나토에 거주하였고, 쓰가루를 성씨로 삼았다. 메이오[8] 시대, 고노에 히사미치의 아들 마사노부가 가계를 이었다. 마사노부의 손자 다메노부에 이르러 크게 번성하였다. 그 자손들이 나뉘어 히로사키, 구로이시의 옛 번주로서 여러 가문을 이룬다.

쓰가루 다메노부　전국시대의 무장. 부친은 오우라 진자부로 모리노부, 모친은 호리코시 성주(城主) 다케다 시게노부의 딸이다. 덴분 19년(1550년) 정월에 태어났다. 어릴 적 이름은 센. 에이로쿠 10년(1567년) 3월 18세 때, 백부 쓰가루 다메노리의 양자가 되었고, 고노에 사키히사의 유자(猶子)[9]가 되었다. 아내는 다메노리의 딸이다. 겐키 2년(1571년) 5월, 난부 다카노부와 싸워 그를 베었고, 덴쇼 6년(1578년) 7월 27일, 나미오카〔波

---

6) 나라, 헤이안 시대에 무쓰 지역에서 에조 땅 경영을 맡은 군정 관청. 가마쿠라 막부가 개설되면서 폐지.
7) 1099~1104년.
8) 1492~1501년.
9) 상속을 목적으로 하지 않는 양자.

岡〕 성주 기타바타케 아키무라를 물리쳐 그 영지를 합병한 데 이어, 근방의 여러 마을을 공략해 13년에는 쓰가루를 대체로 통일하였고, 15년 도요토미 히데요시를 알현하고자 길 떠났으나, 아키타 성의 관리 아베 사네스에가 길을 가로막아 이루지 못한 채 돌아왔다. 17년, 매, 말 등을 히데요시에게 선사하여 교분을 나누었다. 그러므로 18년의 오다와라 정벌에도 재빨리 히데요시 군대에 응함으로써 쓰가루 및 갓포, 소토가하마 일대의 토지 소유를 인정받았다. 19년 고코노헤〔九戸〕의 난 때도 병사를 보냈으며, 분로쿠 2년(1593년) 4월 교토로 올라가 히데요시를 알현하고, 또한 고노에 일가를 만나 뵙고 모란꽃 휘장의 사용을 허락받았다. 아울러 사절을 히젠나고야에 보내어 히데요시의 진영을 위로하였고, 3년 정월에 종사위하(從四位下) 우쿄노다이부가 되었으며, 게이초 5년(1600년) 세키가하라 전투에는 병사를 보내어 도쿠가와 이에야스 군대를 따라 서쪽으로 올라가 오가키에서 싸웠고, 고즈케노쿠니[10] 오다테〔大館〕 이천 석을 늘렸다. 12년 12월 5일, 교토에서 죽었다. 58세.

쓰가루 평야　무쓰 지역, 남, 중, 북, 세 쓰가루군에 걸친 평야. 이와키강의 하곡(河谷)이다. 동쪽은 도와다 호수 서쪽에서 북으로 내닫는 쓰가루 반도의 등골뼈를 이루는 산맥까지, 남쪽은 우고〔羽後〕의 경계인 야타테 고개, 릿샤쿠고에 등으로 분수선(分水線)을 긋고, 서쪽은 이와키 산괴와 해안 일대의 사구

---

10) 군마현의 옛 지명.

(병풍산이라 일컫는다.)에 가로막혀 있다. 이와키강은 그 본류가 서쪽이고, 남쪽에서 오는 히라강 및 동쪽에서 오는 아사세이시강과 히로사키시 북쪽에서 만나 정북(正北)으로 흘러 주산가타〔十三潟〕로 쏟아진 뒤 바다로 들어간다. 평야의 면적은 남북 약 십오 리, 동서 폭은 약 오 리, 북으로 갈수록 폭은 축소되어 기즈쿠리〔木造〕, 고쇼가와라 언저리에서 삼 리, 주산가타 물가에 이르면 겨우 일 리다. 이 사이 토지는 낮고 평평하며 지류와 도랑이 그물처럼 연결되어, 아오모리현에서 생산되는 쌀은 대부분 이 평야에서 나온다. (이상,『일본백과대사전』에 의한다.)

쓰가루의 역사는 그다지 사람들에게 알려지지 않았다. 무쓰도 아오모리현도, 쓰가루와 똑같은 것이려니 생각하는 사람조차 있는 듯하다. 그도 그럴 것이, 우리가 학교에서 배운 일본 역사 교과서에는 쓰가루라는 명사가 딱 한 군데 얼핏 나와 있을 뿐이었다. 이를테면, 아베노히라부의 에조 토벌 부분에서, "고토쿠 천황이 돌아가시고 사이메이 천황이 즉위하면서, 나카노오에노오지는 뒤이어 황태자로서 정사(政事)를 도우시고, 아베노히라부로 하여금 지금의 아키타, 쓰가루 지방을 평정하게 하셨다." 이러한 문장이 있고 쓰가루 이름도 나오지만, 정말이지 그것뿐, 초등학교 교과서에도, 또 중학교 교과서에도, 고등학교 강의에도, 그 히라부 부분 말고는 쓰가루라는 이름은 나오지 않는다. 황기[11] 573년의 4도(道) 장군 파견

---

11) 진무 천황이 즉위한 기원전 660년을 원년으로 삼는다.

도, 북방은 지금의 후쿠시마현 부근까지였던 듯하고, 그러고 나서 약 이백 년 후 야마토타케루노미코토[12]의 에조 평정도 북쪽은 히다카미노쿠니까지인 모양인데, 히다카미노쿠니라는 건 지금의 미야기현 북부 언저리인가 보다. 그 후 약 오백오십 년 정도 지나 다이카노카이신〔大化改新〕[13]이 있고, 아베노히 라부의 에조 정벌에 의해 비로소 쓰가루 이름이 떠올랐다가 그뿐, 다시 가라앉았고, 나라〔奈良〕 시대에는 다가 성〔多賀城〕 (지금의 센다이시 부근), 아키타 성(지금의 아키타시)을 쌓아 에 조를 평정했다고 전해질 뿐 쓰가루 이름은 이제 더는 나오지 않는다. 헤이안 시대가 되어 사카노우에노타무라마로가 멀리 북쪽으로 나아가 에조 근거지를 무찌르고 이사와 성〔胆沢城〕 (지금의 이와테현 미즈사와 부근)을 쌓아 주둔지로 삼았다고는 하나, 쓰가루까지는 찾아오지 않은 듯하다. 그 후, 고닌[14] 시 대에는 훈야노와타마로의 원정이 있고, 또 간교 2년(878년)에 는 데와 에조의 반란이 있어 후지와라노 야스노리가 이를 평 정하러 나섰다. 그 반란에는 쓰가루 에조도 가담했다고는 하 지만, 전문가도 아닌 우리는 에조 정벌이라 하면 다무라마로, 그다음에는 약 이백오십 년 남짓 훌쩍 뛰어 겐페이 시대[15] 초 기의 전(前)9년 후(後)3년의 난을 배웠을 따름이다. 이 전9년

후3년의 난인들 무대는 지금의 이와테현, 아키타현이며, 아베 씨, 기요하라 씨 등 이른바 니기에조[16]가 활약할 따름이고, 쓰가루[都加留]라는 오지에 있는 순수 에조의 동정에 대해선 우리 교과서에는 조금도 기재되어 있지 않았다. 그러고 나서 후지와라 씨 3대 백여 년간의 히라이즈미[平泉] 번영이 있고, 분지 5년(1189년) 미나모토노 요리토모에 의해 오슈는 평정되어, 이제 그 무렵부터 우리 교과서는 마침내 도호쿠 지방으로부터 멀어진다. 메이지 유신에도 오슈의 여러 번은 그저 잠깐 일어나 옷자락을 털고 고쳐 앉았을 뿐인 모양새로, 삿초도[薩長土][17]의 각 번에서와 같은 적극성은 발견되지 않는다. 뭐, 큰 허물없이 시류에 편승했다, 라는 소리를 들은들 어쩔 도리 없는 듯한 구석이 있다. 결국, 이제 아무것도 없다. 우리 교과서, 신화시대는 말하는 것조차 황공스럽고, 진무 천황 이래 현재까지 아베노히라부 단 한군데에 '쓰가루[津軽]' 이름을 찾아볼 수 있을 뿐이라는 건, 너무나도 허전하다. 대체, 그 사이, 쓰가루에서는 무얼 하고 있었나? 그저 옷자락을 털고 고쳐 앉고, 다시 옷자락을 털고 고쳐 앉고, 이천육백 년간,[18] 한 걸음도 바깥으로 나가지 않은 채 눈을 끔뻑끔뻑하고 있었을 따름인가? 아니 아니, 그렇지는 않은 듯하다. 당사자 말로는, "이래 보여도, 나름 어지간히 분주하단 말이지요." 대충 이러할 성싶다.

"오우[奧羽]란 오슈[奧州], 데와[出羽]를 아우른 명칭이며,

___

16) 고대 에조 가운데, 조정에 순종한 이들.
17) 사쓰마[薩摩], 조슈[長州], 도사[土佐]를 가리킨다.
18) 집필 당시 1944년은 황기 2604년.

오슈〔奧州〕란 무쓰슈〔陸奧州〕의 약칭이다. 무쓰란 원래 시라카와, 나코소, 두 관문 이북의 총칭이었다. 원래 이름은 '미치노오쿠〔道の奧〕'이고, 줄여서 '미치노쿠'로 되었다. 그 '미치' 지역의 이름을 옛 지방 소리에 따라 '무쓰'라 발음하여, '무쓰' 지역이 되었다. 이 지방은 도카이 도산〔東海東山〕 두 방면의 끝자락을 이어받아, 가장 깊숙한 이민족 주거 지역이었으니 막연히 '미치노오쿠(길 깊숙한 곳)'라고 불렀을 터다. 한자 '陸'은 '길(道)'이라는 뜻이다.

다음으로 데와〔出羽〕는 '이데와', '이데하시〔出端, 밖으로 나온 끄트머리)'라는 뜻이라 해석할 수 있다. 옛날에는 혼슈 중부부터 도호쿠의 일본해 방면 지방을, 막연히 '고시' 지역이라 불렀다. 이것도 '오쿠〔奧〕' 쪽은 미치노쿠와 마찬가지로, 오래도록 이민족이 거주한 '게가이〔化外〕'[19] 땅이니, 이를 이데하시라고 했으리라. 이를테면 태평양 방면인 무쓰와 더불어 당초 오래도록 왕화 바깥에 처한 벽지였음을, 그 이름에 내보이고 있다." 이것은 기타[20] 박사의 해설인데, 간명하다. 해설은 간단명료할수록 더 좋다. 데와, 오슈, 이미 '게가이의 벽지'로 간주되고 있었으니, 그 북쪽 끝 쓰가루 반도 따위에 이르러선 곰이나 원숭이가 사는 토지쯤으로 여겨지고 있었을지도 모르겠다. 기타 박사는 거듭 오우의 연혁에 대해 설명하기를, "요리토모의 오슈 평정 이후라 하더라도 그 통치에서는 자연스레 타

19) 왕화(王化, 천황의 정치)가 미치지 않는 곳. 율령국가 통치의 범위 밖.
20) 기타 사다키치(喜田貞吉, 1871~1939). 역사학자. 고고학자.

지와 똑같이 할 수 없었으니, '데와, 무쓰는 에비스 땅인 까닭에'라는 이유 아래, 일단 막 실시하려던 전제(田制)²¹⁾ 개혁의 처분도 중지하고 모든 것을 히데히라, 야스히라의 옛 규정에 따르도록 명하지 않을 수 없을 정도였다. 따라서 가장 북쪽 쓰가루 지방 같은 데는 주민이 아직 에조의 옛 모습을 간직한 이가 많기에, 가마쿠라 무사로는 이를 직접 통치하기 힘든 사정이 있었음 직하고, 그 지방의 토착 호족 안도 씨〔安東氏〕를 대관(代官)에 임명하여, 에조관령(蝦夷管領)²²⁾으로서 이를 평정하고 수습하게 했다." 이런 식으로 기술한다. 이 안도 씨 즈음부터 그럭저럭, 조금은 쓰가루의 사정도 이해될 만하다. 그 전엔 아무려나, 아이누가 어정버정 돌아다니고 있었을 뿐일지도 모른다. 하지만, 이 아이누는 허투루 볼 수 없다. 이른바 일본 선주 민족의 일종이지만, 지금 홋카이도에 남아 쓸쓸하니 풀죽은 아이누와는 근본적으로 기질이 달랐던 모양이다. 그 유물 유적을 보건대 세계의 모든 석기시대 토기에 견주어 우위를 차지할 정도라는 얘기도 있는데, 지금의 홋카이도 아이누의 조상은 예부터 홋카이도에 살면서 혼슈 문화에 접하는 일이 드물고, 토지가 동떨어진 데다 천혜가 부족하므로 석기시대에도 오우 지방의 동족에게서 볼 수 있는 발달을 이루지 못했고, 특히 근세는 마쓰마에번 이래 내지인의 압박을 받는 일이 많았으며 극심하게 의욕을 거세당한 나머지 영락의 끝에

---

21) 논으로 이용하는 땅, 즉 전지(田地)에 관한 제도.
22) 가마쿠라 막부의 직무 제도. 오슈, 홋카이도 오시마의 에조를 관할했다.

다다랐다. 반면에 오우의 아이누는 발랄한 독자적 문화를 뽐내며 더러는 내지의 여러 지역으로 이주했고, 또한 내지인도 오우로 빈번히 들어오게 되면서, 점차 다른 지방과 구별 없는 야마토 민족이 되어 버렸다. 이에 대해 이학박사 오가와 다쿠지[23) 씨도 다음과 같이 논단하고 있는 듯하다. "『속일본기(続日本紀)』[24)에는 나라 시대 전후로 중국 북방 민족 및 발해인이 일본해를 건너 이 나라에 왔다는 기록이 있다. 그 가운데 특히 두드러지는 것은 쇼무 천황의 덴표 18년(황기 1406년) 및 고닌 천황의 호키 2년(황기 1431년)처럼 발해인 천여 명, 뒤이어 삼백여 명 다수가 제각기 지금의 아키타 지방에 도착한 사실이며, 만주 지방과 교통이 무척이나 자유로이 이루어졌음은 상상하기 어렵지 않다. 아키타 부근에서 오수전(五銖錢)[25)이 출토된 적이 있고, 도호쿠에는 한(漢)의 문제(文帝), 무제(武帝)를 모시는 신사가 있었으리라 보는 건, 하나같이 직접적인 교통이 대륙과 이 지방 간에 이루어졌음을 추측하게 한다. 『곤자쿠모노가타리〔今昔物語〕』[26)에 아베노 요리토키가 만주로 건너가 견문한 내용을 실은 것은, 이들 고고학 및 토속학상의 자료와 더불어 생각하면 결코 설화의 한 장면으로 내다 버릴 게 아니다. 우리는 더욱 한 걸음 나아가, 당시의 도호쿠 야만

---

23) 小川琢治(1870~1941). 지질, 지리학자.

24) 697년부터 791년까지 구십오 년간을 편년체로 기술한 역사서.

25) 한의 무제 때 주조된 동전 이름.

26) 헤이안 후기의 설화집. 천여 가지 설화를, 인도, 중국, 일본 등으로 나누어 실었다.

족은 황화(皇化)가 차차 동쪽으로 이동하기 이전에 대륙과 직접 교통함으로써 얻은 문화(文華) 수준이, 불충분하게 중앙에 남은 사료로 추정하다시피 저급하지 않았다는 사실을 동시에 확신할 수 있다. 다무라마로, 요리요시, 요시이에 같은 무장이 이를 복종시키는 데 엄청난 어려움을 겪은 것도, 적수가 그저 무지한 까닭에 날쌔고 사나운 타이완 생번(生蕃)27) 같은 토족이 아니었다고 생각하면 비로소 의문이 풀리게 된다."

그리고 오가와 박사는, 야마토 조정의 대관(大官)들이 뻔질나게 에미시, 아즈마비토, 게비토라면서 스스로 밝히고 나선 것은, 한편으로는 오우 지방 사람의 용맹스러움 또는 그 이국적인 하이칼라 정서를 본받고 싶다는 의미도 있었지 않을까, 생각해 보는 것도 재미있지 않겠는가! 라는 이야기도 덧붙이고 있다. 그러고 보면 쓰가루인의 조상도 혼슈 북단에서 결코 그냥 어정버정 돌아다니고 있었던 건 아닌 듯싶기도 한데, 그렇지만 중앙의 역사에는 어찌 된 셈인지 도통 나오지 않는다. 간신히, 앞서 기술한 안도 씨 언저리부터 쓰가루의 낌새가 어렴풋이 분명해진다. 기타 박사가 말하길, "안도 씨는 스스로 아베노 사다토의 아들 다카보시의 후손이라 일컫고, 그 먼 조상은 나가스네히코의 형 아비라고 말한다. 나가스네히코, 진무 천황에게 맞섰다가 죽임을 당하고, 형 아비는 오슈 소토가하마에 유배당하여, 그 자손이 아베 씨가 되었다는 거다. 결국 가마쿠라 시대 이전부터 호쿠오〔北奧〕의 대(大)호족이었음이

---

27) 중앙의 교화에 동화되지 않은 고산족을 이르던 말.

틀림없다. 쓰가루에서 초입의 세 군(郡)은 가마쿠라 막부에 납세하는 지역이고, 깊숙이 세 군은 천황의 영지이므로 천하의 장부에 실리지 않는 '과세 없는 땅'이었다고 전해지는 건, 가마쿠라 막부의 위력도 그 벽지에는 미치지 못한 채 안도 씨에게 자유로이 내맡겨, 이른바 '수호불입(守護不入)28)의 땅'이 되어 있었음을 말한 것이리라.

가마쿠라 시대 말기, 쓰가루에서 안도 씨 일족 간에 내분이 있어 급기야 에조 소란에까지 이르자, 막부의 최고직 호조 다카토키, 장수를 파견하여 이를 평정하고 수습하게 했으나, 가마쿠라 무사의 위력으로는 이를 이겨 내지 못해 결국 화해 의식을 치르고 물러났다고 한다."

그토록 명료한 기타 박사도 쓰가루의 역사를 기술하는 데는 조금 자신이 없는 듯한 말투다. 정말이지 쓰가루의 역사는 또렷하지 않은 모양이다. 다만 이 북단 지역은 타지와 싸워서 패배한 적이 없다, 라는 건 참말인 성싶다. 복종이라는 관념이 아예 결핍되어 있었나 보다. 타지의 무장도 이에 그만 질린 나머지, 보고도 못 본 척하며 제멋대로 하게 내버려둔 모양이다. 쇼와 문단의 누군가와 닮았다. 그건 그렇고, 타지에서 상대해 주질 않으니 또래끼리 험담을 주고받고 격투를 시작한다. 안도 씨 일족의 내분에 발단한 쓰가루 에조의 소요가 그 일례다. 쓰가루 사람 다케우치 운페이 씨의 『아오모리

---

28) 치안 유지를 맡던 수호가 그 지역 안에 들어가, 죄인을 체포하거나 조세를 징수할 수 없는 것.

현 통사』에 따르면, "이 안도 일족의 소란은 나아가 간핫슈〔関八州〕[29]의 소동이 되고, 이른바 『호조 9대기〔北条九代記〕』[30]의 '바로 이것이 천지의 목숨 위태로운 위기의 발단'이 되어 이윽고 겐코의 변(変)[31]이 되고 겐무 중흥[32]이 되었다."라고 하는데, 어쩌면 그 대업의 먼 원인 가운데 하나로 꼽아 마땅한 건지도 모른다. 사실이라면, 쓰가루가 그나마 조금이라도 중앙 정국을 움직인 것은 실로 요 한 가지라는 셈이니, 이 안도 씨 일족의 내분은 쓰가루 역사에 대서특필할 만한 영광스러운 기록이라고 말하지 않을 수 없게 된다. 지금의 아오모리현 태평양 쪽 지방은 예로부터 누카노부라 불리는 에조 땅이었으나, 가마쿠라 시대 이후 이곳에 고슈 다케다 씨의 일족 난부 씨가 이주해 살면서 그 세력이 몹시 강대해져 요시노, 무로마치 시대를 거쳐 히데요시의 전국 통일에 이르기까지 쓰가루는 이 난부와 다투었다. 쓰가루에서는 안도 씨 대신 쓰가루 씨가 힘을 일으켜 그럭저럭 쓰가루 한 지역의 토지 소유권을 승인받았고, 쓰가루 씨는 12대 이어지다가 메이지 유신, 번주 쓰구아키라가 번적(藩籍)을 정중히 반환했다는 것이 얼추 쓰

---

29) 에도 시대, 간토 여덟 지역의 총칭. 무사시, 사가미, 고즈케, 시모쓰케, 가즈사, 시모사, 아와, 히타치.
30) 가마쿠라 후기의 역사서. 작자 불명.
31) 겐코 원년(1331년), 고다이고 천황이 막부를 무너뜨리려고 일으킨 정변. 사전에 발각되어 천황은 오키로 유배되었으나, 이후 반(反)막부 세력이 각지에서 봉기해 1333년, 가마쿠라 막부는 멸망했다.
32) 고다이고 천황이 가마쿠라 막부를 무너뜨리고 나서, 겐무로 연호를 바꾸어 천황 친정을 부활시킨 것.

가루 역사의 개요다. 이 쓰가루 씨의 먼 조상에 대해서는 여러 설이 있다. 기타 박사도 이를 언급하며, "쓰가루에서는 안도 씨가 몰락하고 쓰가루 씨가 독립해 난부 씨와 경계를 맞대고 오래도록 서로 적대시하는 사이가 되었다. 쓰가루 씨는 고노에 히사미치 간파쿠〔關白〕[33]의 후예라 일컫는다. 그러나 한편으로는 난부 씨의 갈래라 하고, 더러는 후지와라노 모토히라의 차남 히데시게의 후손이라고도 하고, 더러는 안도 씨의 일족이라는 둥 전하기도 하니, 여러 설 분분해 의지하고 따를 데를 모르겠다."라고 말한다. 또한 다케우치 운페이 씨도 이에 대해 다음과 같이 기술하고 있다. "난부 가문과 쓰가루 가문은 에도 시대 내내, 극심하게 틀어진 감정의 골을 지닌 채 일관했다. 그 원인은 난부 씨가 쓰가루 가문을 일러 조상의 적이며 옛 영토를 강제로 빼앗았다고 여기는 데다가 쓰가루 가문이 원래 난부의 일족으로 가신의 지위에 있었음에도 그 우두머리를 거역했다고 하는 한편, 쓰가루 가문에서는 우리 먼 조상은 후지와라 씨이며 중세에도 고노에 가문의 혈통이 더해졌다, 라고 주장하는 데서 일어나고 있는 듯하다. 물론 사실인즉 난부 다카노부는 쓰가루 다메노부로 인해 멸망하게 되고, 쓰가루군 내 남쪽의 여러 성을 탈취당했을 뿐만 아니라 다메노부의 몇 대(代) 조상 오우라 미쓰노부의 어머니는 난부 구지 비젠노카미의 딸이며, 이후 몇 대를 난부 시나노노카미라 일컫는 집안이었으니, 난부 씨가 쓰가루 가문을 두고 일족

---

33) 헤이안 시대 이후 천황을 보좌하여 정무를 맡아보던 최고의 중직.

의 배신자로서 깊은 원한을 품고 있음도 무리가 아니라고 여긴다. 더욱이 쓰가루 가문은 그 먼 조상을 후지와라, 고노에 가문 등에서 찾고 있지만, 현재로 봐서는 반드시 우리가 수긍할 만한 근본 증거를 갖추고 있지 못하다. '난부 씨가 아니다.'라며 변호 입장을 택한 『가소쿠키〔可足記〕』 같은 것도 대단히 허약한 논지를 내보인다. 옛날 쓰가루에서도 『다카야카키〔高屋家記〕』는 오우라 씨를 두고 난부 가문의 분가(分家)라 하고, 『고다치 일기〔木立日記〕』에도 '난부 님 쓰가루 님 가문은 하나이다.'라고 하며, 근래 출판된 『도쿠시비요〔読史備要〕』도 다메노부를 구지 씨(난부 씨 일족)라 하는 것에 대해 이를 부정할 만한 확실한 자료는 지금으로선 없는 듯하다. 그러나 쓰가루에는 과거엔 난부의 혈통도 있고 또한 가신이긴 했어도, 혈통 외의 일면으로 어떤 내력도 없다고는 말할 수 없다." 이처럼 기타 박사와 마찬가지로 단호한 결론은 피하고 있다. 그걸 에두르지 않고 간명하게 의심 없이 규정한 것이 『일본백과대사전』뿐이었으므로, 한 가지 참고삼아 이 장(章)의 서두에 실어 두었다.

이제껏 장황스레 늘어놓았지만, 생각건대 쓰가루라는 건 일본 전국에서 보면 참으로 소소한 존재다. 바쇼의 『오쿠노호소미치〔奥の細道〕』[34]에는 그 출발을 앞두고 '전도(前途) 삼천리 생각하니 가슴 메이네.'라고 쓰여 있지만, 그렇다 한들 북쪽은 히라이즈미, 지금의 이와테현 남단에 불과하다. 아오모

---

34) 마쓰오 바쇼의 대표작. 도호쿠, 호쿠리쿠를 중심으로 한 하이카이 기행문이다.

리현에 도달하려면, 그 갑절을 걸어야만 한다. 그러고 나서, 그 아오모리현의 일본해 쪽 반도 오직 하나가 쓰가루다. 옛 쓰가루는 전체 길이가 이십이 리 팔 정(町)인 이와키강을 따라 펼쳐진 쓰가루 평야를 중심으로 동쪽은 아오모리, 아사무시 언저리까지, 서쪽은 일본해 해안을 북쪽에서 내려와 겨우 후카우라(深浦) 언저리까지, 그리고 남쪽은 얼추 히로사키까지라 해도 좋으리라. 분가한 구로이시번이 남쪽에 있지만, 이 부근에는 또 구로이시번으로서의 독자적인 전통도 있고 쓰가루번과 달리 이른바 문화적 기풍도 육성되고 있는 듯하니 이건 제외하고, 그리하여 북단은 닷피다. 정말이지 마음 허전하리만큼 비좁다. 이러한즉, 중앙의 역사에서 상대해 주지 않은 것도 무리가 아니라고 생각된다. 나는 그 '길 깊숙이'의 한결 깊숙이 극점에 있는 여관에서 하룻밤을 새우고, 이튿날, 여전히 아직 배가 뜰 성싶지도 않기에 전날 걸어온 길을 다시 걸어 민마야까지 와서, 민마야에서 점심을 먹고, 그러고는 버스로 곧장 가니타의 N군 집으로 돌아왔다. 걸어 보면, 그러나 쓰가루도 그토록 작지만은 않다. 그 다음다음 날 정오 무렵, 내가 정기선으로 홀로 가니타를 떠나 아오모리 항구에 도착한 건 오후 3시, 그리고 오우 선(線)으로 가와베(川部)까지 가서, 가와베에서 고노 선으로 갈아타고 5시 무렵 고쇼가와라에 도착, 그러고는 바로 쓰가루 철도로 쓰가루 평야를 북상하여, 내가 태어난 고장 가나기마치에 도착했을 때는 이미 어스레해져 있었다. 가니타와 가나기가 서로 떨어져 있는 거리는 사각형의 한 변에 지나지 않지만, 그 사이에 본주 산맥이 있고 산속에는 길다운 길도 없는 형편인 듯하니, 도리없이 사각형의 다른 세 변을 크게 우회해 갈 수밖에 없는 거다. 가나기 생가에 도착해 먼저 불단 방으로 갔는데 형수가 따라와서 방문을 활짝 열어 주었고, 나는 불단 속 부모님의 사진을 잠시 바라보고는 공손히 머리 숙여 절했다. 그러고 나서 조이(常居)라고 하는 가족의 거실로 건너가, 새로이 형수에게 인사했다.

"언제, 도쿄를?" 형수가 물었다.

나는 도쿄를 출발하기 며칠 전, 이번에 쓰가루 지방을 일주해 보고 싶다고 생각합니다만, 이참에 가나기에도 들러 부모님 성묘도 할 수 있기를 바라고 있으니, 그때는 잘 부탁드리겠습니다, 라는 내용의 엽서를 형수에게 보내 두었던 거다.

"일주일쯤 전입니다. 동쪽 해안에서, 그만 시간이 먹히고 말았지요. 가니타의 N군한텐, 상당히 신세를 졌습니다." N군에 대해선 형수도 알고 있을 터였다.

"그렇군요. 이쪽에선 또, 엽서가 왔는데도 좀체 당사자가 오시지 않으니, 어찌 된 건가 싶어 걱정했습니다. 요코와 밋쨩은 기다리다 못해, 날마다 번갈아 정거장으로 출장을 나갔답니다. 그러다가 결국 뿔이 나서, 이젠 온대도 알 바 아냐! 그리 말한 사람도 있었지요."

요코란 큰형의 맏딸로, 육 개월쯤 전에 히로사키 근처 지주 집안으로 시집을 갔는데, 그 신랑과 함께 참참이 가나기로 놀러 오는 듯 그때도 둘이서 와 있었다. 밋쨩이란 우리 큰누나의 막내딸로, 아직 시집가지 않은 채 가나기 집으로 늘 일을 거들러 오는 순순한 아이다. 그 두 조카딸이 서로 뒤엉키다시피

에헤헤 익살스러운 웃음소리를 내며 나오더니, 술꾼에다 칠칠
하지 못한 삼촌에게 인사했다. 요코는 여학생 같고 아직 전혀
사모님답지 않다.

"희한한 차림새!" 내 복장을 단박에 비웃었다.

"멍청하긴! 이게 도쿄 유행이지."

형수의 손에 이끌려, 할머니도 나왔다. 여든여덟 살이다.

"잘 왔네! 아아, 잘 왔네!" 하고 큰 소리로 말한다. 건강한 사
람이었지만, 그래도 역시나 조금 쇠약해진 듯 보이기도 했다.

"어떻게 하시겠어요?" 형수는 나를 향해, "식사는, 여기서
하실래요? 2층에, 다들 있습니다만."

요코의 신랑을 중심으로, 큰형과 둘째 형이 2층에서 마시
기 시작한 낌새다.

형제 사이에선 어느 정도로 예의를 갖추고, 또 얼마만큼 속
을 터놓고 허물없이 대하면 좋은지, 나는 아직도 잘 알지 못
한다.

"방해되지 않는다면, 2층으로 갈까요?" 여기서 혼자 맥주
따위 마시고 있는 것도, 삐딱하게 구는 듯하여 언짢은 일이라
고 생각했다.

"어느 쪽이건, 상관없어요." 형수는 웃으면서, "그럼, 2층으로
밥상을." 하고 밋짱에게 일렀다.

나는 점퍼 차림인 채로 2층으로 올라갔다. 금박 맹장지 문
이 있는 가장 좋은 일본식 방에서, 형들은 고즈넉이 술을 마
시고 있었다. 나는 우당탕 소란스레 들어가서,

"슈지입니다. 처음 뵙겠습니다." 우선 신랑에게 인사하고, 그

런 다음 큰형과 둘째 형에게 그간 소식 뜸했음을 사과했다. 큰형도 둘째 형도, 아, 하고는 살짝 고개를 끄덕였을 뿐이었다. 우리 집의 방식이다. 아니, 쓰가루의 방식이라 해도 좋을지도 모르겠다. 나는 익숙한 터라 태연스레 밥상 앞에 앉아, 밋짱과 형수가 따라 주는 술을 잠자코 마시고 있었다. 신랑은 기둥을 뒤로 한 윗자리에 앉았고, 이미 꽤 얼굴이 불그레해졌다. 형들도 예전엔 술이 셌던 것 같지만 요즘은 부쩍 약해진 듯, 자아, 어서요, 하나 더, 아니에요, 안 됩니다, 그쪽이야말로, 드시죠, 해 가며 고상하게 서로서로 양보하고 있다. 소토가하마에서 왁살스레 마시고 온 나에겐 마치 용궁인지 뭔지 별천지 같고, 형들과 나의 생활 분위기 차이에 새삼스럽게 화들짝 놀라, 긴장했다.

"게는 어떻게 할까요. 나중에?" 형수가 나지막이 내게 말했다. 나는 가니타의 게를 조금, 선물로 들고 왔다.

"글쎄요." 게라는 건 아무래도 촌스러움이 너무 느껴져 품위 있는 밥상을 너절하게 만들 우려가 있기에 나는 잠깐 주저했다. 형수도 똑같은 기분이었을지 모른다.

"게?" 큰형은 캐어 묻다시피 하며, "상관없어. 가져오도록 해. 냅킨도 함께."

오늘 밤은, 큰형도 사위가 자리한 탓인지 흐뭇한 모양이다.

게가 나왔다.

"어서, 좀 드시지요." 큰형은 사위에게도 권하고, 자신이 먼저 게 등딱지를 벗겨 냈다.

나는 마음이 놓였다.

"실례지만, 누구신지요?" 신랑은 순박하게 웃음 띤 얼굴로

내게 말했다. 퍼뜩, 놀랐다. 그럴 만도 하다며 금세 고쳐 생각하고,

"네에, 저어, 에이지 씨(둘째 형 이름)의 동생입니다." 웃으면서 대답했지만 풀 죽고 말아, 아차, 에이지 씨 이름을 대지 말았어야 했나? 하고 비굴하게 신경을 써 가며 둘째 형의 안색을 살폈는데, 둘째 형은 짐짓 모르는 체하는 터라 말을 붙여 볼 수도 어쩔 수도 없었다. 뭐, 어떠랴 싶어 나는 편한 자세로 앉아, 밋짱에게 이번엔 맥주를 따르게 했다.

가나기 생가에서는, 신경이 피로해진다. 더구나 나는 나중에 이처럼 글로 쓰니까 글렀다. 육친을 쓰고, 그리하여 그 원고를 팔지 않고선 살아갈 수 없는 고약한 전생의 업을 짊어지고 있는 남자는, 신으로부터 그 고향을 빼앗긴다. 결국 나는 도쿄의 누추한 집에서 선잠을 자고, 생가의 애틋한 꿈을 꾸며 그리워하고, 이곳저곳 헤매다가, 그러고는 죽을지도 모른다.

이튿날은 비였다. 일어나서 2층에 있는 큰형의 응접실에 가 보니, 큰형은 사위에게 그림을 보여 주고 있었다. 금병풍이 두 폭 있는데 하나에는 산벚나무, 하나에는 전원 산수(田園山水)라고 할 만한 한적하고도 우아한 풍경이 그려져 있다. 나는 낙관을 보았다. 하지만 읽을 수 없었다.

"누구지요?" 얼굴을 붉히고, 주뼛주뼛하면서 물었다.

"스이안." 형이 대답했다.

"스이안." 여전히 알지 못했다.

"모르는가?" 형은 별로 나무라지도 않은 채, 차분하게 그리

말하고, "햐쿠스이35)의 아버지라네."

"예에?" 햐쿠스이의 아버지도 역시나 화가였다는 사실은 들어서 알고 있었지만, 그 아버지가 스이안이라는 사람으로 이토록 훌륭한 그림을 그리는 줄은 알지 못했다. 난들, 그림을 싫어하지 않는 데다, 아니, 싫어하기는커녕 상당히 꿰뚫고 있다고 자부했음에도 스이안을 알지 못했다니, 볼썽사나운 커다란 실수였다. 병풍을 한번 보고, 어라? 스이안, 하고 가벼이 말했다면 큰형도 조금은 나를 달리 봤을지도 모르련만, 얼빠진 목소리로, 누구지요? 라니, 한심하다. 돌이킬 수 없는 일이 되고 말았다 싶어 몸부림쳤지만, 형은 그런 나를 아랑곳하지 않고,

"아키타에는, 훌륭한 사람이 있습니다." 사위를 향해 나직이 말했다.

"쓰가루의 아야타리36)는 어떤가요?" 명예 회복, 그리고 입발림 소리라도 할 작정으로 나는, 흠칫흠칫 중뿔나게 나서 보았다. 쓰가루의 화가라면 그저 아야타리 정도일 성싶은데, 실은 이것도 요전에 가나기에 왔을 때 형이 소지한 아야타리 그림을 보여 주었기에 비로소, 쓰가루에도 이토록 훌륭한 화가가 있었다는 걸 알게 된 형편이다.

"그건 또, 다른 것이라." 형은 정말이지 마음 내키지 않는다

---

35) 히라후쿠 햐쿠스이(平福百穗, 1877~1933). 아키타현 출신의 화가. 신(新)일본화 운동을 일으켰으며 가인(歌人)으로도 활약했다.
36) 다케베 아야타리(建部綾足, 1719~1774). 히로사키 사람으로 문인화풍의 그림을 그렸다.

는 듯한 말투로 중얼거리고, 의자에 걸터앉았다. 우리는 모두 서서 병풍 그림을 바라보고 있었는데, 형이 앉은 터라 사위도 그와 서로 마주한 의자에 걸터앉았고, 나는 조금 떨어져서 입구 옆 소파에 앉았다.

"이 사람들은 뭐, 그래도 정도(正道)를 지키니까." 하고 역시나 사위 쪽을 향해 말했다. 형은 이전부터 나한테는, 그다지 직접 이야기를 하지 않는다.

그러고 보면 아야타리의 두툼한 중량감에는, 자칫 잘못했다간 조잡한 물건으로 떨어질 법한 불안도 있다.

"문화의 전통, 이랄까요?" 형은 등을 둥긋이 한 채 사위 얼굴을 응시하며, "과연, 아키타에는, 뿌리 깊은 무엇이 있다고 여깁니다."

"쓰가루는, 글렀다?" 무슨 말을 하건 꼴사나운 결과가 되는지라 나는 단념하고, 웃으면서 혼잣말을 했다.

"이번에, 쓰가루에 대해 무얼 쓴다면서?" 형은 다짜고짜, 나를 향해 말을 걸었다.

"예. 그런데 아무것도, 쓰가루에 대해선 알지를 못하니까." 하고 나는 횡설수설, "뭔가, 괜찮은 참고서라도 없을까요?"

"글쎄." 형은 웃으며, "나도 어쩐지, 향토사에는 별로 흥미가 없어서."

"쓰가루 명소 안내 같은 아주 대중적인 책이라도 없을까요? 도무지 원, 아무것도 알지를 못하니까."

"없어, 없어." 형은 나의 흐리터분함에 질렸다는 듯 쓴웃음 지으며 고개를 가로젓고, 그러다가 일어서서 사위에게,

"그럼, 나는 농회(農會)37)에 잠깐 갔다 올 테니, 그 언저리에 있는 책이라도 보시고, 거참, 오늘은 날씨가 궂어서." 말하고는 밖으로 나갔다.

"농회도 지금, 분주할 테지요." 나는 신랑에게 물었다.

"예, 지금, 마침 쌀 공출 할당을 결정하는 일로, 여간 힘든 게 아닙니다." 신랑은 젊어도 지주인 탓에, 그 방면의 일은 잘 알고 있다. 이리저리 자잘한 수치를 들어가며 설명해 주었지만, 나는 절반도 이해할 수 없었다.

"나로선 여태껏 쌀에 관해 엄중히 생각해 본 적이 없었던 거나 마찬가지인데, 그래도 이런 시대가 되고 보니, 역시나 기차 창문으로 논을, 그야말로 내 일인 양 일희일비하며 바라보게 되더군요. 올해는 언제까지나 이렇듯 으스스 추워서, 모내기도 늦어지지는 않을까요?" 나는 늘 그러하듯 전문가를 향해 얼치기 지식을 마구 뽐냈다.

"괜찮겠지요. 요즘은 추우면 추운 대로, 대책도 생각하고 있으니까요. 볏모의 발육도 뭐, 보통일 듯합니다."

"그렇군요." 나는 자못 그럴싸한 낯으로 끄덕이고, "제 지식은, 어제 기차 창문으로 이 쓰가루 평야를 바라보며 얻은 게 고작입니다만, 마경(馬耕)이라고 하던가요? 말이 끌면서 논을 갈아 뒤집는 그것을, 소가 끌면서 하는 게 엄청 많아 보이더군요. 우리가 어렸을 적에는, 마경뿐만 아니라 짐수레를 끄는 것

---

37) 농사의 개량 및 발달을 도모할 목적으로 1899년에 설립된 지주, 농민 단체.

이든 뭐든, 죄다 말이었고, 소를 부린다는 건 거의 없었는데 말이지요. 저는요, 처음 도쿄로 갔을 때, 소가 짐수레를 끌고 있는 걸 보고, 기괴하게 느꼈을 정도입니다."

"그럴 테지요. 말은 부쩍 줄었습니다. 대개, 출정했습니다. 게다가 소는 사육하는 데 품이 들지 않는다는 점도 있겠지요. 하지만 작업 능률 면에선, 소는 말의 절반, 아니, 훨씬 훨씬 더 못 될지도 모릅니다."

"출정이라면, 이미……."

"저 말입니까? 이미, 두 번이나 영장을 받았습니다만, 두 번 다 도중에 돌려보내져, 면목 없습니다." 건강한 청년의 화사하 게 웃음 띤 얼굴은 좋은 것이다. "이번엔, 그냥 돌아오는 일 없 기를 바랍니다만." 자연스러운 말투로, 가볍게 말했다.

"이 지방에, 이거 정말 훌륭하다, 하고 진심으로 탄복이 절 로 나오는, 숨겨진 큰 인물이 없을까요?"

"글쎄요, 저는 잘 모릅니다만, 독농가(篤農家)라는 소리를 듣는 사람 가운데, 어쩌면 있지 않을까요?"

"그렇겠네요." 나는 크게 동감했다. "저 역시도 이치 따지는 건 서툰 데다, 그저 독문가(篤文家)라고나 할까요, 그런 바보 같은 일편단심으로 살아가고 싶다고 생각합니다만, 아무래도 하찮은 허영심 따위도 있어 상식적이고 뇌꼴스러운 일이 되고 말아, 보잘것없습니다. 하지만 독농가도, 독농가로서 지나치게 큼직한 레테르가 붙으면, 망가진다거나 하진 않나요?"

"그래요. 그렇습니다. 신문사 같은 데서 무책임하게 무턱대 고 떠들썩하니 법석을 떨고, 억지로 끌어내서 강연을 시키거나 무얼 하는 통에, 모처럼의 독농가도 묘한 남자가 되고 마는 거지요. 유명해져 버리면, 망가집니다."

"참말 그렇지요." 나는 거기에도 동감이었다. "남자란, 애처로운 치니까요. 명성에는, 물러터졌지요. 저널리즘 따위, 알고 보면 아메리카 언저리의 자본가가 발명한 것이고, 엉성한 거란 말이죠. 독약입니다. 유명해진 바로 그 순간, 대체로 얼간이가 되어 있으니까요." 나는 이상한 대목에서 자기 신상의 울분을 터뜨렸다. 이런 불평쟁이는, 그러나 말은 그리 해도 마음속으론 유명해지고 싶어 하는 경향이 있으니, 주의가 필요하다.

정오 지나서, 나는 우산을 쓰고 비 내리는 뜰을 홀로 바라보며 걸었다. 나무 한 그루, 풀 한 포기도 바뀌지 않은 느낌이었다. 이렇듯 오래된 집을 그대로 유지하고 있는 형의 노력도 예사로운 게 아니려니 짐작되었다. 연못가에 서 있는데, 폴짝, 하는 자그만 소리가 났다. 보니, 개구리가 뛰어든 거였다. 시시한, 야트막한 소리다. 그 순간 나는, 그 바쇼 옹의 '오래된 연못' 구절을 이해할 수 있었다. 나는, 그 구를 제대로 알지 못했다. 어디가 좋은 건지, 도통 어림조차 되지 않았다. 명물치고 맛있는 것 없다, 라며 단정했지만, 그건 내가 받은 교육이 나쁜 탓이었다. 그 오래된 연못 구절에 대해, 우리는 학교에서, 어떤 설명을 들었던가? 괴괴한 한낮 한층 어둑한 곳에 고색창연한 오래된 연못이 있어, 거기에 텀벙! (드넓은 강에 투신자살일 리도 없으련만) 개구리가 뛰어들고, 아아! 그 여운이 길게 이어져 가시지 않으니, 새 한 마리 우짖어 산 더욱더 고즈넉해짐

은 바로 이를 말한다, 라고 배웠던 거다. 이 얼마나, 의미심장
함을 공연스레 부추기는, 진부하고 시원찮은 하이쿠인가! 언
짢기 짝이 없어, 오싹오싹할 지경이야! 역겨워! 오랫동안, 나는
이 구절을 경원하고 있었지만, 지금, 아니야, 그렇지 않다며 고
쳐 생각했다. 텀벙! 어쩌고 설명하는 탓에, 이해할 수 없게 되
어 버리는 거다. 여운이고 뭐고 없다. 그냥, 폴짝. 이를테면 세
상의 아주 한 귀퉁이, 참으로 가난한 소리인 거다. 빈약한 소
리인 거다. 바쇼는 그걸 듣고, 제 일인 양 측은히 여겨지는 무
엇이 있었던 거다. 오래된 연못이여 개구리 뛰어드네 물소리.
그리 생각하고 이 구절을 다시 보면, 나쁘지 않다. 좋은 하이
쿠다. 당시 단린하〔檀林派〕38)의 간들거리는 매너리즘을 멋들
어지게 냅다 걷어차고 있다. 말하자면 파격의 착상이다. 달도
눈도 꽃도 없다. 풍류도 없다. 그저, 가난한 이의 가난한 목숨
뿐이다. 당시의 풍류 스승들이 이 구절에 경악한 까닭도, 이
로써 잘 알 수 있다. 종래 풍류 개념의 파괴다. 혁신이다. 좋은
예술가는, 이렇게 나오지 않고서야 엉터리다, 라며 혼자 흥분
해서는 그날 밤, 여행 수첩에 이렇게 적었다.

　'황매화나무여 개구리 뛰어드네 물소리.39) 기카쿠40) 나부

---

38) 바쇼 이전에 널리 퍼진 하이카이 작풍으로, 구어를 사용하고 익살스러움을
띤다.
39) '개구리 뛰어드네 물소리'의 앞 부분을 두고 바쇼의 제자 기카쿠가 '황
매화나무여'로 하자고 했으나, 바쇼는 '오래된 연못이여'로 했다고 전해진다.
40) 다카라이 기카쿠(宝井其角, 1661~1707). 바쇼와 함께 바쇼 작풍의 수
립, 전개에 기여했다.

랭이. 아무것도 모른다. 나하고 이리 와서 놀자꾸나 부모 없는 참새.[41] 조금 가깝다. 하지만, 너무 거리낌 없어 언짢음. 오래된 연못이여, 비길 데 없음.'

이튿날은 화창했다. 조카딸 요코, 그 신랑, 나, 그리고 아야는 모두의 도시락을 짊어지고, 넷이서 가나기마치에서 일 리 남짓한 동쪽의 다카나가레〔高流〕라고 불리는, 이백 미터 채 못 되는 완만한 산에 놀러 갔다. 아야, 라고는 해도, 여자 이름이 아니다. 할아범, 정도의 의미다. 아버지라는 의미로도 쓰인다. '아야'의 짝이 되는 Femme[42]는 '아파'다. '아바'라고도 한다. 어떠한 자리에서 이들 단어가 생겨났는지, 나는 알 수 없다. 오야, 오바[43]의 사투리인가? 하고 어림짐작해 본들 소용없다. 여러 전문가의 여러 설이 있음 직하다. 다카나가레라는 산 이름도, 조카딸의 설에 따르면 다카나가네〔高長根〕라는 게 옳은 명칭이고, 완만하게 산자락이 펼쳐진 모습이 흡사 기다란 뿌리 느낌이라나 뭐라나, 그런 이야기였는데, 여기에 또한 여러 전문가의 여러 설이 있으리라. 여러 전문가의 여러 설이 분분하여 귀추가 결정되지 않는 구석에, 향토학의 묘미가 있을 법하다. 조카딸과 아야는 도시락이다 뭐다 채비하느라 시간이 걸린 탓에, 신랑과 나만 한 걸음 앞서 집을 나섰다. 좋은 날씨다. 쓰가루 여행은 5월, 6월이 제일이다. 예의 『동유기』에도, "예로부터 북쪽 지방을 유람하는 사람은 다들 여름철뿐인즉,

---

41) 고바야시 잇사(小林一茶, 1763~1827)의 하이쿠.
42) 프랑스어. 여자, 여성을 뜻한다.
43) '오야'는 부모, '오바'는 아주머니를 뜻한다.

초목도 온통 푸릇푸릇해지고, 바람도 남풍으로 바뀌어 해수
면도 잔잔하니, 염려스러운 일 아무것도 생기지 않으리라 여
긴다. 내가 북쪽 지방에 닿은 건 9월부터 3월 즈음이었기에,
도중에 나그네는 뚝 끊기어 만나는 일이 없었다. 내 여행은
의술 수행을 위함이니, 각별한 것이다. 단지 명소만을 탐방하
려는 마음으로 가는 사람은 반드시 4월 이후에 가야 할 지역
이다." 이렇게 되어 있는데, 여행 달인의 말씀이라 독자도 이
것만은 믿고, 기억해 두는 게 좋다. 쓰가루에서는 매화, 복숭
아, 벚꽃, 사과, 배, 자두, 한꺼번에 이맘때 꽃이 핀다. 자신 있
는 양 내가 앞장서 변두리까지 걸어왔지만, 다카나가레로 가
는 길을 알 수가 없다. 초등학교 때 두세 번 간 적이 있을 뿐
인 터라, 잊어버리는 것도 무리가 아니다 싶긴 한데, 하지만
그 주변의 모양새가 어릴 적 기억과 영 딴판이다. 나는 당혹
스러워,

"정거장이다 뭐다 생기고 이 주변이 싹 바뀌는 통에, 다카
나가레에는 어떻게 가야 할지 알 수 없게 되었네요. 저 산입니
다만." 나는 전방에 보이는, 헤(へ) 글자 모양으로 봉긋이 솟은
담녹색 구릉을 손가락으로 가리키고 말했다. "이 언저리에서
잠시 어슬렁거리다가, 아야네를 기다리기로 하지요." 하고 신
랑에게 웃으면서 제안했다.

"그럽시다." 신랑도 웃으면서, "이 근처에, 아오모리현의 수련
농장이 있다던가 들었습니다만." 나보다 더 잘 알고 있다.

"그래요? 찾아봅시다."

수련 농장은, 그 길에서 오십 미터 남짓 오른쪽으로 들어간

높다란 언덕 위에 있었다. 농촌 중견 인물의 양성과 척사(拓士)[44] 훈련을 위해 설립된 모양이지만, 이 혼슈 북단의 벌판에는 아까우리만큼 당당한 설비다. 지치부노미야[45] 님이 히로사키의 8사단에 근무하고 계셨을 때, 황공하게도 이 농장에 여간 조력을 아끼지 않으신 듯, 강당도 그 덕분에 지방에선 보기 드문 장엄한 건물이다. 그 밖에 작업장이 있고, 가축우리가 있고, 비료 저장소, 기숙사까지, 나는 그저 눈이 휘둥그레진 채 놀랄 따름이었다.

"오호! 전혀, 몰랐네요. 가나기에는 과분한 거 아닌가요?" 그리 말하면서도, 나는 묘하게 기뻐서 어쩔 줄 몰랐다. 역시나 자기가 태어난 고장에는, 은근히 열성을 들이는 건가 보다.

농장 입구에 커다란 비석이 서 있고, 거기엔 쇼와 10년 8월, 아사카노미야 님 방문, 같은 해 9월, 다카마쓰노미야 님 방문, 같은 해 10월, 지치부노미야 님 및 왕자비 방문, 쇼와 13년 8월에 지치부노미야 님 재차 방문, 이라는 거듭되는 영광을 정중히 기록해 놓았다. 가나기마치 사람들은 이 농장을 더욱더욱 자랑삼아도 좋다. 가나기뿐만이 아닌, 이것은 쓰가루 평야의 영원한 자랑이리라. 실습지라고나 할까, 쓰가루의 각 마을에서 선발된 모범 농촌 청년들이 일군 밭과 과수원, 무논 등이 그러한 건축물 뒤편에 참으로 아름답게 펼쳐져 있었다. 신랑은 이곳저곳 걸으며 경작지를 찬찬히 바라보고,

---

44) 중국 동북부 만주로 개척 이민자로서 건너간 사람.
45) 쇼와 천황의 남동생.

"대단하군요." 한숨을 내쉬며 말했다. 신랑은 지주니까, 나 같은 치보다 훨씬 여러모로 이해되는 바가 있으리라.

"야아! 후지〔富士〕. 좋은데!" 나는 소리쳤다. 후지가 아니었다. '쓰가루 후지'라 불리는 1,625미터 이와키산이, 저 멀리 드넓게 펼쳐진 무논이 다하는 지점에, 둥실 떠 있다. 실제로, 가볍게 떠 있는 느낌이다. 뚝뚝 방울져 떨어질 듯 새파랗고, 후지산보다 한결 여성스럽고, 주니히토에[46]의 옷자락을, 은행잎 사귀를 거꾸로 세운 양 사르르 펼치고 좌우 균형도 반듯하니, 고즈넉이 푸른 하늘에 떠 있다. 결코 높은 산은 아니지만, 그래도 상당히, 말갛게 내비칠 정도로 아리따운 미녀이긴 하다.

"가나기도 뭐, 나쁘지 않은걸!" 나는, 허둥거리다시피 말했다. "나쁘지 않아." 입을 삐죽이며 말한다.

"좋군요." 신랑은 차분히 말했다.

나는 이번 여행에서 다양한 각도로 이 쓰가루 후지를 바라보았는데, 히로사키에서 보면 자못 묵직하니 드레져 보이기에 이와키산은 역시나 히로사키의 것인지도 모른다고 생각하는 한편, 쓰가루 평야의 가나기, 고쇼가와라, 기즈쿠리 언저리에서 바라본 이와키산의 단정하고 맵시 있는 모습도 잊을 수 없었다. 서해안에서 본 산의 모습은, 영 글렀다. 흐트러지고 말아, 이미 미인의 자태는 없다. 이와키산이 아름답게 보이는 지역에는 쌀도 잘 여물고 미인도 많다는 전설이 있다

---

46) 헤이안 시대 여관(女官)들의 정복. '열두 겹의 옷'이란 뜻처럼 여러 벌의 홑옷을 겹쳐 입은 것.

가나기에서 본 쓰가루 후지와 쓰가루 평야

하지만, 쌀 쪽은 차치하고, 이 북(北)쓰가루 지방은 이토록 산이 아름답게 보이는데도 미인 쪽은 어쩐지, 마음 허전하게, 내겐 여겨졌다. 이는 어쩌면 내 관찰이 천박한 탓인지도 모른다.

"아야네는, 어떻게 된 걸까요?" 퍼뜩 나는, 그 일이 염려되기 시작했다. "획획 앞서가 버리진 않았을까요?" 아야네 일을 그만 망각할 만큼, 우리는 수련 농장의 설비며 풍경에 감동하고 말았던 거다. 우리는 원래의 길로 되돌아와, 이리저리 둘러보고 있는데 아야가, 뜻밖에도 갈라진 들길에서 난데없이 불쑥 나오더니, 우린 여태껏 당신들을 분담해서 찾고 있었지요,

하고 웃으면서 말한다. 아야는 이 부근의 들판을 찾아다니고, 조카딸은 다카나가레로 가는 길을 똑바로 획획 뒤쫓다시피 갔다고 한다.

"그거참 안됐는걸. 요짱은 그럼, 엄청 멀리까지 가 버렸겠네. 어어이!" 전방을 향해 큰 소리로 불렀지만, 아무런 응답도 없다.

"가시지요." 아야는 등짝의 짐을 추켜 흔들고, "어차피, 외길이니까요."

하늘에는 종달새가 분주히 지저귄다. 이렇듯 고향의 봄 들길을 걷는 것도, 얼추 이십 년 만이려나. 온통 잔디밭이고, 군데군데 키 작은 관목이 우거져 있기도 하고 자그만 늪이 있기도 한데, 땅의 기복도 완만하여, 예전 같아선 도회 사람들은 절호의 골프장이라며 칭찬했으리라. 더욱이, 보라! 지금은 이 벌판에도 착착 개간의 괭이질이 이루어지고, 인가의 지붕도 아름답게 빛난다. 저것이 갱생 마을, 저것이 이웃 마을의 분촌(分村), 하는 아야의 설명을 들으면서, 가나기도 발전해 북적거리게 되었구나, 하고 절실히 느꼈다. 이제 슬슬 산의 오르막길로 접어드는데도, 아직 조카딸의 모습이 보이지 않는다.

"어떻게 된 걸까요?" 나는, 어머니로부터 물려받아 걱정을 달고 산다.

"그야 뭐, 어딘가에 있겠지요." 신랑은 쑥스러워하면서도 여유를 보였다.

"어쨌건, 물어나 봅시다." 나는 길섶 밭에서 일하고 있는 농민에게 모자를 벗어 인사하고, "이 길을, 양장 차림의 젊은 누님이 지나가지 않던가요?" 하고 물었다. 지나갔다, 라는 대답이다. 어쩐지 내달리듯, 되게 서둘러 지나갔다고 한다. 봄의 들길을, 내달리듯 서둘러 신랑 뒤를 쫓아가는 조카딸의 모습을 상상하며, 나쁘지 않다고 생각했다. 잠시 산을 오르는데, 낙엽송 가로수 그늘에 조카딸이 웃으며 서 있었다. 여기까지 뒤쫓아 와도 없기에 나중에 오겠거니 싶어, 이곳에서 고사리를 뜯고 있었다 한다. 별로 지친 기색도 보이지 않는다. 이 주변은 고사리, 땅두릅, 엉겅퀴, 죽순 등 산채의 보고인 듯하다. 가을에는 나팔버섯, 나메코 같은 버섯류가, 아야의 표현에 따르면 "거의 깔려 있다시피" 잔뜩 돋아나, 고쇼가와라, 기즈쿠리 등지의 먼 곳에서도 뜯으러 오는 사람이 있다 한다.

"요짱은 버섯 따기 명인입니다." 하고 덧붙여 말했다. 또, 산을 오르면서,

"가나기로, 황족께서 오셨다고 하더군." 내가 말하자, 아야는 새삼스러워진 말투로, 예! 하고 대답했다.

"고마운 일이지."

"예." 긴장하고 있다.

"그래도, 가나기 같은 델 와 주신 거로군."

"예."

"자동차로, 오셨는가?"

"예. 자동차로 오셨습니다."

"아야도, 뵈었는가?"

"예. 뵈었습니다."

“아야는, 행복하겠네.”

“예.” 대답하고, 목덜미에 두른 타월로 얼굴의 땀을 닦았다.

휘파람새가 울고 있다. 제비꽃, 민들레, 들국화, 철쭉, 백(白)댕강목, 으름덩굴, 들장미 그리고 내가 알지 못하는 꽃이 산길 양쪽 잔디밭에 환하게 피어 있다. 키 작은 버드나무, 떡갈나무도 새싹을 내밀었고, 산을 올라갈수록 조릿대가 무척 많아졌다. 이백 미터도 채 못 되는 작은 산이지만, 전망은 상당히 좋다. 쓰가루 평야 전부, 구석구석까지 훤히 조망할 수 있다고 말하고 싶을 정도였다. 우리는 멈춰 서서 평야를 내려다보고, 아야한테서 설명을 듣고, 또 조금 걷다가 멈춰 서서 쓰가루 후지를 바라보며 칭찬하다가, 어느 틈엔가 작은 산의 정상에 도달했다.

“여기가 정상인가?” 나는 좀 맥이 빠져, 아야에게 물었다.

“예, 그렇습니다.”

“맙소사.” 이렇듯 말했어도, 눈앞에 전개된 봄의 쓰가루 평야 풍경에는 그만 황홀해지고 말았다. 이와키강이 가느다란 은줄처럼, 반짝반짝 빛나 보인다. 그 은줄이 다하는 언저리에 고대(古代)의 거울인 양 희끄무레 빛나는 건, 닷피(田光) 늪일까? 거기서 한층 먼 곳에 흐릿하게 연기가 일 듯 하얗게 펼쳐져 있는 건 주산코인가 보다. 주산코 혹은 주산가타(十三潟)로 불리며, “쓰가루의 크고 작은 강물, 대략 열세 줄기가 이 땅에서 합류하여 큰 호수를 어룬다. 게다가 각 하천 고유의 빛깔을 잃지 않는다.”라고 『도사 왕래(十三往來)』[47]에 기록되어 있

---

47) 도사 지역 안도 가문의 번영에 대해 쓴 책.

다. 이는 쓰가루 평야 북단의 호수로서, 이와키강을 비롯해 쓰가루 평야를 흐르는 크고 작은 열세 하천이 이곳에 모여들고, 둘레는 약 팔 리, 그러나 하천이 실어 오는 토사 때문에 호수 바닥은 야트막하여, 가장 깊은 곳이라도 삼 미터 남짓이라 한다. 물은 해수의 유입으로 인해 함수이지만, 이와키강에서 흘러드는 강물도 적지 않은 탓에 그 강어귀 언저리는 담수라서, 어류도 담수어와 함수어 모두 다 깃들어 살고 있다 한다. 호수가 일본해로 열리는 남쪽 어귀에 주산〔十三〕이라는 작은 마을이 있다. 이 부근은 지금부터 칠팔백 년이나 전부터 개화되어 쓰가루의 호족 안도 씨의 본거지였다는 설도 있고, 또한 에도 시대에는 그 북방의 고도마리항〔小泊港〕과 함께 쓰가루의 목재, 곡물을 출하하면서 매우 번성했다던가 이야기가 있으나, 지금은 그 한 조각의 흔적도 없는 듯하다. 그 주산코 북쪽에 곤겐자키〔権現崎〕가 보인다. 하지만 이 언저리부터 국방상 중요 지역으로 들어간다. 우리는 시선을 돌려, 전방의 이와키강 너머 저 멀리 푸르게 시원스레 그어진 상쾌한 선 하나를 바라보자. 일본해다. 시치리나가하마〔七里長浜〕, 한눈에 들어온다. 북쪽은 곤겐자키부터 남쪽은 오도세자키〔大戸瀬崎〕까지, 시야를 가로막는 그 어떤 것도 없다.

"여기 좋은데? 나라면, 이곳에 성을 지어서." 말하는 참에,

"겨울엔 어떡하려고요?" 요코가 물고 늘어지는 통에 턱! 말문이 막혔다.

"이대로, 눈만 안 온다면야." 나는 흐릿한 우울을 느끼며 탄식했다.

산그늘 진 계곡으로 내려가, 자갈밭에서 도시락을 펼쳤다.
계류에 차가워진 맥주는 나쁘지 않았다. 조카딸과 아야는 사
과즙을 마셨다. 그러는 사이, 퍼뜩 나는 발견했다.

"뱀!"

신랑은 벗어 둔 웃옷을 그러안고, 엉거주춤 몸을 일으켰다.

"괜찮아, 괜찮아." 나는 계곡 건너편 기슭의 암벽을 가리키
며 말했다. "저 암벽을 기어오르려는 거예요." 여울에서 대가
리를 쑤욱 내밀고, 순식간에 한 자(尺) 남짓 암벽을 기어 올라
가다가는, 사르르 떨어진다. 다시 술술 올라가다가는, 떨어진
다. 집요하게 스무 번쯤 거듭 시도하더니, 그제야 지쳐서 단념
했는지 흐름에 휩쓸려 떠내려가다시피 기다랗게 수면에 몸을
띄운 채 이쪽 물가로 점점 다가왔다. 아야가 이때, 일어섰다.
이 미터에 가까운 나뭇가지를 들고 말없이 달려가, 첨벙! 계류
에 뛰어들어, 푹 찔러 해치웠다. 우리는 눈길을 돌렸고,

"죽었나? 죽었나?" 나는, 애처로운 목소리를 냈다.

"처리했습니다." 아야는 나뭇가지도 함께 계류에 멀찍이 내
던졌다.

"살무사 아닌가?" 나는, 그래도 여전히 무서웠다.

"살무사라면 산 채로 잡지만, 그건 구렁이였습니다. 살무사
의 생간은 약이 됩니다."

"살무사도, 이 산에 있는가?"

"예."

나는 탐탁잖은 기분으로, 맥주를 마셨다.

아야는 누구보다도 일찌감치 식사를 마치고 커다란 통나무

를 질질 끌어와선, 그걸 계류에 던져 넣어 발 디딜 데로 삼아 훌쩍 건너편 기슭으로 뛰어 넘어갔다. 그러고는 건너편 기슭의 산 절벽을 기어올랐는데, 땅두릅이며 엉겅퀴 등 산채를 따 모으고 있는 낌새다.

"위험한걸. 일부러 저런 위험한 곳에 가지 않더라도, 다른 곳에도 잔뜩 돋아 있건만." 나는, 조마조마 마음 졸이며 아야의 모험을 비평했다. "저건 분명, 아야가 흥분해 일부러 저런 위험한 곳에 가서, 우리한테 아야의 용감한 구석을 여봐란듯 실컷 과시하려는 꿍꿍이셈이 틀림없어."

"그래요, 그래요!" 조카딸도 한바탕 웃으면서, 찬성했다.

"아야아!" 나는 큰 소리로 불렀다. "그만, 됐어. 위험하니까, 그만 됐어!"

"예!" 아야는 대답하고, 술술 벼랑에서 내려왔다. 나는, 마음이 놓였다.

돌아올 때는, 아야가 따 모은 산채를 요코가 짊어졌다. 이 조카딸은 원래 차림새 같은 건 그다지 개의치 않는 아이였다. 귀갓길은 소토가하마에서의 '아직 늙지 않은 건각(健脚)'도 어지간히 지쳐서, 부쩍 말수가 적어지고 말았다. 산에서 내려오니, 뻐꾸기가 울고 있다. 변두리의 제재소에는 목재가 어마어마하게 쌓여 있고, 궤도 광차가 쉼 없이 이리저리 움직인다. 넉넉한 시골 풍경이다.

"가나기도, 그런대로 활기를 띠기 시작했군요." 나는 불쑥 말했다.

"그런가요?" 신랑도 조금 피곤한 모양이다. 께느른하게, 그리 말했다.

나는 불현듯 쑥스러워,

"아아니, 저 같은 치는 아무것도 아는 게 없지만, 그래도 십 년 전 가나기는 이렇지 않았다는 느낌이 듭니다. 서서히, 쇠퇴해져만 가는 동네처럼 보였지요. 지금 같지 않았거든요. 지금은 뭔가, 다시 기운이 회복된 느낌입니다."

집으로 돌아와 형에게, 가나기의 경치도 상당히 좋아요, 새삼스레 그런 생각이 들었습니다, 라고 말했더니, 형은, 나이를 먹으면 자신이 태어나 자란 땅의 경치가 교토보다도, 나라보다도 곱지 않은가, 그리 여겨지기 마련이라고 대답했다.

이튿날은 전날의 일행에다 형 부부도 함께하여, 가나기에서 동남쪽으로 일 리 반쯤 떨어진 가노코강 저수지라는 곳으로 나섰다. 막 출발하려는 참에 형을 찾아온 손님이 있었기에, 우리만 한발 앞서 나섰다. 형수는 몬페에다 하얀 버선에 짚신을 신은 차림새였다. 이 리나 멀리 바깥 걸음을 하는 건, 형수에겐 가나기로 시집온 이래 처음 있는 일인지도 모른다. 그날도 화창하여, 전날보다 한결 따뜻했다. 우리는 아야의 안내를 받으며 가나기강을 따라 삼림 철도의 궤도를 터벅터벅 걸었다. 궤도의 침목 간격이 한 걸음으로는 좁고, 반걸음으로는 널따라니 몹시도 심술궂게 만들어져, 굉장히 걷기 힘들었다. 나는 지쳐서 일찌감치 말수가 줄었고, 땀만 닦아 댔다. 날씨가 지나치게 좋으면 나그네는 축 늘어지고 말아, 되레 기세가 오르지 않는 듯하다.

"이 주변이, 큰물의 흔적입니다." 아야는, 멈춰 서서 설명했다. 강 부근의 논밭 몇 정보 일대가 온통, 격전지 흔적도 이러하랴 싶을 만큼, 거대한 그루터기며 통나무가 어지럽게 흩어져 있다. 그전 해, 우리 집의 여든여덟 살 할머니도, 당최 경험이 없다, 라고 말할 정도의 대홍수가 이 가나기마치에 들이닥친 거다.

"이 나무가, 모두 산에서 떠내려온 겁니다." 말하고서, 아야는 슬픈 듯한 표정을 지었다.

"정말 심한걸!" 나는 땀을 닦으면서, "마치 바다 같았을 테지."

"바다 같았습니다."

가나기강에서 물러나 이번엔 가노코강을 따라 잠시 올라가다, 겨우 삼림 철도의 궤도에서 해방되어 살짝 오른쪽으로 들어간 곳에, 둘레 반(半) 리 이상은 되겠다 싶은 커다란 저수지가, 그야말로 새 한 마리 우짖어 더욱더 고즈넉해진 모습으로, 푸르디푸른 물을 넘치도록 채우고 있다. 이 부근은 소에 몬자와라는 깊은 골짜기였다고 하는데, 골짜기 깊숙이 가노코강을 막아 이 커다란 저수지를 만든 것은 1941년, 바로 최근의 일이다. 저수지 옆 큼직한 비석에는, 형의 이름도 새겨져 있었다. 저수지 주위에 공사 흔적인 절벽의 붉은 흙이 아직도 생생히 노출되어 있는 터라, 이른바 천연의 장엄함이 부족하나마, 그래도 가나기라는 한 마을의 힘이 느껴지니, 이러한 인위적 성과라는 것도 역시 쾌적한 풍경이라 하지 않을 수 없다 어쩌고, 출랑출랑하는 여행 비평가는 멈춰 서서 담배를 피우고 사방팔방을 바라보면서, 어정쩡한 감상을 추슬렀다.

나는 자신 있는 듯 일동을 인솔하여 저수지 물가를 걷다가,

"여기가 좋아. 이 언저리가 좋아." 말하며 연못 곳의 나무 그늘에 앉았다. "아야, 좀 살펴봐 줘! 이건, 옻나무가 아니겠지?" 옻이 오른다면, 나는 앞으로 여행을 계속하는 동안, 참을 수 없이 우울해지리라. 옻나무가 아니란다.

"그럼, 그 나무는? 어쩐지, 수상쩍은 나무야. 살펴봐 줘." 다들 웃고 있었지만, 나는 진지했다. 그것도 옻나무가 아니란다. 나는 완전히 안심하고, 이 장소에서 도시락을 열기로 정했다. 맥주를 마시면서, 나는 기분 좋게 조금 수다를 떨었다. 나는 초등학교 2, 3학년 때 소풍으로 가나기에서 삼 리 반 남짓 떨어진 서해안의 다카야마〔高山〕라는 곳으로 가서, 처음 바다를 보았을 때의 흥분을 이야기했다. 그때는 인솔한 선생님이 맨 먼저 흥분해서는, 우리를 바다 쪽을 향해 2열 횡대로 나란히 세우고 「나는 바다의 아이」라는 창가를 합창하게 했는데, 태어나서 처음 바다를 본 주제에 '나는 바다의 아이 하얀 파도 철썩대는 해변의 솔밭에', 그런 바닷가 태생의 아이들 노래를 부르는 것이 너무나 부자연스러워, 나는 어린 마음에도 창피하고 차분해지지 않는 기분이었다. 그리고 나는 그 소풍 때는 기묘하게도 복장에 공을 들여, 차양 넓은 밀짚모자에다 형이 후지 등산 때 사용한, 신사〔神社〕의 낙인이 예쁘게 여럿 찍혀 있는 나무 지팡이, 더군다나 선생님한테서 가능한 한 가벼운 차림에 짚신, 이라는 말을 들었음에도 나만 괜스레 하카마를 차려입고, 긴 양말에 편상화를 신고 나긋나긋 애교를 머금고 나섰던 것인데, 일 리도 채 걷지 못하고 이미 녹

초가 되다시피 하여 우선 하카마와 구두를 벗어야 했고, 짚신, 그것도 한쪽은 빨간 끈 짚신, 한쪽은 짚끈 짚신이라는 짝짝이, 너덜너덜 해어진 볼품없는 짚신이 내게 주어졌다. 마침내 모자도 빼앗기고 지팡이도 사용 중지, 급기야 환자용으로 학교에서 마련해 간 짐수레에 실려 집으로 돌아왔을 때의 모습이란, 집을 나설 때 반짝반짝하던 차림의 한 조각 그림자도 없이, 구두를 한 손에 늘어뜨린 채 지팡이에 간신히 의지해 어쩌고, 내가 한껏 흥이 올라 이야기하며 모두를 웃기고 있자니,

"어어이!" 하고 부르는 소리. 형이다.

"어어이!" 하고 우리도 저마다 불렀다. 아야는 마중하러 달려갔다. 이윽고 형은, 등산용 피켈을 들고 나타났다. 나는 있는 대로 맥주를 모조리 마셔 버린 터라, 몹시 거북스러웠다. 형은 곧바로 밥을 먹고, 그러고 나서 다 함께 저수지 깊숙한 데로 걸어갔다. 버스럭, 하고 큰 소리가 나면서 물새가 연못에서 날아올랐다. 나와 신랑은 얼굴을 마주 보고, 의미도 없이 서로 고개를 끄덕였다. 기러기인지 오리인지, 입 밖에 내어 말할 수 있을 정도까지는 서로가 자신 없었음이다. 여하튼, 야생의 물새인 건 틀림없었다. 심산유곡의 정기가 얼핏 느껴졌다. 형은, 등을 구부정히 수그리고 말없이 걷고 있다. 형과 이렇듯 함께 바깥을 걷는 것도 몇 년 만이려나. 십 년 전쯤, 도쿄 교외의 어느 들길을, 형은 역시나 이처럼 등을 구부정히 수그리고 말없이 걸었고, 그리고 몇 걸음 떨어져서 나는 형의 그 뒷모습을 바라보고 혼자 훌쩍훌쩍 울면서 걸었던 적이 있지만, 그때

이후 처음일지도 모른다. 나는 형한테서, 그 사건에 대해 아직 용서받았다고 여기진 않는다. 평생, 틀렸는지도 모른다. 금이 간 찻종은, 어찌할 도리가 없다. 어찌해 본들, 원래 그대로는 되지 못한다. 쓰가루인은 특히, 마음의 금을 잊지 않는 종족이다. 이후, 이제 이번뿐, 두 번 다시 형과 함께 바깥을 걷는 기회는, 없을지도 모른다는 생각도 했다. 물이 떨어지는 소리가 차츰 드높이 들려왔다. 저수지 끄트머리에 가노코 폭포라는, 이 지방의 명소가 있다. 머지않아, 그 오십 자 남짓한 가느다란 폭포가 우리 발밑으로 보였다. 요컨대 우리는 소에몬자와 가장자리를 따라 폭이 한 자 정도인 조마조마한 샛길을 걷는 중이고, 오른쪽은 바로 병풍을 세워 놓은 듯한 산, 왼쪽은 발치부터 벼랑이 되어 있는데, 그 골짜기 밑바닥에 용소가 참으로 깊디깊은 푸른 빛으로 똬리를 틀고 있는 거다.

"이거야, 원, 현기증이 나네요." 형수는 농담 삼아 말하고서, 요코의 손에 매달리다시피 불안스레 걷고 있다.

오른쪽 산허리에는 철쭉이 아름답게 피어 있다. 형은 피켈을 어깨에 메고, 철쭉이 멋스러이 흐드러지게 피어 있는 자리에 올 때마다, 조금 걸음을 늦춘다. 등꽃도, 이제 슬슬 피기 시작하고 있다. 길은 서서히 내리막길이 되어, 우리는 폭포 어귀로 내려섰다. 이 미터 채 못 미치는 폭 좁은 계류로, 흐름 한복판께 나무 그루터기가 놓였고, 그걸 발 디딜 데 삼아 깡충깡충 두 걸음으로 뛰어 건널 수 있게 되어 있다. 한 사람 한 사람, 깡충깡충 뛰어 건넜다. 형수가, 홀로 남았다.

"안 되겠어요." 말하고 웃기만 할 뿐, 뛰어 건너려고는 하지 않는다. 다리가 얼어붙어, 앞으로 내딛지 못하는 기색이다.

"업어 주게나." 형은, 아야에게 일렀다. 아야가 곁으로 다가서도, 형수는 그저 웃으며, 안 돼 안 돼, 하고 손을 내저을 뿐이다. 이때 아야는 괴력을 발휘해 거대한 나무뿌리를 그러안고 와서, 첨벙! 하고 폭포 어귀에 내던졌다. 뭐 그럭저럭, 다리가 생겼다. 형수는 조금 건너다 말았는데, 여전히 발이 앞으로 나아가지 않는 모양이다. 아야의 어깨에 손을 얹고 겨우 절반가량 건넜다가, 나머지는 강도 얕아 즉석 다리에서 강으로 뛰어내려, 철벙철벙 물속을 걸어서 건너고 말았다. 몬페 자락도 하얀 버선도 짚신도, 흠뻑 젖어 버린 낌새다.

"정말이지, 이건, 다카야마에서 돌아오는 모습이네요." 형수는 아까 내가 들려준, 다카야마로 소풍 가서 비참한 모습으로 돌아온 이야기를 문득 떠올린 듯 웃으면서 그리 말했고, 요코도 신랑도 왁자그르 한바탕 웃었는데, 형은 뒤돌아보더니,

"어? 무슨?" 하고 물었다. 다들 웃기를 그쳤다. 형이 뚱한 낯을 하고 있기에 설명해 줄까, 생각도 했지만, 하도 어처구니없는 이야기인지라, 새삼스레 '다카야마에서 돌아오는 길'의 유래를 다시 설명할 용기는 내게도 없었다. 형은 말없이 걷기 시작했다. 형은, 언제나 고독하다.

5. 서해안

앞에서도 여러 차례 써 왔지만, 나는 쓰가루에서 태어나 쓰

가루에서 자라면서, 지금껏 거의 쓰가루 지역을 알지 못했다. 쓰가루의 일본해 방면 서해안에는, 그야말로 초등학교 2, 3학년 무렵의 '다카야마 소풍' 말고는 한 번도 간 적이 없다. 다카야마는 가나기에서 곧장 서쪽으로 삼 리 반쯤 가서 샤리키라는 인구 오천 남짓한 꽤 큰 마을을 지나 금방 도달할 수 있는 바닷가 작은 산으로, 그곳의 오이나리[1]가 유명하다고 하는데, 워낙 소년 시절의 기억이다 보니 그 복장 실패만이 선명한 빛깔로 가슴속에 남아 있는 정도이고 나머지는 깡그리, 두서없이 흐릿해지고 말았다. 이번 기회에, 쓰가루의 서해안을 둘러보자는 계획도 이전부터 내게 있었다. 가노코강 저수지로 놀러 간 그다음 날, 내가 가나기를 출발해 고쇼가와라에 도착한 것은 오전 11시경, 고쇼가와라 역에서 고노 선으로 갈아타고 십 분도 채 지나지 않아, 기즈쿠리 역에 닿았다. 이곳은 아직 쓰가루 평야 안이다. 나는 이 마을도 좀 봐 둬야지, 생각하고 있었다. 내리고 보니, 좀 낡고 한산한 마을이다. 인구 사천 남짓, 가나기마치보다 적은 듯해도 마을 역사는 오래된 모양이다. 정미소의 기계 소리가 윙윙 나른하게 들려온다. 어딘가 처마 밑에서 비둘기가 울고 있다. 이곳은, 내 아버지가 태어난 땅이다. 가나기의 우리 집은 대대로 여자뿐이라, 대개 데릴사위를 맞았다. 아버지는 이 마을의 M이라는 유서 있는 집안의 셋째 아들이었는데, 우리 집에서 맞아들여 몇 대째인가의 호주가 되었다. 아버지는 내가 열네 살 때 돌아가셨으니까, 나

---

1) 오곡의 신, 또는 그 신을 모신 신사.

는 '인간'으로서 이 아버지에 대해선 거의 모른다고 말하지 않을 수 없다. 다시 내 작품 「추억」 가운데 한 구절을 빌리자면, "아버지는 굉장히 바쁜 사람이라, 집에 있는 경우가 드물었다. 집에 있어도 아이들과 함께하지 않았다. 나는 아버지가 두려웠다. 아버지의 만년필이 갖고 싶으면서도 선뜻 말하지 못하고 혼자 이리저리 고민한 끝에, 어느 날 밤 이부자리에서 눈을 감은 채 잠꼬대하는 척하며, 만년필, 만년필, 하고 옆방에서 손님과 대화 중인 아버지에게 나직이 호소한 적이 있는데, 당연히 아버지의 귀에도 마음에도 들어가지 않은 듯하다. 나와 남동생이 쌀가마니가 빼곡이 쌓인 널찍한 쌀 곳간에 들어가 재미있게 놀고 있자니, 아버지가 입구를 가로막고 서서, 이 녀석, 나와! 나와! 하고 호통을 쳤다. 빛을 등진 탓에 아버지의 커다란 모습이 새까맣게 보였다. 나는 그때의 공포를 생각하면 지금도 언짢아진다. (중략) 이듬해 봄, 눈이 아직 깊게 쌓여 있을 무렵, 아버지는 도쿄의 병원에서 피를 토하고 돌아가셨다. 근처 신문사는 아버지의 부고를 호외로 보도했다. 나는 아버지의 죽음보다도 이러한 센세이션 쪽에 흥분을 느꼈다. 유족들 이름에 섞여 내 이름도 신문에 나왔다. 아버지의 시신은 커다란 관에 눕혀져 썰매를 타고 고향으로 돌아왔다. 나는 수많은 사람들과 같이 이웃 마을 근처까지 마중을 나갔다. 이윽고 숲 그늘에서 수도 없이 이어진 썰매 덮개가 달빛을 받으며 미끄러져 나오는 걸 바라보고, 나는 아름답다고 생각했다. 다음 날 우리 가족은 아버지의 관을 모신 불단 방에 모였다. 관 뚜껑이 열리자 모두 소리를 내어 울었다. 아버지는 잠이 든 것 같았다. 높은 콧날이 푸르스름했다. 나는 사람들이 우는 소리를 듣고, 덩달아 눈물을 흘렸다."[2] 뭐, 대체로 이런 일만이 아버지에 관한 기억이라 해도 좋을 정도다. 아버지가 돌아가신 뒤론, 나는 현재의 큰형에게 아버지와 마찬가지로 두려움을 느끼고, 또 그런 까닭에 안심하고 의지하기도 했으니, 아버지가 안 계셔서 쓸쓸하다 따위 생각한 적은 한 번도 없었다. 그러나 점점 나이를 먹어 감에 따라, 대체 아버지는 어떤 성격의 남자였을까? 하고 무례하나마 헤아려 보게 되면서 도쿄의 누옥에서 내 선잠의 꿈에도 아버지가 나타나, 실은 돌아가신 게 아니라 어떤 정치적 의미에서 모습을 감추고 있었다는 사실을 알게 되는데, 추억 속 아버지의 옛 모습보다는 다소 늙고 지쳐 보였기에 나는 그 모습을 무척 그립게 여기기도 했다. 꿈 이야기는 시시하지만, 어쨌건 아버지에 대한 관심이 최근 굉장히 깊어진 건 사실이다. 아버지의 형제는 다들 폐가 안 좋아서, 아버지도 폐결핵은 아니지만 역시나 무슨 호흡기 장애로 토혈하고 돌아가셨다. 쉰셋에 돌아가셔서 나는 어린 마음에 그 나이가 대단한 노령인 듯 느껴졌고, 우선 편안한 죽음이라 여겼지만, 지금은 쉰셋의 별세를 노령의 편안한 죽음은 커녕 몹시도 이른 죽음이라고 생각하게 되었다. 조금만 더 아버지가 살아 계셨더라면, 쓰가루를 위해서도 더욱더욱 훌륭한 사업을 했을지 모르는데, 라는 주제넘은 생각 따윌 한다. 그 아버지가 어떤 집에서 태어나, 어떤 마을에서 자랐는지, 나

---

2) 다자이 오사무, 「추억」, 『만년』(유숙자 옮김, 민음사, 2021).

는 그걸 한번 봐 두고 싶다고 생각한 거다. 기즈쿠리 마을은, 쭉 뻗은 외길 양쪽으로 집이 늘어서 있을 따름이다. 그리고 집들의 뒤편에는, 멋들어지게 갈아엎어 놓은 무논이 펼쳐져 있다. 무논의 군데군데, 포플러 가로수가 서 있다. 이번에 쓰가루에 와서, 나는 여기서 처음 포플러를 보았다. 다른 데서도 분명 많이 보았을 테지만, 기즈쿠리의 포플러만큼 산뜻하게 기억에 남아 있지 않다. 연녹색 포플러의 어린잎이 하늘하늘 산들바람에 나부꼈다. 이곳에서 본 쓰가루 후지도, 가나기에서 본 모습과 조금도 다르지 않고, 맵시 있는 뛰어난 미인이다. 이처럼 산 모양새가 아름답게 보이는 곳에선 쌀과 미인이 난다는 전설이 있다던가. 이 지방은 쌀은 확실히 풍부한 듯한데 다른 한 가지, 미인 쪽은 어떠하려나. 이도 가나기 지방과 마찬가지로 좀 마음 허전한 건 아닐지? 그 건에 관해서만은, 그 전설은 오히려 반대가 아닌가, 하고 나는 의아스레 여기기까지 했다. 이와키산이 아름답게 보이는 지역에는, 아니, 더는 말하지 않으련다. 이런 이야기는 까딱하면 탈 나기 쉬운 법이니, 그저 마을을 한 바퀴 돌았을 뿐인 스쳐 지나가는 나그네가 섣불리 단정을 내릴 만한 형편이 아닐지도 모른다. 그날도 엄청 날씨가 좋았고, 정거장에서 그저 똑바로 뻗은 외길 콘크리트 도로 위에는 옅은 봄 안개 같은 게 아물아물 자욱했다. 고무 밑창 구두로 고양이처럼 발소리도 없이 천연스레 걸어다니는 사이 봄의 열기를 쐰 탓에, 어쩐지 머리가 멍해지면서 기즈쿠리〔木造〕 경찰서 간판을 모쿠조〔木造〕 경찰서라 읽고는, 과연! 목조 건축물, 하고 끄덕이다가, 퍼뜩 정신이 들어 쓴웃음을 짓거나 했다.

　기즈쿠리는, 또한 '고모히'의 마을이다. 고모히라는 건, 예전 긴자〔銀座〕에서 오후 햇살이 강해지면 각 상점이 너나없이 가게 앞에 햇빛 가리개 천막을 쳤는데, 그리고 독자 여러분은 그 천막 아래를 시원한 낯으로 걸었으리라, 그러면서 이건 마치 기다란 즉석 복도 같다고 여겼으리라, 요컨대 그 기다란 복도를, 천막 따위가 아닌, 집마다 처마를 이 미터쯤 앞으로 연장해서 튼튼히 영구적으로 만들어 놓은 것이, 북쪽 지방의 고모히라고 생각하면 그리 틀리지 않는다. 더욱이 이건 햇살을 가리기 위해 만든 게 아니다. 그렇듯, 멋 부린 게 아니다. 겨울에 눈이 깊게 쌓였을 때 집과 집끼리 연락하기 편하도록 각각의 처마를 바싹 갖다붙여, 기다란 복도를 만들어 두는 것이다. 눈보라가 칠 때는 눈과 바람을 맞게 될 염려도 없이 홀가분하게 장 보러 나갈 수 있기에 아주 유용한 데다, 아이들 놀이터로도 도쿄의 보도처럼 위험하지도 않다. 비 오는 날도 이 기다란 복도는 통행인에겐 크게 도움이 될 테고, 또 나처럼 봄의 열기에 맥 못 추는 나그네도 여기로 뛰어들면 선뜩하니 시원하고, 가게에 앉아 있는 사람들이 빤히 쳐다보는 건 좀 질렸지만, 뭐, 아무튼 고마운 복도다. '고모히'라는 건 고미세〔小店〕의 사투리라고 일반인들은 믿고 있는 듯한데, 나는 고모세〔隱瀬〕 혹은 고모히〔隱日〕 같은 한자를 들이맞추는 편이 빨리 이해할 수 있지 않겠는가, 이런 걸 생각하며 혼자 흐뭇해하는 참이다. 그 고모히를 걷고 있자니까, M약품 도매상 앞에 왔다. 내 아버지가 태어난 집이다. 들르지 않은 채 그대로 지나쳐 역시나 고모히를 곧장 걸어가면서, 어떻게 할까, 생각했다. 이 마을의 고모히는, 참으로 길다. 쓰가루의 오래된 마을에는 대개 이 고모히라는 게 있는 모양이지만, 이 기즈쿠리마치처럼 마을 전체가 고모히로 관통되다시피 한 데는 드물지 않을까? 마침내 기즈쿠리는, '고모히 마을'로 낙점되었다. 잠시 걷다가, 드디어 고모히도 끝난 지점에서 나는 몸을 돌려, 한숨을 짓고는 되돌아왔다. 나는 지금껏, M집에 간 적이 한 번도 없다. 기즈쿠리마치로 온 적도 없다. 어쩌면 내 어린 시절에 누군가에게 이끌려 놀러 온 적이 있을지도 모르겠으나, 지금의 내 기억에는 아무것도 남아 있지 않다. M집의 호주는 나보다 네댓 살 손위의 활기 넘치는 사람으로, 오래전부터 이따금 가나기에도 놀러 왔기에 나하고는 낯익은 사이다. 내가 지금 찾아간다 해도 설마, 언짢은 얼굴을 하시진 않겠지만, 하여간 그래도, 내 방문이 너무 생뚱맞다. 이런 꾀죄죄한 차림으로, M씨, 오랜만입니다, 어쩌고 아무런 용건도 없건만 비굴하게 웃으며 인사를 건넨다면 M씨는 흠칫 놀라, 이 녀석, 급기야 도쿄에서 살길이 막혀 돈이라도 빌리러 온 거 아냐? 하고 생각지나 않을까. 죽기 전에 한번 아버지가 태어난 집을 보고 싶어서, 라는 것도 무시무시할 만치 아니꼽다. 남자가 나잇살이나 먹고서, 그런 말은 도저히 할 게 못 된다. 차라리 이대로 돌아갈까? 고민하면서 걷는 사이, 다시 원래의 M약품 도매상 앞에 왔다. 이제 두 번 다시, 올 기회는 없다. 창피를 당해도 상관없어. 들어가자! 나는 단박에 각오를 굳히고, 실례합니다, 하고 가게 안쪽으로 말을 건넸다. M씨가 나와서, 야아! 오호, 이것참, 자, 어서! 하며 대단한 기세로 내가 말할 틈도 없이 잡아끌어 올리듯 방으로 데려가, 도코노마 앞에 억지로 앉히고 말았다. 아아, 여기, 술! 하고 집에 있는 사람들한테 일렀는데, 이삼 분도 채 지나지 않아 벌써 술이 나왔다. 참으로 재빨랐다.

"오랜만. 오랜만이야!" M씨는 자신도 벌컥벌컥 마시고, "기즈쿠리는 몇 년 만인가?"

"글쎄, 만약 어렸을 때 온 적이 있다고 하면, 얼추 삼십 년 만이겠지요."

"그럴 테지, 그럴 테지. 자아! 자, 마시게나. 기즈쿠리에 와서 사양할 건 없어. 잘 왔네. 참으로, 잘 왔네!"

이 집의 방 배치는, 가나기 집의 방 배치와 아주 흡사하다. 가나기의 지금 집은, 내 아버지가 가나기로 양자로 온 지 얼마 안 되어 손수 설계해 크게 개축한 것이라는 이야기를 들었는데 대수로울 건 없고, 아버지는 가나기로 와서 자신의 기즈쿠리 생가와 똑같은 방 배치로 고쳐 지었을 뿐이다. 나는 양자인 아버지의 심리가 어쩐지 이해되는 듯한 느낌이 들어, 절로 미소가 번졌다. 그리 생각하다 보니, 정원의 나무며 돌 배치 따위도 어딘가 비슷하다. 나는 그런 사소한 한 가지를 발견한 것만으로도, 돌아가신 아버지의 '인간'에 가닿은 듯한 느낌이 들어, 이 M씨 집에 들른 보람이 있다고 생각했다. M씨는, 이것저것 나를 대접하려고 한다.

"아니, 그만 됐어요. 1시 기차로, 후카우라〔深浦〕에 가야만 하거든요."

"후카우라에? 뭐하러?"

“딱히, 이렇다 할 이유도 없지만, 한번 봐 두고 싶어서요.”

“쓰는가?”

“예, 그렇기도 하지만.” 언제 죽을지 알 수 없으니, 어쩌고 상대방의 기분을 잡치게 할 법한 말은 할 수 없었다.

“그렇담, 기즈쿠리에 대해서도 쓰겠군. 기즈쿠리에 대해 쓸 거라면 말이지.” 하고 M씨는 전혀 거침없이, “우선 무엇보다도, 쌀 공출량을 써 주게나. 경찰서 관내의 비교로는, 이 기즈쿠리 경찰서가 전국 1위라네. 어떤가? 일본 제일이란 말이지! 이건 우리 노력의 결정체라 해도, 과언이 아닐 걸세. 이 주변 일대의 논에 물이 메말랐을 때, 나는 이웃 마을로 물을 얻으러 갔고, 마침내 대성공하여, 주정뱅이가 변신해 물의 신(神)이 된 셈이라네. 우리도 지주랍시고 놀고 있을 수는 없지. 난 척수가 시원찮은데, 그래도 논매기를 했거든. 암튼, 이번엔 도쿄의 당신들한테도, 맛있는 밥이 듬뿍 배급될 거네.” 믿음직하기 이를 데 없다. M씨는 어릴 적부터 활달한 성미를 지닌 사람이었다. 어린아이처럼 동글동글한 눈이 매력적이고, 이 지방 사람들 모두에게 존경받고 있는 모양이다. 나는 마음속으로 M씨의 행복을 빌고, 거듭 붙잡고 놔주지 않으려는 걸 진땀을 흘리며 작별하고 나와서, 오후 1시 후카우라행 기차 시간에 가까스로 댈 수 있었다.

기즈쿠리에서 고노 선으로 약 삼십 분 남짓에 나루사와, 아지가사와를 지나, 그 언저리에서 쓰가루 평야도 다하게 된다. 그러고 나서 열차는 일본해 연안을 따라 달려, 오른쪽으로 바다를 바라보고 왼쪽으로 곧장 데와 구릉지대 북단에서 이어진 산들을 보면서 한 시간 남짓 지나면, 오른쪽 창문에 오도 세의 진기한 절경이 펼쳐진다. 이 부근의 암석은 죄다 각릉질 응회암3)이라나 그렇다는데, 그 바닷물 침식 작용으로 평탄해 진 녹색 얼룩 암반이 에도 시대 말기에 도깨비처럼 해상에 노 출되어 수백 명의 연회를 해변에서 베풀 수 있을 정도의 객실 이 되었기에, 이를 센조지키(千疊敷)4)라고 이름 지었다. 또한 그 암반의 군데군데 동그랗게 팬 자리에 해수가 담겨 있어, 흡 사 술을 찰랑찰랑 따라 놓은 커다란 술잔 같은 모양인지라 이 걸 '술잔 늪'이라 일컫는다지만, 지름 한 자에서 두 자 남짓한 수많은 큰 구멍을 깡그리 술잔에 빗대다니, 엄청난 대(大)술꾼 이 이름 붙인 게 틀림없다. '이 근처 해안에는 기암이 깎아지른 듯 서 있고, 성난 파도에 그 발치가 끊임없이 씻기고 있다.' 이 렇듯 뭐, 명소 안내 글 투로 쓰자면 그렇게도 될 테지만, 소토 가하마 북단의 해변 같은 괴상한 무시무시함은 없다. 이를테면 전국 어디에나 있는 평범한 '풍경'이 되고 말아, 쓰가루의 독특 한 껄끄러움이랄까, 다른 지역 사람에게 특히 난해한 분위기 는 없다. 요컨대, 열려 있는 거다. 사람들 시선에 닳아, 밝게 길 들어 버린 거다. 예의 다케우치 운페이 씨는 『아오모리현 통사』 에서, 이 부근 이남은 예부터 쓰가루 영지가 아닌 아키타 영 지였던 것을, 게이초 8년(1603년)에 이웃 번의 사타케 씨와 논 의를 거쳐, 이를 쓰가루 영지에 편입했다는 식의 기록도 있다

---

3) 화산에서 뿜어나온 암석 조각이나 화산재가 쌓여 엉겨 굳은 암석.
4) 다다미 천 장 정도의 아주 넓은 방이나 그만한 넓이.

고 한다. 나 같은 치는 그저 여행하는 뜨내기의 무책임한 직감만으로 말하는 거지만, 역시나 이미 이 언저리부터 어쩐지, 쓰가루가 아닌 듯한 느낌이 든다. 쓰가루의 불행한 숙명은, 여기에는 없다. 쓰가루 특유의 그 '서투른 요령'은, 이제 이 언저리에는 없다. 산수를 바라보는 것만으로도, 이해할 수 있을 듯한 느낌이다. 모든 게, 너끈히 총명하다. 이른바 문화적이다. 어리석도록 오만한 마음은 지니지 않았다. 오도세에서 약 사십 분으로 후카우라에 도착하는데, 이 항구 마을도 지바〔千葉〕의 해안 부근 어촌에서 흔히 찾아볼 수 있는, 결코 중뿔나게 나서려 하지 않는 조신하고 온화한 표정, 나쁘게 말하면 되바라지고 약삭빠른 표정을 지은 채 나그네를 말없이 맞이하고 전송한다. 요컨대, 나그네에게 완전히 무관심한 티를 내비치고 있는 거다. 나는, 후카우라의 이러한 분위기를 후카우라의 결점으로 초드는건 결코 아니다. 그런 표정이라도 짓지 않고선 사람은 이 세상에서 끝까지 살아 낼 수 없는 게 아닌가, 라는 생각도 한다. 이는 성장해 버린 어른의 표정일지도 모른다. 어쩐지 자신감이, 아주 깊숙이 침잠해 있다. 쓰가루 북부에서 찾아볼 수 있을 법한, 유치한 발버둥질은 없다. 쓰가루 북부는 설익은 채소 같지만, 이곳은 이미 투명하도록 푹 익었다. 아아, 그렇지! 이렇게 비교해 보면 쉬이 알 수 있다. 쓰가루 깊은 곳 사람들한텐 사실인즉, 역사의 자신감이라는 게 없다. 아예 없는 거다. 그러니까 무턱대고 어깨를 으쓱 치켜올리고, "그이는 미천한 자야!" 어쩌고 남의 험담만 늘어놓으면서 오만한 자세를 취하지 않을 수 없게되는 거다. 그것이 쓰가루인의 반골 기질이 되고, 고집통이가 되고, 껄끄러움이 되고, 그리하여 슬픈 고독의 숙명을 형성하게 끔 되었는지도 모른다. 쓰가루인이여, 낯을 들어 웃어라! 르네 상스 직전의 기운 왕성하게 뻗쳐오르는 힘을 이 땅에 인정하노 라고 거리낌 없이 단언하는 사람조차 있지 않았던가! 일본의 문화(文華)가 조그맣게 완성되어 막다른 길에 이르렀을 때, 이 쓰가루 지방의 커다란 미완성이 얼마만큼 일본의 희망이 될지 하룻밤 조용히 생각하여, 라고 무어라 말하기가 무섭게, 저것 좀 보라지! 저리도 어색하게 마구 으스댄다. 남한테 추켜세워 져 얻은 자신감 따윈 아무짝에도 소용없다. 모르는 체하고, 믿 고, 당분간 노력을 계속해 가야지 않겠는가.

후카우라마치는 현재 인구 오천 정도, 옛 쓰가루령 서해안 남단의 항구다. 에도 시대에 아오모리, 아지가사와, 주산 등 과 함께 네 포구의 행정관이 배치된 곳으로, 쓰가루 번의 가 장 중요한 항구 가운데 하나였다. 언덕 사이에 작은 만(灣) 하 나를 이루어 물 깊고 파도는 잔잔하며, 아즈마하마의 기암(奇 巖), 벤텐지마, 유키아이미사키 같은 웬만한 해안 명승지를 갖 추었다. 고즈넉한 마을이다. 어부의 집 마당에는 큼직하니 멋 진 잠수복이, 거꾸로 매달린 채 널려 있다. 무언가 체념한 듯, 이를 데 없이 마냥 차분한 느낌이 든다. 역에서 똑바로 외길을 지나 마을 변두리에, 엔가쿠지(円覚寺)의 인왕문이 있다. 이 절의 약사당(藥師堂)은 국보로 지정되어 있다고 한다. 나는 그 곳을 참배하고, 이제 그만 이 후카우라를 떠나야지 생각했다. 이미 완성된 마을은, 또한 나그네에게 적적한 느낌을 안기는 법이다. 나는 해변으로 내려가 바위에 걸터앉아, 어떻게 할까

무척이나 망설였다. 아직 해는 드높다. 도쿄 누옥의 아이들 생각이, 문득 났다. 되도록 떠올리지 않으려 하는데도, 마음 공허한 틈을 엿보아, 불쑥 아이의 모습이 가슴으로 파고든다. 나는 일어나 마을 우체국으로 가서 엽서를 한 장 사고, 도쿄의 집으로 짤막한 소식을 적었다. 아이는 백일해를 앓고 있다. 그리고 그 엄마는, 두 번째 아이를 조만간 낳을 참이다. 견디기 힘든 심정이 되어, 나는 닥치는 대로 눈에 띄는 여관으로 들어가, 지저분한 방을 안내받고 각반을 풀면서, 술을! 이라 했다. 금세 밥상과 술이 나왔다. 뜻밖일 만큼 재빨랐다. 나는 그 재빠름에, 다소 구원을 얻었다. 방은 지저분해도, 밥상 위에는 도미와 전복 두 종류의 재료로 만들어진 갖가지 요리가 풍성하게 차려져 있다. 도미와 전복이 이 항구의 특산물인 모양이다. 술을 두 병 마셨지만, 아직 잠자기엔 이르다. 쓰가루를 찾아온 이후로 남들한테 대접받기만 했는데, 오늘은 한번, 자력으로 힘껏 술을 마셔 볼까나, 하고 쓸데없는 생각이 일어, 아까 밥상을 들고 온 열두세 살 남짓한 여자애를 복도에서 붙들고는, 술은 이제 없니? 하고 물으니, 없습니다, 한다. 어딘가 마실 수 있는 다른 데는 없느냐고 물으니, 있습니다, 하고 단번에 대답했다. 마음이 놓여, 그 마실 수 있는 집이 어디냐고 묻고, 알려 준 그 집을 가 봤더니 의외로 깔끔한 요정이었다. 2층의 널찍한, 바다가 보이는 방으로 안내되어 쓰가루 칠기[5] 식탁 앞에

---

5) 히로사키시에서 산출되는 칠기. 몇 가지 칠을 교대로 겹쳐 바르고 닦아, 윤이 나게 한 것.

잘난 척 양반다리를 하고 앉아, 술, 술! 했다. 술만, 곧바로 가
져왔다. 이것도 고마웠다. 대체로 요리에 품이 들어 손님을 오
도카니 기다리게 하기 마련인데, 마흔 줄의 앞니 빠진 아주머
니가 술병만 들고서 금세 왔다. 나는 그 아주머니한테서 후카
우라의 전설이나 무얼 좀 들어야지 생각했다.

"후카우라의 명소는 뭔가요?"

"관음 님께 참배하셨는지요?"

"관음 님? 아, 엔가쿠지 절을, 관음 님이라 하는 건가? 물
론." 이 아주머니한테서, 무언가 예스러운 이야기를 들을 수
있을지도 모르겠다 싶었다. 그런데 그 객실에 투실투실 살진
젊은 여자가 나타나, 묘하게 거슬리는 익살 따위를 떨기에, 나
는 그만 진저리가 나는 터라, 남자는 모름지기 솔직해야 하거
늘, 이런 생각에,

"자네, 부탁이니까 밑으로 내려가 주겠나?"라고 했다. 나는
독자에게 충고한다. 남자는 요릿집에 가서 솔직한 말을 해선 안
된다. 나는, 엄청 곤욕을 치렀다. 그 젊은 종업원이 부루퉁해져
일어서자 아주머니도 함께 일어서더니, 둘 다 없어지고 말았
다. 한 사람이 방에서 쫓겨났는데도 다른 한 사람이 잠자코 앉
아 있는 건, 친구 간의 의리 면에서도 도리에 어긋나 그럴 수 없
는가 보다. 나는 그 널찍한 방에서 홀로 술을 마시고, 후카우라
항구의 등대 불빛을 바라보며 더욱더 깊어졌을 뿐인 여수를 품
은 채 숙소로 돌아왔다. 이튿날 아침, 내가 울적한 기분으로 아
침밥을 먹고 있자니 주인이 술병과 작은 접시를 들고 와서,

"당신은, 쓰시마 씨지요?" 했다.

"예." 나는 숙박부에, 필명인 다자이라 써 두었다.

"그렇군요. 아무래도 닮았다 싶었지요. 저는 당신의 에이지 형님하고는 중학교 동창인데, 다자이라고 숙박부에 쓰셨으니까 몰랐습니다만, 아무래도, 너무나 빼닮아 놔서."

"한데 그건, 가짜 이름도 아닙니다."

"예에, 예, 그것도 알고 있습니다. 성함을 바꿔서 소설을 쓰는 동생이 있다는 얘긴 들었습니다. 여하튼, 어젯밤은 실례했습니다. 자아, 술을 드시지요. 이 작은 접시 음식은 전복 내장 젓갈인데, 술안주로는 그만입니다."

나는 식사를 마치고, 그러고는 젓갈을 안주 삼아 그 한 병을 대접받았다. 젓갈은 맛있었다. 참으로, 좋은 음식이었다. 이렇듯 쓰가루 끄트머리까지 와서도, 역시나 형들의 힘이 미치는 혜택을 입고 있다. 결국 내 자력으로는 무엇 하나 해낼 수 없음을 자각하니, 진미도 한층 더 뱃속 깊숙이 스미는 무엇이 있었다. 요컨대, 내가 이 쓰가루령 남단의 항구에서 얻은 것은 내 형들의 세력 범위를 알게 되었다는 사실뿐이라, 나는 멍하니 다시 기차에 올랐다.

아지가사와(鰺ヶ沢). 나는 후카우라에서 돌아오는 길에, 이 오래된 항구 마을에 들렀다. 이 마을 언저리가 쓰가루 서해안의 중심으로, 에도 시대에는 굉장히 번창한 항구답게 쓰가루의 쌀 대부분이 이곳에서 출하되고, 또한 오사카를 순회하는 선박이 발착하는 장소였던 것 같고, 수산물도 풍부하여 이곳 해안에서 잡힌 생선은 성시(城市)를 비롯해 널리 쓰가루 평야 각 지방의 집마다 밥상을 풍성하게 했던 모양이다. 하지만 지

금은 인구도 사천오백 남짓, 기즈쿠리, 후카우라보다도 적은
형편이라, 왕년의 왕성했던 세력을 잃어 가고 있는 듯하다. 아
지가사와라는 이름인 만큼 분명 옛날 어느 시기에 훌륭한 전
갱이가 많이 잡힌 곳인가 싶기도 하나, 우리 어렸을 적엔 이
곳의 전갱이 이야기는 전혀 듣지 못했고 오직 도루묵만이 유
명했다. 도루묵은 요즘 도쿄에도 가끔 배급되는 모양이니 독
자도 아시리라 생각되는데, 鰰 또는 鱩라 쓰고, 비늘 없는 대
여섯 치 정도의 생선으로, 얼추 바다의 은어쯤이라 생각하시
면 크게 지나침이 없지 않을까. 서해안의 특산물로, 아키타 지
방이 오히려 본고장인 듯하다. 도쿄 사람들은 그걸 기름져서
싫다고 하는가 본데, 우리한테는 무척이나 담백한 맛으로 느
껴진다. 쓰가루에서는 싱싱한 도루묵을 그대로 연한 간장으
로 조려서 남김없이 먹는데, 스무 마리 서른 마리를 예사로 먹
어 치우는 사람도 절대 드물지 않다. 도루묵 모임 같은 게 있
어서, 가장 많이 먹은 사람에게는 상품, 이라나 그런 이야기도
자주 들었다. 도쿄로 오는 도루묵은 이미 시간이 지나 시들한
데다, 더구나 요리법도 알지 못할 터이니 한결 맛없게 느껴지
는 것이리라. 하이쿠 『세시기(歲時記)』[6]에도 도루묵이 나와 있
는 듯하고, 또한 도루묵 맛은 담백하다는 의미를 담은, 에도
시대 하이쿠 시인의 구절을 하나 읽은 기억도 있는데, 어쩌면
에도의 풍류인에게는 진미라 여겨지던 음식일지도 모른다. 어
찌 되었건 이 도루묵을 먹는 일은, 쓰가루의 겨울 화롯가에서

---

6) 하이쿠의 계제(季題)를 모아 해설하고, 그 예구(例句)를 적은 책.

맛보는 즐거움 가운데 하나라는 건 틀림없다. 나는 그 도루묵 때문에 어린 시절부터 아지가사와라는 이름을 알고는 있었으나, 그 마을을 둘러보는 건 이번이 처음이었다. 산을 등진 채 한쪽은 곧장 바다, 엄청 호리호리하게 기다란 마을이다. 저잣거리 가득한 온갖 내음이여, 같은 본초(凡兆)[7]의 하이쿠를 떠올리게 하는, 묘하게 가라앉아 시큼달큰한 냄새가 나는 마을이다. 강물도 걸쭉하니 탁하다. 어쩐지, 지쳐 보인다. 기즈쿠리마치처럼 이곳에도 기다란 '고모히'가 있지만, 조금 무너져 내린 터라 기즈쿠리마치의 고모히 같은 서늘함이 없다. 그날도 아주 날씨가 좋았는데, 햇살을 피해 고모히를 걷고 있어도 이상스레 숨 막히는 기분이다. 음식점이 많은 듯하다. 옛날에 이곳은 이른바 '명주(銘酒) 가게'[8]라는 것이 무척 발달한 곳이 아닌가 싶다. 지금도 그 여운인지 메밀국수 가게가 네댓 채 처마를 잇대어 서 있고, 요즘 시대에는 보기 드물게 "쉬어 가세요!" 하면서 길을 지나는 사람에게 말을 건네고 있다. 마침 점심 무렵이라, 나는 그 메밀국수 가게 한 곳으로 들어가 쉬기로 했다. 메밀국수에 생선구이가 두 접시 딸려서, 40전이었다. 메밀국수 장국도 맛없진 않았다. 그건 그렇더라도, 이 마을은 길다. 해안을 따라 난 외길인지라, 어디까지 간들 똑같은 집들이 아무런 변화도 없이, 줄줄이 지루하게 이어진다. 나는, 일 리를 걸은 듯한 느낌이었다. 겨우 마을 변두리로 나와서, 다시

---

7) 하이쿠 시인. 교토에서 마쓰오 바쇼에게 사사했다.
8) 일류 상표의 품질 좋은 술을 판매한다는 간판을 내걸고, 몰래 매춘을 시킨 곳.

돌아왔다. 마을의 중심이라는 것이 없다. 대부분 마을에는 그 마을의 중심 세력이 어느 자리에 뭉쳐져 마을의 저울추가 되어, 그 마을을 스쳐 지나가는 나그네도, 아아, 이 언저리가 클라이맥스구나, 하고 느끼게 만들어지기 마련이지만, 아지가사와에는 그게 없다. 쥘부채의 사북이 망가져, 뿔뿔이 풀려 버린 느낌이다. 이래서는 마을의 세력 다툼 따위가 어수선하니 벌어지는 건 아닌가, 하고 예의 드가식 정치 담론조차 마음속을 오갔을 만큼, 어딘가 사북이 시원찮은 마을이었다. 이렇게 쓰면서 나는 어렴풋이 쓴웃음을 짓고 있는데, 후카우라이건 아지가사와이건 그래도 내가 좋아하는 벗이 있어, 아아! 잘 와 주었네! 기뻐하며 맞아 주고, 이곳저곳 안내하며 설명도 해 주었다면, 나는 또 어이없이 자신의 직감을 버린 채 후카우라, 아지가사와야말로 쓰가루의 정수(精髓)다! 라며 감격스러운 필치로 쓰게 되었을지도 모를 일이니, 실제로 여행 인상기 따위 믿을 게 못 된다. 후카우라, 아지가사와 사람들은 혹여 나의 이 책을 읽더라도, 그러니까 가벼이 웃어넘기고 눈감아 주길 바란다. 나의 인상기는 결단코 본질적으로, 당신들의 고향 땅을 더럽힐 만한 권위고 뭐고 가지고 있지 않으니까.

아지가사와 마을을 떠나 다시 고노 선을 타고 고쇼가와라 마치에 되돌아온 것은, 그날 오후 2시. 나는 역에서 곧장, 나카하타 씨 댁을 찾아갔다. 나카하타 씨에 대해 나는 최근, 「귀거래(歸去來)」, 「고향」 등 일련의 작품에 두루 써 두었을 터라 여기선 장황스레 되풀이하지 않겠지만, 내 이십 대의 이런저런 단정치 못한 행실의 뒤처리를, 조금도 싫은 내색 없이 떠맡아 준 은인이다. 오랜만에 보는 나카하타 씨는, 애처로울 정도로 몹시 늙어 있었다. 지난해 병치레를 하시고 나서, 이렇듯 야위었다 한다.

"빠른 세월일세! 자네가, 이런 모습으로 도쿄에서 찾아오게 되었구먼." 그래도 기쁜 듯, 거지나 다름없는 내 모습을 찬찬히 보고는, "아, 양말이 해어졌는걸!" 그러더니, 일어나 손수 장롱에서 고급 양말을 하나 꺼내 나에게 건넸다.

"지금부터, 하이칼라초에 가 볼 생각인데요."

"아, 그거 좋지! 다녀오게나. 그래, 게이코, 안내 좀." 나카하타 씨는 부쩍 야위었어도, 급한 성격은 여전히 예전 그대로다. 고쇼가와라의 이모네 가족이 그 하이칼라초에 살고 있다. 내가 어렸을 적엔 그 동네가 하이칼라초라는 이름이었지만, 지금은 오마치라나 뭐라나, 딴 이름인 모양이다. 고쇼가와라마치에 대해선 서편(序編)에서 적었는데, 이곳에는 내 유년 시절의 추억이 많다. 사오 년 전, 나는 고쇼가와라의 한 신문에 다음과 같은 수필을 발표했다.

이모가 고쇼가와라에 계시니, 어릴 적 자주 고쇼가와라에 놀러 갔습니다. 아사히자(旭座)의 무대 개막 공연도 보러 갔습니다. 초등학교 3, 4학년 무렵이라 생각합니다. 아마도 도모에몬이었을 겁니다. 우메노요시베[9)]한테 시달림을 당했습니다. 회전 무대를 그때 난생처음 보고는, 얼결에 벌떡 자리에서 일어났을

---

9) 가부키에 나오는 주인공 이름. 실제 인물이 협객으로 각색되었다.

정도로 깜짝 놀랐습니다. 이 아사히자는 그 후 머지않아 화재가 나서, 전소되었습니다. 그때의 화염이 가나기에서 똑똑히 보였습니다. 영사실에서 불이 붙었다는 이야기였습니다. 그리하여, 영화를 보던 초등학생이 열 명 남짓 타 죽었습니다. 영사 기사가 죄를 추궁당했습니다. 과실 상해 치사라나, 그런 죄명이었습니다. 어렸지만 어찌 된 까닭인지, 그 기사의 죄명과 운명을 잊을 수가 없었습니다. 아사히자라는 이름이 '불'[10] 글자와 관련이 있는 탓에, 불타 버렸다는 소문도 들었습니다. 이십 년이나 지난 일입니다.

일곱 살인가 여덟 살쯤, 고쇼가와라의 번화한 거리를 걷다가 하수구에 빠졌습니다. 상당히 깊어서, 물이 턱 언저리까지 닿았습니다. 석 자($尺$) 가까이 되었는지도 모릅니다. 밤이었습니다. 위쪽에서 남자가 손을 내뻗어 주었기에, 그걸 꽉 잡고 매달렸습니다. 끌어 올려진 뒤, 뭇사람이 에워싸고 지켜보는 가운데 빨가숭이가 되었기에, 참으로 곤혹스러웠습니다. 마침 헌 옷 가게 앞이었던 터라, 그 가게의 헌 옷을 곧장 입혀 주었습니다. 여자아이의 유카타였습니다. 허리띠도, 초록색 헤코오비[11]였습니다. 지독히 창피했습니다. 이모가 창백한 낯빛으로 달려왔습니다.

나는 이모에게 귀여움 받으며 자랐습니다. 나는 남자다움이 모자란 탓에 툭하면 놀림을 당했고, 혼자 삐딱해져 있었는데,

---

10) 일본어 '火'는 '히'로 읽는다.
11) 한 폭 넓이의 천을 적당한 길이로 자르고, 그대로 두르는 허리띠.

이모만은 나를 멋진 남자라고 말해 주었습니다. 다른 사람이 내 용모에 대해 험담하면, 이모는 진심으로 화를 냈습니다. 모두 아득한 추억이 되었습니다.[12]

나카하타 씨의 외동딸 게이짱과 함께 나카하타 씨의 집을 나와,

"난 이와키강을, 좀 보고 싶은데. 여기서 멀어?"

바로 저기라 한다.

"그럼, 데려가 줘."

게이짱의 안내로 마을을 오 분쯤 걸었나 싶은데, 벌써 큰 강이다. 어렸을 적 이모에게 이끌려 이 강변에 몇 번이나 온 기억이 있지만, 마을에서 훨씬 멀었던 듯이 기억한다. 아이 걸음으로는 요만한 거리라도, 무척이나 멀게 느껴졌으리라. 더욱이 나는, 집 안에만 있고 바깥으로 나가는 게 무서워서 외출 때는 현기증 날 만큼 긴장하곤 했으니, 한결 더 멀게 여겨졌겠지. 다리가 있다. 이건 기억과 그다지 다름없이, 지금 봐도 역시나 마찬가지로, 기다란 다리다.

"이누이 다리, 라 했던가?"

"네, 그래요."

"이누이, 어떤 글자였더라? 방위를 가리키는 이누이[乾]였나?"

---

12) 다자이 오사무, 「고쇼가와라」, 산문집 『마음의 왕자』(유숙자 옮김, 민음사, 2024).

“글쎄, 그럴 거예요.” 웃고 있다.

“자신 없음, 이로군. 어떻든 상관없어. 건너가 보자.”

나는 한쪽 손으로 난간을 어루만지면서 천천히 다리를 건너갔다. 좋은 경치다. 도쿄 근교의 강으로 치면, 아라카와 방수로가 가장 비슷하다. 강변 일대의 초록 풀숲에서 아지랑이가 피어올라, 어쩐지 눈이 핑핑 돌 듯 어지럽다. 그리고 이와키 강이, 양쪽 기슭의 그 초록 풀을 핥아 적시면서, 하얗게 반짝반짝 흐르고 있다.

“여름엔, 여기로 다들 더위를 식히러 오지요. 달리 갈 데도 없고.”

고쇼가와라 사람들은 노는 걸 좋아하니까, 그야 어지간히 흥청대겠거니 싶었다.

“저건, 이번에 생긴 초혼당(招魂堂)이에요.” 게이짱은 강의 상류 쪽을 손가락으로 가리켜 알려 주고는, “아빠의 자랑거리 초혼당.” 웃으면서 나직이 덧붙였다.

상당히 훌륭한 건축물로 보였다. 나카하타 씨는 재향군인의 간부다. 이 초혼당을 개축하는 데도, 예의 의협심을 발휘해 무지 분주했을 게 틀림없다. 다리를 죄다 건넌 터라, 우리는 다리 끝자락에 서서 잠시 이야기를 나누었다.

“사과는 이제, 간벌이라지? 조금씩 베어 내고, 베어 낸 자리에 감자나 무언가를 심는다는 이야길 들었는데.”

“토지에 따라 다르지 않을까요? 이 부근에선, 아직 그런 얘기는.”

큰 강의 제방 뒤편으로 사과밭이 있고, 흰 가루 같은 꽃이

활짝 피어 있다. 나는 사과꽃을 보면, 화장분 내음을 느낀다.

"게이짱한테서도, 꽤 사과를 부쳐 받았지. 이번에, 신랑을 맞이한다면서?"

"네." 조금도 거리낌없이, 진지하게 끄덕였다.

"언제? 이제 곧?"

"모레."

"어?" 나는 깜짝 놀랐다. 하지만 게이짱은, 마치 남 일인 양 천연스럽다. "돌아가자. 바쁠 테지?"

"아뇨, 쬐끔도." 되게 차분하다. 외동딸로, 그리고 양자를 맞이해 가계를 이어 나가려는 사람은, 열아홉이나 스무 살의 젊음이라도 역시 어딘가 다르구나, 하고 나는 은근히 감동했다.

"내일 고도마리〔小泊〕에 가서." 되돌아 다시 긴 다리를 건너면서, 나는 다른 이야기를 했다. "다케를 만날 생각이야."

"다케. 그, 소설에 나오는 다케 말인가요?"

"응. 그래."

"기뻐하겠네요."

"어떨지. 만날 수 있으면 좋겠는데."

이번에 내가 쓰가루에 와서, 무슨 일이 있어도, 꼭 만나 보고 싶은 사람이 있었다. 나는 그 사람을, 내 어머니라 여기고 있다. 삼십여 년이나 만나지 못했음에도, 나는, 그 사람 얼굴을 잊지 못한다. 나의 일생은, 그 사람으로 인해 확정되었다고 할 수 있을지도 모른다. 다음은, 자작 「추억」에 나오는 문장이다.

예닐곱 살이 되면 추억은 또렷하다. 나는 다케라는 하녀에게 책 읽는 것을 배워 둘이서 여러 책을 함께 읽었다. 다케는 내 교육에 열심이었다. 나는 몸이 허약한 탓에, 누워서 많은 책을 읽었다. 읽을 책이 없어지면 다케는 마을의 일요학교 같은 데서 어린이책을 부지런히 빌려 와 내게 읽도록 했다. 나는 묵독을 익혔기 때문에 아무리 책을 읽어도 피곤하지 않았다. 다케는 또 내게 도덕을 가르쳤다. 절에 자주 데려가, 지옥, 극락의 그림을 보여 주며 설명했다. 불을 지른 사람은 시뻘건 불이 이글이글 타오르는 바구니를 짊어졌고, 첩을 둔 사람은 목이 두 개 달린 푸른 뱀에게 몸이 휘감겨 괴로워하고 있었다. 피연못, 바늘산, 무간지옥이라는 하얀 연기가 자욱해 바닥을 알 수 없이 깊은 구덩이, 도처에서 창백하게 야윈 사람들이 입을 작게 벌려 울부짖고 있었다. 거짓말하면 지옥에 가서 이처럼 도깨비들한테 혀가 뽑힌다고 들었을 때는 무서워서 울음을 터뜨렸다.

절 뒤편은 높다란 묘지이고, 황매화나무 산울타리를 따라 수많은 솔도파(率堵婆)[13]가 숲처럼 서 있었다. 솔도파에는 보름달만 한, 자동차 바퀴처럼 검은 쇠바퀴가 달린 게 있었다. 그 바퀴를 달각달각 돌려 이윽고 그대로 멈춘 채 움직이지 않으면 그걸 돌린 사람은 극락에 가고, 잠시 멈출 듯하다가 다시 달그락 거꾸로 돌면 지옥에 떨어진다고 다케는 말했다. 쇠바퀴는 다케가 돌리면 좋은 소리를 내며 한바탕 돌다가 어김없이 조용히 멈추었지만, 내가 돌리면 간혹 되돌곤 했다. 가을쯤인 걸

---

13) 죽은 사람의 공양을 위해 경문 구절 따위를 적어 묘지에 세우는, 위가 탑처럼 뾰족하고 갸름한 나무판자.

로 기억하는데 어느 날 혼자 절에 가서 어느 쇠바퀴를 돌려 봐도 죄다 약속이나 한 듯 달그락달그락 거꾸로 돌았다. 나는 울화통이 터지는 걸 억누르며 수십 번이나 집요하게 계속 돌렸다. 날이 저물었기 때문에 나는 절망하고 그 묘지를 떠났다. (중략)

이윽고 나는 고향의 초등학교에 들어갔는데, 이에 따라 추억도 완전히 바뀐다. 다케는 어느 사이에 보이지 않게 되었다. 어느 어촌으로 시집을 갔는데 내가 따라갈까 봐 염려해선지 내게 아무 말도 않고 돌연 사라졌다. 그 이듬해인가 추석 때, 다케는 우리 집에 놀러 왔지만 어쩐지 서먹서먹해했다. 내게 학교 성적을 물었다. 나는 대답하지 않았다. 다른 누군가가 대신 알려 준 모양이다. 다케는, 방심은 금물이야, 라고 말했을 뿐 달리 칭찬도 하지 않았다.[14]

내 어머니는 병약했으므로 나는 어머니의 젖은 한 방울도 먹지 못해 태어나자마자 유모 품에 안겼고, 세 살이 되어 아장아장 일어서 걸을 수 있게 되었을 즈음, 유모와 헤어져 그 유모 대신 보모로 고용된 이가 다케다. 나는 밤에는 이모에게 안기어 잠들었지만, 그 외엔 언제나 다케와 함께 지냈다. 세 살부터 여덟 살까지, 나는 다케한테 교육받았다. 그러다가 어느 날 아침, 퍼뜩 잠에서 깨어 다케를 불렀는데 다케가 오지 않는다. 화들짝 놀랐다. 어쩐지, 직감으로 알아챘던 거다. 나는 큰 소리로 목청껏 울었다. 다케, 없어! 다케, 없어! 애끓는

---

14) 다자이 오사무, 「추억」, 『만년』(유숙자 옮김, 민음사, 2021).

슬픔에 울었고, 그러고는 이삼일, 나는 흑흑 흐느껴 울기만
했다. 지금도, 그때의 괴로움을, 잊지 못한다. 그 후 일 년 남짓
지나 불쑥 다케와 만났지만, 다케는 이상스레 서먹서먹하게
대했기에 나는 무척 원망스러웠다. 그뿐, 다케와 만나지 못했
다. 사오 년 전 나는 「고향에 보내는 말」이라는 라디오 방송을
의뢰받아, 그때 그 「추억」에 그려진 다케 부분을 낭독했다. 고
향, 하면 다케를 떠올리게 된다. 다케는, 그때의 내 낭독 방송
을 듣지 못한 거겠지. 아무런 소식도 없었다. 그러한 채로 지
금껏 이르렀는데, 이번 쓰가루 여행의 출발을 앞두고 나는, 다
케를 한번 만나고 싶다고 간절히 염원했다. 좋은 건 뒤로 미루
기, 라는 자제심을 남몰래 즐기는 취미가 내게 있다. 나는 다
케가 있는 고도마리 항구로 가는 것을, 내 이번 여행의 마지
막으로 남겨 두었다. 아니, 고도마리에 가기 전에 고쇼가와라
에서 곧장 히로사키로 가서 히로사키 거리를 걷고, 그런 다
음 오와니 온천에라도 가서 일박하고, 그러고 나서 마지막으
로 고도마리에 갈 생각이었으나, 도쿄에서 아주 조금밖에 들
고 오지 않은 내 여비도 슬슬 허전해진 데다 더구나 아무래도
여행의 고단함을 서서히 느껴선지, 이제부터 또 여기저기 돌
아다니는 것도 성가셔졌기에 오와니 온천은 단념하고, 히로사
키시에는 드디어 도쿄로 돌아갈 때 도중에 잠깐 들러야겠다
는 정도로 예정을 변경하여, 오늘은 고쇼가와라의 이모 집에
서 일박하고, 내일 고쇼가와라에서 곧장 고도마리로 가 버리
자고 마음먹은 것이다. 게이짱과 함께 하이칼라초의 이모 집
으로 가 보니 이모는 부재중이었다. 이모의 손자가 병이 나 히

로사키 병원에 입원해 있는 터라, 간병하러 갔다고 한다.

"당신이 이쪽에 와 있다는 사실을, 엄마는 벌써 알고서, 꼭 만나고 싶으니까 히로사키로 보내 달라는 전화가 있었답니다." 사촌 누나가 웃으면서 말했다. 이모는 이 사촌 누나로 하여금 의사 선생님 양자를 들여 집안을 잇도록 했다.

"아, 히로사키에는 도쿄로 돌아갈 때 잠깐 들를 생각이니까, 병원에도 꼭 가겠습니다."

"내일은 고도마리, 다케를 만나러 간다고 하네요." 게이짱은 이것저것 제 일 채비로 분주하련만, 집으로 돌아가지 않은 채 태평스레 우리와 노닥거리고 있다.

"다케를?" 사촌 누나는 진지한 표정으로, "정말 잘하셨어요. 다케도, 얼마나 기뻐할까요!" 사촌 누나는 내가 다케를, 지금껏 얼마나 그리워했는지 알고 있는 것 같았다.

"한데, 만날 수 있을지 어떨지." 나는, 그게 염려스러웠다. 물론 미리 약속이고 뭐고 했을 턱이 없다. 고도마리의 고시노〔越野〕 다케. 오직 그것만을 의지 삼아, 나는 찾아가는 거다.

"고도마리행 버스는, 하루에 한 번이라나 들었는데요." 게이짱은 서서, 부엌에 붙여 놓은 시간표를 들여다보고, "내일 첫 기차로 여길 나서지 않으면, 나카사토〔中里〕에서 출발하는 버스를 놓치실 수도 있어요. 중요한 날에, 늦잠 주무시지 마시고." 자신의 중요한 날을 까맣게 잊어버린 듯했다. 8시 첫 기차로 고쇼가와라를 떠나 쓰가루 철도를 북상하여 가나기를 그냥 지나치고, 쓰가루 철도의 종점인 나카사토에 9시 도착, 그런 다음 고도마리행 버스를 타고 약 두 시간. 내일 정오 무렵까지는 고도마리에 닿을 수 있겠다는 전망이 섰다. 해가 저물어, 게이짱이 그제야 집으로 돌아간 직후 엇갈리다시피 하여 선생님(의사 선생님인 양자를, 우리는 예전부터 고유명사처럼 그리 부르곤 했다.)이 병원에서 오시고, 그러고는 술을 마시면서 나는 뭔가 변변찮은 이야기만 늘어놓다가 밤을 새웠다.

다음 날 아침, 사촌 누나가 깨우기에 서둘러 밥을 먹고 부랴부랴 정거장으로 달려가, 가까스로 첫 기차를 탈 수 있었다. 오늘도 역시 화창한 날씨다. 내 머리는 몽롱하다. 숙취 기미다. 하이칼라초 집에는 무서운 사람도 없는 터라, 어젯밤 조금 지나치게 마셨다. 진땀이 흥건히 이마에 배어 나온다. 산뜻한 아침 햇살이 기차 안으로 비쳐 들어, 나 홀로 흐리멍덩하니 지저분하고 부패한 듯, 정말이지 참을 수 없는 기분이다. 이러한 자기 혐오를, 술을 과하게 마신 뒤엔 어김없이, 아마도 수천 번 되풀이 경험하면서도, 아직껏 술을 과감히 끊을 마음이 일지 않는 거다. 이 술꾼이라는 약점 때문에, 나는 이러니저러니 남한테 업신여김을 당한다. 세상에 술이라는 물건만 없었던들, 나는 혹여 성인이 될 수도 있지 않았을까, 터무니없는 생각을 무지 진지하게 하며 멍하니 창밖의 쓰가루 평야를 바라보다가, 이윽고 가나기를 지나, 아시노〔芦野〕 공원이라는 건널목 지킴이 오두막집 정도의 자그만 역에 도착했다. 가나기 읍장이 도쿄에서 돌아올 때 우에노에서 아시노 공원 차표를 구하려다, 그런 역은 없다는 말에 발끈 화를 내며, 쓰가루 철도의 아시노 공원을 모르는가! 하고, 역무원에게 삼십 분이나 찾아보게 한 끝에, 마침내 아시노 공원 차표를 손에 넣었다는

옛 일화를 떠올렸다. 창문으로 고개를 내밀어 그 자그만 역을
보니, 이제 막 감색 무명 기모노에 똑같은 천의 몬페를 입은
어린 아가씨가, 큼직한 보퉁이를 두 개 양손에 들고 차표를 입
에 문 채 개찰구로 달려와, 눈을 살포시 감고서 개찰구의 미
소년 역무원에게 얼굴을 살짝 내미는데, 미소년도 알아차리
고는, 그 새하얀 치열 사이에 끼워진 빨간 차표에, 마치 숙련
된 치과의사가 앞니를 뽑는 듯한 손놀림으로, 솜씨 좋게 딸
각! 펀치로 찍었다. 소녀도 미소년도, 조금도 웃지 않는다. 당
연한 일이라는 양 태연스럽다. 소녀가 기차를 탄 그 순간, 덜
커덩, 기차가 떠난다. 흡사 기관사는 그 아가씨가 타기를 기다
리고 있었던 듯 여겨졌다. 이토록 한가로운 역은, 전국에서도
그다지 유례가 없음이 분명하다. 가나기 읍장님은, 요다음 다
시 우에노 역에서 훨씬 더 큰 소리로, 아시노 공원! 소리쳐도
좋겠다고 생각했다. 기차는 낙엽송 숲속을 달린다. 이 주변은
가나기의 공원이다. 늪이 보인다. 아시노코(芦の湖)라는 이름
이다. 이 늪에 형은, 오래전 유람 보트를 한 척 기증했을 터다.
이제 곧, 나카사토에 도착한다. 인구 사천 남짓한 작은 마을이
다. 이 언저리부터 쓰가루 평야도 협소해지고, 이곳 북쪽의 우
치가타, 아이우치, 와키모토 등지 마을에 이르면 무논도 부쩍
드물어지기에, 얼추 이곳은 쓰가루 평야의 북쪽 문이라 할 수
있을지도 모른다. 나는 유년 시절, 이곳의 가나마루라는 친척
의 포목점에 놀러 온 적이 있는데, 네 살 무렵이려나, 마을 변
두리의 폭포 말고는 아무것도 기억에 남아 있지 않다.

　"슌차아!" 하고 부르기에 돌아다보니, 그 가나마루의 따님

이 웃으면서 서 있다. 나보다 한두 살 손위였을 텐데, 별로 늙어 보이지 않는다.

"오랜만이네! 어딜?"

"어어, 고도마리!" 나는 그저 빨리 다케를 만나고 싶어, 딴 일은 깡그리 건성건성이다. "이 버스로 가야 하거든. 그럼 이만, 실례!"

"그래? 돌아오는 길엔, 우리 집에도 들르도록 해. 이번에 저 산 위, 새로 집을 지었으니까."

손가락으로 가리키는 쪽을 보니, 역에서 오른편의 푸르른 작은 산 위에 새로 지은 집이 한 채 서 있다. 다케 일만 아니었어도, 나는 이 어릴 적 친구와의 뜻하지 않은 만남을 기뻐하며 저 신축 집에도 반드시 들러, 느긋하니 나카사토 이야기라도 들었을 게 틀림없지만, 여하튼 일각을 다투기라도 하듯 괜스레 안달이 난 탓에,

"그럼, 또!" 엉성한 작별을 나누고는, 냉큼 버스에 오르고 말았다. 버스는 꽤 붐볐다. 나는 고도마리까지 약 두 시간, 내내 선 채였다. 나카사토 북쪽으로는, 정말이지 내가 난생처음 보는 지역이다. 쓰가루의 먼 조상이라 일컬어지는 안도 씨 일족은 이 부근에 살았고, 주산 항구의 번영에 대해서는 앞에서도 기술했지만, 쓰가루 평야 역사의 중심은 이 나카사토에서 고도마리까지 그 사이에 있었던 듯하다. 버스는 산길을 올라 북쪽으로 나아간다. 길이 험해선지, 꽤 심하게 흔들린다. 나는 그물 선반 옆의 봉을 단단히 붙잡고, 등을 구부정히 수그린 채 버스 창문으로 바깥 풍경을 내다본다. 역시나, 북(北)쓰가루

다. 후카우라 같은 풍경과 비교하면, 어딘가 거칠다. 사람의 살결 내음이 없다. 산의 수목도, 가시나무도, 조릿대도, 인간과 전혀 무관하게 살아 있다. 동해안의 닷피에 비하면 훨씬 순하지만, 그래도 이 언저리의 초목 역시 '풍경'이 되기엔 한 걸음 못 미치는 상태로, 조금도 나그네와 대화하지 않는다. 이윽고 주산코가 쌀쌀맞게 하얀 모습으로 눈 앞에 펼쳐진다. 얕은 진주조개에 물이 담긴 듯한, 기품은 있으나 덧없는 느낌의 호수다. 물결 하나 없다. 배도 떠 있지 않다. 고즈넉하면서도 상당히 드넓다. 사람에게 버림받은 고독한 물구덩이다. 흘러가는 구름도 날아가는 새 그림자도, 이 호수 수면에는 비치지 않을 듯한 느낌이다. 주산코를 지나면, 머지않아 일본해 해안이 나온다. 이 부근부터 슬슬 국방상 중요한 곳이 되기에, 여느 때처럼 이후는 자세한 묘사를 피하련다. 정오 조금 전, 나는 고도마리항에 도착했다. 이곳은 혼슈 서해안의 최북단 항구다. 이곳 북쪽은, 산을 넘어 바로 동해안의 닷피다. 서해안 마을은 여기서 끝나게 된다. 요컨대 나는 고쇼가와라 언저리를 중심으로 하여 괘종시계의 진자처럼, 옛 쓰가루령 서해안 남단의 후카우라항에서 휘리릭 되돌아와, 이번엔 단숨에 같은 해안의 북단 고도마리항까지 와 버린 셈이다. 이곳은 인구 이천오백 남짓의 조출한 어촌인데, 중고 시대[15]부터 이미 다른 지역의 선박이 드나들었고, 특히 에조를 오가는 배가 세찬 샛바람을 피할 때는 으레 이 항구에 들어와, 임시로 정박하기 마련이

---

15) 일본사, 특히 문학사의 시대 구분으로 헤이안 시대가 중심이 된다.

었다고 한다. 에도 시대에는 근처 주산항과 함께 쌀이나 목재의 출하가 왕성하게 이루어졌다는 사실은, 앞에서도 여러 차례 써 두었다. 지금도 이 마을의 항구 시설만은, 마을에 걸맞지 않을 정도로 훌륭하다. 무논은 마을 변두리에 아주 조금 있을 뿐이지만 수산물은 상당히 풍부한 듯, 쏨뱅이, 쥐노래미, 오징어, 정어리 등 어류 외에도 다시마, 미역 같은 해초도 많이 나는 모양이다.

"고시노 다케, 라는 사람을 모르시나요?" 나는 버스에서 내려, 그 주변을 걷고 있는 사람을 붙잡고, 대뜸 물었다.

"고시노, 다케, 라고요?" 국민복을 입은, 관공서에서 일하는 사람쯤 되지 않을까 싶은 중년 남자가 고개를 갸웃하고, "이 마을엔, 고시노라는 성씨를 가진 집이 많은데."

"전에 가나기에 머문 적이 있습니다. 그리고 지금은, 쉰 살 남짓한 사람입니다." 나는 거의 필사적이다.

"아아, 알겠네요! 그 사람이라면 있습니다."

"있어요? 어디에 있습니까? 집은 어디쯤인가요?"

나는 일러준 대로 걸어서, 다케의 집을 찾아냈다. 그리 넓지 않은, 아담한 철물점이다. 도쿄의 내 누옥보다 열 배나 더 훌륭하다. 가게 앞에 커튼이 내려져 있다. 안 돼! 생각하고 입구 유리문으로 뛰어 다가가니, 과연 그 문에 작은 주머니 모양 자물쇠가 꽉 채워져 있다. 다른 유리문도 건드려 보았지만, 죄다 굳게 닫혀 있다. 부재중이다. 나는 어쩔 바를 모른 채 땀을 닦았다. 이사했다, 설마 그럴 리는 없겠지. 어디론가, 잠시 외출한 건가? 아니, 도쿄와 달리 시골에선 잠깐 외출로 가게에 커튼을 내리고 문단속을 하는 둥 그런 일은 없다. 이삼일, 아니면 훨씬 더 오랜 출타일까? 거참, 야단났군! 다케는, 어딘가 다른 마을로 마실 간 거야. 있을 수 있는 일이지. 집만 알아 놓으면 이제 문제없다고 여긴 나는 멍청이였다. 나는 유리문을 두드리며, 고시노 씨! 고시노 씨! 불러 보았지만, 애당초 응답이 있을 턱이 없었다. 한숨을 내쉬고 그 집에서 물러나, 조금 걷다가 비스듬히 마주한 담뱃가게에 들어가, 고시노 씨 집엔 아무도 없는 모양인데 행선지를 아십니까? 하고 물었다. 그곳의 깡마른 할머니는, 운동회에 갔을 테지, 라고 천연덕스레 대답했다. 나는 기운을 얻어,

"한데, 그 운동회는, 어디서 하고 있나요? 이 근처입니까? 아니면."

바로 저기라고 한다. 이 길을 똑바로 가면 논이 나오고, 그리고 학교가 있는데, 운동회는 그 학교 뒤편에서 하고 있단다.

"오늘 아침, 찬합을 들고, 아이와 함께 가던걸요."

"그렇습니까? 고맙습니다."

일러준 대로 가니 과연 논이 있고, 그 논두렁길을 따라가니 모래언덕이 있고, 그 모래언덕 위에 국민학교[16]가 서 있다. 그 학교 뒤편으로 돌아서 가 보고, 나는 얼떨떨해졌다. 이런 기분이야말로, 꿈꾸는 듯한 기분이라는 것일 테지. 혼슈 북단의 어촌에서, 옛날과 조금도 다름없는, 슬프도록 아름답고 시

---

16) 1941년부터 1947년까지의 교육기관. 초등과 6년, 고등과 2년으로 이루어졌다.

끌벅적한 축제가 지금 눈 앞에 벌어지고 있다. 우선, 만국기. 한껏 차려입은 소녀들. 여기저기 대낮의 술주정꾼. 그리고 운동장 주위에는 백여 개 천막이 빽빽이 늘어서 있고, 아니, 운동장 주위만으로는 장소가 부족해졌는지 운동장을 내려다볼 수 있는 높다란 언덕 위까지 돗자리로 하나씩 하나씩 반듯하니 둘러친 천막이 세워졌다. 그리하여 지금은 점심 휴식 시간인 듯, 그 백여 채 자그만 집의 방에서 저마다의 가족이 찬합을 펼쳐 어른은 술을 마시고 아이와 여자는 밥을 먹으면서, 더없이 쾌활하게 이야기하며 웃는다. 일본은 고마운 나라라고 절실히 느꼈다. 분명, 해 뜨는 나라라고 여겨졌다. 국운을 건 큰 전쟁이 한창임에도, 혼슈 북단의 외진 마을에서 이토록 밝고 신기한 대연회가 열리고 있다. 고대 신들의 호방한 웃음과 활달한 무도를, 이 혼슈의 벽지에서 직접 견문하는 심정이었다. 바다를 건너 산을 건너, 어머니를 찾아 삼천 리 걸어 다다른 나라의 끄트머리 모래 언덕 위에 화려한 무악이 펼쳐지고 있었다는, 그런 옛이야기 주인공으로 내가 된 느낌이 들었다. 한데 나는, 이 유쾌한 무악의 군중 속에서, 나를 키워 준 부모를 찾아내야만 한다. 헤어진 뒤로, 어느새 삼십 년 가까이 된다. 눈이 큼직하고 뺨이 발그레한 사람이었다. 오른쪽인가 왼쪽 눈꺼풀 위에, 자그맣게 빨간 점이 있었다. 나는 그것밖에 기억하지 못한다. 만나면, 알 수 있다. 그런 자신감은 있었지만, 이 군중 속에서 찾아내기란 어렵겠는걸, 하고 나는 운동장을 둘러보며 울상을 지었다. 어떻게건, 손쓸 도리가 없다. 나는 그저, 운동장 주변을 어정버정 걸을 뿐이다.

“고시노 다케라는 사람, 어디에 있는지, 아시는지요?” 나는 용기를 내어, 청년 한 사람에게 물었다. “쉰 살 남짓한 사람으로, 철물점의 고시노입니다만.” 이것이 다케에 관한 내 지식의 전부다.

“철물점의 고시노.” 청년은 생각하다가, “아, 건너편 저쪽 천막에 있었던 것 같은데.”

“그렇습니까? 저쪽인가요?”

“글쎄, 확실히는 모르겠네요. 어쩐지, 본 듯한 느낌이 들지만, 한번 찾아보시죠.”

그 찾는 게 엄청난 일이다. 아무려나 삼십 년 만에 어쩌고저쩌고, 청년한테 뇌꼴스러운 신상 이야기를 털어놓을 수도 없다. 나는 청년에게 고맙다 말하고, 막연히 손가락으로 가리켜진 그 방향으로 가서 허둥허둥해 보았지만, 그 정도로 알아낼 리 만무했다. 급기야 나는, 점심 식사가 한창인 단란한 천막 속으로 불쑥 얼굴을 들이밀고,

“죄송합니다. 저어, 실례지만, 고시노 다케, 저어, 철물점 고시노 씨는, 여기 안 계십니까?”

“아니에요.” 통통한 아주머니는 언짢은 듯 눈살을 찌푸리고 말한다.

“그렇습니까? 실례했습니다. 어딘가, 이 근처에서 못 보셨는지요?”

“글쎄, 모르겠네요. 워낙 사람이 많으니까.”

나는 또다시 다른 천막을 들여다보고 물었다. 모르겠는데요. 또다시 다른 천막. 흡사 무언가에 홀린 것처럼, 다케는 없

습니까? 철물점의 다케는 없습니까? 물어물어 다니고 운동장을 두 번이나 돌았지만, 알 수 없었다. 숙취 기운 탓에 목이 말라 참다못해 학교 우물로 가서 물을 마시고, 그러고는 다시 운동장으로 돌아와서 모래 위에 주저앉아, 점퍼를 벗고 땀을 닦고, 남녀노소의 행복해 보이는 북적거림을 멍하니 바라보았다. 이 가운데, 있는 거다. 틀림없이, 있다. 지금쯤, 나의 이런 고생이고 뭐고 모르는 채, 찬합을 펼쳐 아이들에게 먹여 주고 있으리라. 차라리 학교 선생님에게 부탁해, 메가폰으로 "고시노 다케 씨, 면회입니다!" 소리쳐 달라고 할까도 싶었으나, 그런 폭력적 수단은 무슨 일이 있어도 싫었다. 그런 야단스레 지나친 장난 같은 짓까지 해서 억지로 자신의 기쁨을 어설피 꾸미는 건 싫었다. 인연이 없는 거다. 하느님이 만나지 말라고 말씀하시는 거다. 돌아가자. 나는 점퍼를 입고 일어섰다. 다시 논두렁길을 따라 걸어서, 마을로 나왔다. 운동회가 끝나는 건 4시쯤일까? 네 시간 더, 이 언저리 여관에 드러누워, 다케의 귀가를 기다린들 나쁘지 않잖아? 그런 생각도 했지만, 그 네 시간, 여관의 지저분한 방에서 풀 죽어 쓸쓸히 기다리는 사이, 이제 다케 따윈 될 대로 되라는 식의 괘씸스러운 심정이 되지나 않을까? 나는 지금 이 기분 그대로, 다케를 만나고 싶다. 하지만 도무지 만날 수가 없다. 요컨대, 인연이 없는 거다. 멀고도 먼 길을 이곳까지 찾아와, 바로 코앞에, 지금 있다는 사실을 번히 알면서도 만나지 못한 채 돌아가는 것도, 여태껏 요령이 서투른 내 생애에 걸맞은 일인지도 모른다. 내가 마구 들떠 기쁘게 세운 계획은, 언제나 이렇듯 어김없이,

뒤죽박죽 엉망인 결과가 된다. 나에겐, 그런 어쭙은 숙명이 있는 거다. 돌아가자. 생각해 보면, 아무리 키워 준 부모라고 해 봤자, 노골적으로 말해 고용인이다. 하녀가 아닌가! 너는, 하녀의 자식이냐? 남자가 나잇살 먹고선, 옛 하녀를 그리워하며 한번 만나고 싶다느니 뭐라느니, 그 모양이니까 넌 글렀다는 거야. 형들이 너를, 천박하고 사내답지 못한 녀석이라고 한심스레 여기는 것도 무리가 아니지. 넌 형제 중에서도 혼자만 다르게, 어째서 이토록 칠칠하지 못하고, 추접스럽고, 상스러운 건지! 어서 정신 차려! 나는 버스 정류장으로 가서, 버스가 출발하는 시간을 물었다. 1시 30분에 나카사토행이 떠난다. 이제 그것뿐, 그 후론 없다는 거였다. 1시 30분 버스로 돌아가기로 결심했다. 한 삼십 분 정도 짬이 있다. 조금 시장기도 느껴졌다. 나는 정류장 근처 어스름한 여관으로 들어가, "아주 서둘러 점심을 먹고 싶은데요." 말하고, 또 마음속으론 여전히 미련 비슷한 게 있기에, 만약 이 숙소의 느낌이 괜찮으면 여기서 4시쯤까지 좀 쉬었다가 어쩌고, 그런 생각도 했지만 거절당했다. 오늘은 식구가 다들 운동회에 가 있는 터라, 아무것도 할 수가 없어요, 하고 병자 같은 여주인이 안쪽에서 흘끗 낯을 내보이며 쌀쌀맞은 대답을 했다. 마침내 돌아가기로 정하고, 버스 정류장 벤치에 걸터앉아 십 분 남짓 쉬고 다시 일어서서 어슬렁어슬렁 그 언저리를 걷다가, 그렇다면 한 번 더, 다케가 없는 빈집 앞까지 가서, 남몰래 이승의 작별 인사라도 하고 와야지, 하고 쓴웃음 지으면서 철물점 앞까지 가서 언뜻보니, 입구의 주머니 자물쇠가 끌러져 있다. 그리고 문이 두세

치 열려 있다. 하늘의 도우심! 용기백배하여, 와라락! 이라는 질 낮은 표현이라도 쓰지 않고선 맞아 떨어지지 않을 만치 기운차게 유리문을 밀어젖히고,

"실례합니다! 실례합니다!"

"네." 안쪽에서 응답이 있고, 열네댓 살 가량에 세일러복을 입은 여자아이가 얼굴을 내밀었다. 나는 그 아이의 얼굴로, 다케의 얼굴을 또렷이 떠올렸다. 더는 조심스러움도 없이, 봉당 안쪽의 그 아이 곁으로까지 다가가서,

"가나기의 쓰시마입니다." 하고 이름을 댔다.

소녀는, 아, 하고는 웃었다. 쓰시마의 아이를 키웠다는 사실을, 다케는 자기 아이들한테도 진작부터 들려주고 있었을지도 모른다. 이제 그것만으로, 나와 그 소녀 사이에, 남남 같은 서먹서먹함이 깡그리 사라졌다. 고마운 일이라고 생각했다. 나는, 다케의 자식이다. 하녀의 자식인들 뭔들, 상관없어. 나는 큰 소리로 말할 수 있어. 난, 다케의 자식이야. 형들에게 경멸당한들 괜찮아. 난, 이 소녀와 형제야.

"아아, 다행이다." 나는 얼결에 그런 말을 내뱉고, "다케는? 아직, 운동회?"

"응." 소녀도 나를 대하는 데 털끝만큼의 경계심도 수줍음도 없이, 다소곳이 끄덕이고, "난 배가 아파서, 지금, 약을 가지러 온 거야." 딱한 일이지만, 그 배앓이가 다행스럽다. 배앓이에 감사다! 이 아이를 붙잡은 이상, 이제 안심. 괜찮아, 다케를 만날 수 있어. 이제 무슨 일이 있어도 이 아이한테 매달린 채, 떨어지지 않으면 돼.

“제법 운동장을 돌아다니며 찾았는데, 보이지 않더라고.”

“그래.” 말하고 살짝 끄덕이더니, 배를 눌렀다.

“아직 아프니?”

“조금.” 이라고 했다.

“약은 먹었니?”

말없이 끄덕인다.

“엄청 아프니?”

웃으며, 고개를 저었다.

“그렇담, 부탁해. 나를, 이제부터 다케가 있는 곳으로 데려가 주라. 너도 배가 아프겠지만, 난들, 먼 데서 왔거든. 걸을 수 있니?”

“응.” 크게 끄덕였다.

“장하다, 장해! 그럼, 부탁 좀 할게.”

응, 응, 두 번 연거푸 끄덕이고는 곧장 봉당으로 내려와 게다를 걸쳐 신고, 배를 눌러 몸을 기역 자처럼 구부리면서 집을 나섰다.

“운동회에서 달렸니?”

“달렸어.”

“상품을 받았니?”

“못 받았어.”

배를 누르면서, 바지런히 앞장서 걷는다. 다시 논두렁길을 지나고 모래언덕으로 나와, 학교 뒤편으로 돌아가서 운동장 한복판을 가로질렀다. 그러고 나서 소녀는 종종걸음을 치며 천막 하나로 들어갔고, 곧바로 그와 엇갈리듯, 다케가 나왔다.

다케는, 텅 빈 눈길로 나를 보았다.

"슈지다." 나는 웃으며 모자를 벗었다.

"어머." 그뿐이었다. 웃지도 않는다. 진지한 표정이다. 하지만 금세 그 뻣뻣하니 굳은 자세를 누그러뜨리고, 아무 일도 없는 듯, 묘하게 체념한 듯 힘없는 말투로, "자, 들어와서 운동회를." 말하고는, 다케의 천막으로 데려가, "여기 앉아요."라며 다케 곁에 앉힌다. 다케는 그뿐 아무 말도 하지 않은 채, 반듯이 정좌해 그 몬페의 둥그스름한 무릎에 가지런히 두 손을 얹고, 아이들이 내달리는 걸 유심히 지켜본다. 하지만 나는 아무런 불만도 없다. 정말이지, 이미, 안심해 버렸다. 다리를 쭉 내뻗고 멍하니 운동회를 보며, 마음속 무엇 한 가지 생각할 게 없었다. 이젠 뭐가 어떻게 되더라도 괜찮다, 싶은 그야말로 아무 근심 없고 평온한 상태다. 평화란, 이런 기분을 말하는 걸까? 만약 그러하다면, 나는 이때, 태어나 처음 마음의 평화를 체험했다고도 할 수 있다. 몇 해 전 돌아가신 나의 생모는 기품 넘치고 온후하며 훌륭한 어머니였지만, 이렇듯 신기한 안도감을 내게 전해 주지는 않았다. 세상의 어머니라는 존재는 모두, 그 자식에게 이처럼 달콤한 방심(放心)의 휴식을 전해 주는 것일까. 그러하다면, 그야 만사를 제쳐 놓고서라도 효도하고 싶어지기 마련이다. 그런 고마운 어머니가 있건마는, 병에 걸리거나 빈둥거리는 녀석의 마음을 알 수 없다. 효도는 자연스러운 정이다. 윤리가 아니었다.

다케의 뺨은 역시나 붉고, 그리고 오른쪽 눈꺼풀 위에는 작은 양귀비씨만 한 빨간 점이, 그대로 있다. 머리칼은 백발도 섞여 있지만, 그래도 지금 내 옆에 반듯하니 앉아 있는 다케는, 내 어릴 적 추억의 다케와 조금도 다르지 않다. 나중에 들었는데, 다케가 우리 집으로 고용살이하러 와서 나를 업은 건 내가 세 살, 다케가 열네 살 때였다고 한다. 그 후 육 년 남짓 나는, 다케한테 키워지고 교육받았다. 그렇지만 내 추억 속 다케는 결코 그런, 어린 아가씨가 아닌, 지금 눈앞에 보는 이 다케와 조금도 다르지 않은 원숙한 사람이었다. 이것도 나중에 다케한테 들은 사실인데 그날, 다케가 매고 있었던 붓꽃 무늬의 감색 오비[17]는 우리 집에서 고용살이했을 무렵에도 매던 것이고, 또 연한 자줏빛 장식 옷깃도 역시나 비슷한 무렵, 우리 집에서 받은 거라고 한다. 그런 연유가 있어선지 모르겠으나, 다케는 내 추억과 고스란히 빼닮은 내음으로 앉아 있다. 아마도 역성드는 것일 테지만, 다케는 이 어촌의 다른 아바('아야'의 Femme)들과는 전혀 다른 품위를 지닌 듯 느껴졌다. 기모노는 새로 짠 줄무늬 무명으로 그것과 똑같은 천의 몬페를 입었고, 그 줄무늬는 설령 세련되지는 않아도, 그래도 선택이 야무지다. 허술하지 않다. 전체적으로 뭔가, 당찬 분위기를 띠고 있다. 나도 마냥 잠자코 있었더니, 조금 지나 다케는, 똑바로 운동회를 보면서 어깨가 물결치듯 깊고도 긴 한숨을 내쉬었다. 다케도 차분한 마음이 아니구나, 하고 나는 그때 비로소 알았다. 그래도, 여전히 말이 없었다.

다케는, 문득 알아차렸다는 듯,

---

17) 일본 옷에서 허리에 두르는 띠.

"무얼, 좀 먹을래?" 하고 내게 말했다.

"됐어."라고 대답했다. 정말로, 아무것도 먹고 싶지 않았다.

"떡이 있는데." 다케는, 천막 귀퉁이에 치워 둔 찬합에 손을 올렸다.

"괜찮아. 먹고 싶지 않아."

다케는 가볍게 끄덕이며 더는 권하려고도 않은 채,

"떡이 아닌 다른 거로구나." 나직이 말하고 미소 지었다. 삼십 년 가까이 서로 소식이 없어도, 내가 술꾼임을 제대로 헤아린 모양이다. 신기한 일이다. 내가 히죽히죽 웃으니, 다케는 눈살을 찌푸리고,

"담배도 피우는구나. 아까부터, 연거푸 피워 대는걸. 다케는 네게 책 읽는 건 가르쳤어도, 담배며 술 같은 건, 가르치지 않았는데."라고 했다. 방심은 금물, 그 예다. 나는 웃음을 거두었다.

내가 진지한 낯이 되어 버리자, 이번엔 다케 쪽에서 웃고, 일어서서,

"용왕님 벚꽃이라도 보러 갈래? 어때?" 하고 나를 이끌었다.

"음, 가자."

나는, 다케를 따라 천막 뒤편의 모래 산을 올랐다. 모래 산에는 제비꽃이 피어 있었다. 키 낮은 등나무 덩굴도, 엉금엉금 뻗어가고 있다. 다케는 말없이 올라간다. 나도 아무 말 않고서, 어슬렁어슬렁 걸어 따라갔다. 모래 산을 끝까지 올랐다가 주르륵 내려가니, 용왕님 숲이 있고, 그 숲의 오솔길 군데군데 겹벚꽃이 피어 있다. 다케는, 느닷없이 휙 한 손을 내뻗어 겹

다케의 얼굴

벚나무 잔가지를 꺾어 들고, 걸으면서 그 가지의 꽃을 뜯어 땅바닥에 내버리고, 그러고는 멈춰 섰다가, 냅다 내 쪽으로 돌아서서 별안간, 마치 둑이 터진 듯 달변을 쏟아냈다.

"오랜만이구나. 처음엔, 알아보지 못했어. 가나기의 쓰시마, 라고 우리 아이가 말했지만, 설마 싶었지. 설마, 와 주리라곤 생각을 못 했어. 천막을 나와서 네 얼굴을 봐도, 못 알아봤지. 슈지다, 라는 말에, 어머? 싶었는데, 그러고 나선 입이 떨어지지 않더구나. 운동회고 뭐고 하나도 안 보였어. 삼십 년 가까이, 다케는 널 만나고 싶어서, 만날 수 있으려나, 만날 수 없으려나, 오로지 그 생각만 하며 지내 왔는데, 이렇듯 번듯하니 어른이 돼서, 다케가 보고 싶어서, 멀고 먼 고도마리까지 찾아와 주었는가 생각하면, 고맙다고 할지, 기쁘다고 할지, 슬프다고 할지, 그런 것쯤이야 아무려면 어때, 그래, 잘 왔구나! 네집에 고용살이하러 갔을 땐, 너는 아장아장 걷다가는 넘어지고, 아장아장 걷다가는 넘어지고, 아직 잘 걷지 못했는데, 밥 먹을 땐 밥그릇을 들고서 여기저기 돌아다니고, 곳간의 돌계단 아래서 밥 먹는 걸 제일 좋아했고, 다케한테 옛날이야기를 졸라 대고는, 다케 얼굴을 말똥말똥 보면서 한 숟가락씩 먹는 통에 품이 꽤 들기는 했어도, 얼마나 귀여웠는지! 그랬는데 이처럼 어른이 됐으니, 모두 꿈만 같구나. 가나기에도, 이따금 갔지만, 가나기 마을을 걸으면서, 혹시라도 네가 그 언저리서 놀고 있지나 않을까 싶어, 너와 비슷한 또래 남자아이를 한 명 한 명씩 살피며 걷곤 했단다. 잘 왔구나!" 한 마디, 한 마디, 말할 때마다, 손에 든 벚나무 잔가지의 꽃을 정신없이 잡아 뜯어선 버리고, 잡아 뜯어선 버리고 있다.

"아이는?" 마침내 그 잔가지도 휘어 꺾어 내다 버리고, 양쪽 팔꿈치를 쳐들어 몬페를 치올리며, "아이는, 몇 명?"

나는 오솔길 옆 삼나무에 가볍게 기대어, 한 명이야, 하고 대답했다.

"남자? 여자?"

"여자."

"몇 살?"

잇달아 쉴 새 없이 질문을 연발한다. 나는 다케의 그렇듯 당차고 스스럼없는 애정의 표현법을 접하고, 아아! 나는, 다케를 닮았다, 생각했다. 형제 가운데 나 혼자, 세련되지 못하고 덜렁대는 구석이 있는 건, 이 슬픈 키워 준 부모의 영향이었다는 사실을 깨달았다. 나는 이때 비로소, 내 성장의 본질을 똑똑히 알게 되었다. 나는 결코, 고상하게 자란 남자가 아니다. 그러하니, 부잣집 아이답지 않은 구석이 있었다. 보라! 내가 잊지 못하는 사람은 아오모리에 있는 T군이고, 고쇼가와라에 있는 나카하타 씨이고, 가나기에 있는 아야이고, 그리고 고도마리에 있는 다케다. 아야는 현재도 우리 집에서 일하는데, 다른 사람들도 그 옛날 한 번은, 우리 집에 머문 적이 있는 사람이다. 나는, 이 사람들과 벗이다.

한데, 옛 성인의 획린(獲麟)[18]인 양 젠체하는 건 아니지만, 전쟁 중의 신(新)쓰가루 풍토기도 작자의 이 획우(獲友)라는 고백으로써, 일단은 펜을 멈추어도 큰 잘못이 없지 않겠나 싶다. 아직도 한참 쓰고 싶은 게 이것저것 있었으나, 쓰가루의 생생한 분위기는 앞에서 대체로 남김없이 이야기한 듯 여겨진다. 나는 허식을 부리지 않았다. 독자를 속이지는 않았다. 안녕히! 독자여, 목숨 있거든 또 훗날. 힘차게 살아가자. 절망하지 마. 그럼, 실례.

---

18) 기린을 잡았다는 뜻으로, '절필' 또는 '죽음'을 비유적으로 이르는 말. 공자가 『춘추(春秋)』를 쓸 때, '서수획린(西狩獲麟)'이라는 글귀로 끝을 맺고 죽음에서 비롯되었다.

"그대를 사랑해, 그대를 미워해"

─ 고향에 보내는 말

저는 아오모리현 기타쓰가루군(北津軽郡)이라는 곳에서 태어났습니다. 곤 간이치[1]와는 고향이 같습니다. 그도 상당한 시골뜨기인데, 제 고향은 그가 태어난 곳보다 백 리나 더 깊은 산속이니, 감출 게 뭐 있나요, 저는 훨씬 지독한 시골뜨기입니다.[2]

일본 지쿠마쇼보에서 간행한 『다자이 오사무 전집』(총13권, 1999) 가운데 제11권 '수상(隨想)'에 실린 첫 번째 산문 「시골뜨기」(1933)의 전문이다. 수필이라 하기에도 지극히 짤막한 글

---

1) 今官一(1909~1983). 다자이를 기리는 모임 '앵두기'의 이름은 그가 제안했다고 전해진다. 소설가.
2) 산문집 『마음의 왕자』, 유숙자 옮김, 민음사, 2024. 11쪽.

이지만, 작가 다자이 오사무와 그 문학 형성의 근원지를 품고 있다는 점에서 주목할 만하다. 문단 데뷔 이후 십오 년간, 다자이는 개인적 삶의 굴곡을 겪으면서도 직업작가로서 문학이라는 외길을 홀로 투쟁하듯 부단히 나아갔다. 그 끝자락에서 당시의 기성 문학과 문학자에 대한 거침없는 비판을 쏟아낸 산문이 「여시아문(如是我聞)」(1948). 작가가 유독 강조 표시까지 해 둔 단어에 절로 눈길이 간다.

도쿄에서 태어나 도쿄에서 자랐고, (도쿄에서 태어나 도쿄에서 자랐다는 것, 그 프라이드는, 우리로서는, 거의 난센스에다 우스꽝스럽게 보이지만, 그들이 시골뜨기라고 할 때, 얼마나 깊은 경멸감이 담겨 있는지, 필시 그건 독자 여러분이 상상하는 그 이상이다.)[3]

괄호 안의 문장과 그 행간에 밴 복잡 미묘한 작가의 심경을 이리저리 헤아리는 사이, 다자이 산문의 처음과 끝을 관통하다시피 새겨진 하나의 어휘가 묵직이 와 닿는다. 「여시아문」에서 작정하고 쏟아낸 독설에 똬리를 튼 무언가 한 조각을, 어쩌면 독자는 『쓰가루』라는 기행 소설에서 감지해 낼지도 모르겠다.

일본 근대 작가로는 드물게 국제성, 보편성을 확보한 다자이 문학은 외국 독자에게도 강렬한 인상을 남긴다. 예컨대 대문호 다니자키 준이치로와 가와바타 야스나리 문학을 이국적

---

3) 『마음의 왕자』, 261쪽.

정서(exoticism)에 기인한 관심에서 읽는 데 비해, 다자이 문학은 마치 자신의 고뇌를 대변해 주는 듯하고 작가가 일본인이라는 사실을 잊게 만든다, 라는 서구권에서의 반응을 언급하면서, 다자이 연구자 오쿠노 다케오는 그 까닭에 대한 해답을 무엇보다도 쓰가루에서 찾은 바 있다. "이처럼 세계에 공통된 현대인의 가장 깊은 혼(魂)을, 일본에서 다자이 오사무만이 표현할 수 있었다. 그것은 어째서인가 생각하다 보면, 다자이 오사무가 쓰가루인이었다는 사실에 맞닥뜨리지 않을 수 없다. 요컨대 다자이 오사무는 일본 내 이방인(에트랑제étranger)이었던 거다."(「쓰가루 환상 기행」)

중심에 속하지 않는 주변인이었기에 중앙을 향한 '비평적이고 보편적인 자아'를 키울 수 있었다는 관점은, 다자이의 투박하나마 정곡을 찌르는 비판의식이 발휘된 문제작 산문뿐만 아니라 소설을 읽는 데도 유효한 가이드가 되지 않겠는가. 쓰가루는 다자이 문학의 산실이자 토대로서, '쓰가루 후지(富士)'라 불리는 이와키산(岩木山)이 그러하듯 우뚝 자리 잡고 있다.

* * *

다자이 오사무는 1909년 쓰가루에서 태어나 유년 시절을 보낸 뒤 아오모리 중학교, 히로사키 고등학교를 졸업했다. 도쿄대학에 입학하면서 도쿄 생활이 시작되었고, 이후 거주지를 몇 차례 옮기기는 했지만, 주된 활동 범위는 야마나시현의 고

작품 해설

후 시대를 거쳐 도쿄와 그 인근 지역 내에 머문다.

집안의 반대를 무릅쓰고 강행한 첫 결혼 이래 고향과의 거리는 한층 멀어졌고, 다자이는 생가와의 불화로 인해 거의 절연한 상태와 다름 없이 지냈다. 문학과 생활 면에서 두루 든든한 버팀목이 되어 준 스승 이부세 마스지의 소개로 만난 여성과 두 번째 결혼 후, 어엿한 가장이 되어 가족을 데리고 고향을 찾은 것은 1942년 10월, 십여 년 만이었다. 이어 12월에는 어머니의 건강이 위중해져 거듭 생가를 방문한다. 이때의 정황은 단편 「고향」(1943. 1), 「귀거래(歸去来)」(1943. 6)에 그려진다. 1943년 1월, 어머니의 법요로 다자이는 가족과 재차 고향 길에 오르는데, 거듭된 만남을 통해 그간의 고향에 대한 심정적 거리감이 좁혀지면서 자신의 정체성을 재확인하려는 의지가 싹텄을 거라 짐작된다.

이듬해 1944년 5월 12일부터 6월 5일까지 약 보름 동안, 다자이는 홀로 고향 쓰가루를 방문한다. 이번에는 취재 여행이었다. 한 출판사로부터 '신(新)풍토기 총서' 시리즈의 집필을 의뢰받아서였다. 도보로, 버스로, 열차로, 결코 수월찮은 여행을 마치고 한 달 반 남짓 집필 기간을 거쳐, 7월 말 작품이 완성되었다. 장편 『쓰가루』 간행이 같은 해 11월이었으니, 그 속도감이 놀랍다. 여행의 경험을, 작가는 다음과 같이 회상한다.

결국, 내가 이 여행에서 발견한 것은 '쓰가루의 변변찮음'이라는 거였다. '보잘것없음'이다. '어설픔'이다. 문화의 표현 방법이 없는 당혹감이다. 나는 또한, 자신에게도 그걸 느꼈다. 하지

만 동시에 나는, 그것에 건강함을 느꼈다. (…) 나는 자신의 핏
속 순수한 쓰가루 기질에, 자신감 비슷한 걸 느끼고 귀경했다.
요컨대 나는, 쓰가루에는 문화 따윈 없고, 따라서 쓰가루 사
람인 나도 전혀 문화인이 아니라는 사실을 발견하고 후련했다.
그 이후의 내 작품은, 조금 달라진 듯한 느낌이다.

(「십오 년간」, 1946)

『사양』과 『인간 실격』, 두 작품의 유명세에 밀려 '숨겨진 명
작'으로도 불리지만, 소설 『쓰가루』는 다자이 문학의 최고봉,
걸작으로 꼽힐 만큼 문단 안팎의 평가가 드높다. 문예평론가
가메이 가쓰이치로는, 다자이의 "본질을 가장 잘 나타내는 것
은 『쓰가루』다. 전 작품 중에 단 한 편만 고르라고 한다면, 나
는 이 작품을 들고 싶다."라고 평했다. 또한 다자이의 재능을
한눈에 간파한 시인이자 소설가 사토 하루오는 이렇게 썼다.
"다른 모든 작품을 전부 지워 없애 버린들 이 한 작품만 있으
면, 그는 불후의 작가 가운데 한 사람이라 할 수 있을 것이다."
그러고는 생전의 다자이에게 직접 찬사를 전하지 못한 것이
'천추의 한(恨)'이라며 아쉬워했다.

* * *

태평양전쟁이 발발하고 갈수록 엄혹해지는 전시 상황 속에
서, 작가들의 고민도 깊어질 수밖에 없었다. 건강상의 문제로
병역을 면제받은 다자이는, 전장으로 떠나는 선배 동료 작가

들을 지켜보면서 자신의 문학이 나아갈 방향을 진지하게 모색한다.

1942년 「불꽃놀이」가 시국에 맞지 않는다는 이유로 검열 과정에서 전면 삭제당함으로써, 작가는 창작의 소재와 기법상 변화가 절실한 시점에 처하게 되었다. 전환기에 봉착해 다자이가 발견한 문학적 활로는 극히 독창적인 고전의 재해석, 패러디에 있었다. 기발한 상상력과 현실 인식, 빼어난 스토리텔러로서의 자질을 바탕으로, 다자이는 이 분야에서 누구도 흉내 내기 힘든 결실을 산출했다. 다자이 중기 문학의 꽃이라 할 「옛이야기」[4](1945)가 단연 정점에 놓인다.

한편 『쓰가루』에는 고향 아오모리 쓰가루와 그 주변 지역을 여행하면서 만나는 혼슈 북단의 독특한 향토적 색채, 인정 넘치는 사람들의 풍경이 다채롭게 그려지는데, 때로는 유머러스하게, 때로는 훈훈하고 감동적인 분위기를 연출한다.

기행문 형식을 빌리기는 했으나, 작가는 백과사전에서 얻을 수 있는 지식 전달에는 처음부터 무관심하다. 스스로 밝힌 대로, 작가의 의도는 '사랑'. '사람의 마음과 사람의 마음이 서로 맞닿는' 지점을 따뜻하게 그려내는 데 초점을 둔다. 작가는 이것이 자신의 '또 다른 전문과목'이라고 당당히 선언한다. T군, S씨, N군, 나카하타, 아야, 다케 등 제각기 주요 배역을 담당해 비중 있게 개성적으로 묘사되며 여운 짙은 울림을 남긴다.

---

4) 다자이 오사무, 『달려라 메로스』(유숙자 옮김, 민음사, 2022)에 수록되어 있다.

아울러 마쓰오 바쇼가 언급되는 부분도 절로 독자를 웃음 짓게 만든다. 하이쿠 해석은 다자이가 감각하는 포에지(poésie)가 드러난다는 점에서 눈여겨봄 직하다.

『쓰가루』의 말미는 다케와의 재회 장면으로 설정되어 있다. 어린 시절, 영문도 모른 채 불현듯 사라져 버린 다케. '나'는 그 설레는 만남을 클라이맥스로 남겨 두고 가슴 깊숙이 품은 채 어릴 적 친구, 지인을 차례로 만나거나 고향 풍경을 새삼 음미하면서 다케가 있는 곳으로 한 걸음씩 다가간다.

다케란 누구인가.

다케를 이야기하려면 우선, 작가의 유년 시절로 거슬러 올라가야만 한다. 알려진 대로 다자이의 생가는 쓰가루 굴지의 신흥 부자였다. 붉은 지붕이 위압적인 2층 대저택이 신축되고, 그 집에서 태어난 첫 아이가 다자이 오사무다. 어머니가 병약했기에 태어나자마자 다자이는 유모의 손에 맡겨지고, 또 이모의 보살핌을 받고, 그런 다음에는 보모로 고용된 다케와 대부분의 시간을 함께 보내며 키워진다. 당시 다자이는 세 살, 다케는 겨우 열네 살이었다고 한다.

첫 창작집 『만년(晩年)』에 실린 단편 「추억」의 다케 관련 묘사를, 다자이는 『쓰가루』에서도 길게 인용하고 있는데, 어린 다자이를 위해 다케는 특히 독서와 도덕 교육에 열중했음을 알 수 있다. 책 읽기를 좋아하는 다자이에게 어린이 책을 부지런히 빌려다 주었고, 거짓말하거나 나쁜 짓을 하는 사람은 지옥에 간다는 식의 권선징악 도덕을 일렀다.

그로부터 삼십여 년, 먼 길 찾아가 어렵사리 다케를 마주한

극적인 순간. "일본 문학사상 찬연히 빛나는 명장면"(사이토 미치마사)을 따라가 보자.

"슈지다." 나는 웃으며 모자를 벗었다.

"어머." 그뿐이었다. 웃지도 않는다. 진지한 표정이다. 하지만 금세 그 뻣뻣하니 굳은 자세를 누그러뜨리고, 아무 일도 없는 듯, 묘하게 체념한 듯 힘없는 말투로, "자, 들어와서 운동회를." 말하고는, 다케의 천막으로 데려가, "여기 앉아요."라며 다케 곁에 앉힌다. 다케는 그뿐 아무 말도 하지 않은 채, 반듯이 정좌해 그 몬페의 둥그스름한 무릎에 가지런히 두 손을 얹고, 아이들이 내달리는 걸 유심히 지켜본다. 하지만 나는 아무런 불만도 없다. 정말이지, 이미, 안심해 버렸다. 다리를 쭉 내뻗고 멍하니 운동회를 보며, 마음속 무엇 한 가지 생각할 게 없었다. 이젠 뭐가 어떻게 되더라도 괜찮다, 싶은 그야말로 아무 근심 없고 평온한 상태다. 평화란, 이런 기분을 말하는 걸까? 만약 그러하다면, 나는 이때, 태어나 처음 마음의 평화를 체험했다고도 할 수 있다.

웃지도 않고 말도 없지만, '나'는 다케 곁에서 '안심'한다. '아무 근심 없고 평온한 상태', '마음의 평화'를 일순이나마 온몸으로 체감한다. 이 장면에서, 「옛이야기」에 나오는 「혀 잘린 참새」의 한 대목을 곧바로 떠올리는 건 필자뿐일까.

할아버지가 아끼는 새끼 참새를 질투한 할머니에게, 참새는 그만 앙증맞은 혀를 잡아 뽑히고 만다. 그 참새를 찾느라 할아버지는 눈 속 대숲을 헤매고 다니다가, 결국 눈 위에 쓰러진다.
드디어 참새 친구들의 도움으로 할아버지와 몸져누운 참새의
눈물겨운 재회. 할아버지는 참새의 머리맡에 앉아, 말이 없다.
"아무 말 하지 않아도 좋았다. 할아버지는 희미하게 한숨을 쉬
었다. 우울한 한숨이 아니었다. 할아버지는 난생처음 마음의
평안을 경험했다. 그 기쁨이, 희미한 한숨으로 나타났다."[5]
　『쓰가루』의 다케도 '나'도, 말이 없다. 그러다가 벚꽃 구경
을 제안하는 다케를 따라나선 '나'를 향해, 그제야 '둑 터지듯'
다케의 말 폭포가 쏟아진다. 다케는 물론 작가 다자이의 심상
이 이중으로 어우러져, 읽을 때마다 뭉클한 감동이 인다. 다
큐 요소가 가미된 픽션 『쓰가루』의 라스트 신은 그야말로 잊
히지 않는 영화의 한 장면처럼, 그 조형술에 더해 최고의 문장
가 다자이의 필력이 빛나는 백미다.

　"오랜만이구나. 처음엔, 알아보지 못했어. 가나기의 쓰시마,
라고 우리 아이가 말했지만, 설마 싶었지. 설마, 와 주리라곤 생
각을 못 했어. 천막을 나와서 네 얼굴을 봐도, 못 알아봤지. 슈
지다, 라는 말에, 어머? 싶었는데, 그러고 나선 입이 떨어지지
않더구나. 운동회고 뭐고 하나도 안 보였어. 삼십 년 가까이, 다
케는 널 만나고 싶어서, 만날 수 있으려나, 만날 수 없으려나,
오로지 그 생각만 하며 지내 왔는데, 이렇듯 번듯하니 어른이

---

5) 다자이 오사무, 「혀 잘린 참새」, 『달려라 메로스』, 유숙자 옮김, 민음사,
2022. 240쪽.

돼서, 다케가 보고 싶어서, 멀고 먼 고도마리까지 찾아와 주었는가 생각하면, 고맙다고 할지, 기쁘다고 할지, 슬프다고 할지, 그런 것쯤이야 아무려면 어때, 그래, 잘 왔구나! 네 집에 고용살이하러 갔을 땐, 너는 아장아장 걷다가는 넘어지고, 아장아장 걷다가는 넘어지고, 아직 잘 걷지 못했는데, 밥 먹을 땐 밥그릇을 들고서 여기저기 돌아다니고, 곳간의 돌계단 아래서 밥 먹는 걸 제일 좋아했고, 다케한테 옛날이야기를 졸라 대고는, 다케 얼굴을 말똥말똥 보면서 한 숟가락씩 먹는 통에 품이 꽤 들기는 했어도, 얼마나 귀여웠는지! 그랬는데 이처럼 어른이 됐으니, 모두 꿈만 같구나. 가나기에도, 이따금 갔지만, 가나기 마을을 걸으면서, 혹시라도 네가 그 언저리서 놀고 있지나 않을까 싶어, 너와 비슷한 또래 남자아이를 한 명 한 명씩 살피며 걷곤 했단다. 잘 왔구나!" 한 마디, 한 마디, 말할 때마다, 손에 든 벚나무 잔가지의 꽃을 정신없이 잡아 뜯어선 버리고, 잡아 뜯어선 버리고 있다.

한데 어김없는 '사실'로 받아들여 읽히는 이 장면을 두고, 아오모리현 출신 작가 오사베 히데오는 자신의 저서(『앵두와 그리스도』)에서, 직접 다케를 만나 이야기를 들은즉, 당시 꽃 구경을 가서도 다케와 다자이 두 사람 사이에는 아무런 대화가 없었음을 밝히고 있다.

소설 『쓰가루』는 보기 드물게 밝고 기운찬 메시지를 각인시킨 채 마무리된다. "안녕히! 독자여, 목숨 있거든 또 훗날. 힘차게 살아가자. 절망하지 마. 그럼, 실례."

마지막 문장 못지않게 널리 알려진 두 문장을, 이쯤에서 다시 상기해 보는 건 어떨까. "글쎄, 왜 여행을 떠나요?" "괴로우니까." 작가가 '본편'의 첫 제목을 '순례'라고 한 까닭, 여기에 있는 듯하다.

***

『쓰가루』에는 쓰가루 지도를 포함해 사과꽃, 쓰가루 평야, 쓰가루 요람 그리고 다케의 얼굴에 이르기까지, 작가가 손수 붓으로 그린 삽화 다섯 점이 실려 흥미를 더한다. 군더더기 없는 대담한 선으로 대상의 특징을 날카롭게 포착한 솜씨에서 아마추어 이상의 범상치 않음이 엿보인다. 다자이는 평소 그림에 남다른 관심을 지닌 데다, 화가 지인의 아틀리에를 드나들면서 그림을 그리곤 했다.

아오모리 지역 곳곳에는 다자이를 기념하는 장소가 마련되어 있어, 문학 팬들의 발길이 이어진다. 『쓰가루』와 관련해서는 다케와 다자이, 두 사람이 나란히 앉은 모습의 브론즈 동상이 고도마리에 세워졌다. 소설에 묘사된 그대로다. '재회 공원'이라 이름 붙은 그 자리에는 문학비와 더불어 '소설 『쓰가루』 동상 기념관'이 아담하고 알찬 꾸밈새로 방문객을 맞이한다.

지난 5월 하순, 오후의 봄 햇살이 나뭇잎 사이로 눈부시게 비쳐 드는 그 공원의 조각상 앞에, 오래도록 나는 서 있었다. 그지없이 소박한 공간이 자아내는 힘은 강렬하고도 매혹적으로 다가왔다. 단순히 한 작가를 기억하는 데 머물지 않고, 귀한 문학의 진정성이 살아 숨 쉬는 현장임을 실감하기 충분했다.

봄 벚꽃, 여름 네부타 축제, 가을 사과, 겨울은 눈. 쓰가루
에는 일곱 가지 눈이 있다던가. 스토브 열차가 쓰가루 평야를
가로지른다. '달려라 메로스' 호가 달린다.

작품 속 주요 지명에는 일부러 일본어(한자) 표기를 병행해
두었다. 혹여 이 책을 들고 쓰가루로 떠나는 독자가 있다면,
조금이라도 도움이 되길 바란다.

응원해 주시는 분들, 민음사 여러분께 깊이 감사드린다.

2025년 만추에

유숙자

<h1 style="text-align:center">작가 연보</h1>

1909년　6월 19일 일본 아오모리〔青森〕현 쓰가루〔津輕〕군에서 신흥 상인이자 대지주인 부친 쓰시마 겐에몬과 모친 다네 사이에 열 번째 자녀, 여섯 번째 아들로 출생했다. 본명은 쓰시마 슈지〔津島修治〕.

1912년　5월, 부친이 중의원(일본 국회의 하원) 의원에 당선되었다.

1916년　4월, 가나기〔金木〕 제일심상 소학교에 입학했다.

1922년　3월, 소학교를 졸업. 성적이 우수하여 육 년간 수석을 유지했다. 4월, 교외의 메이지 고등소학교에 입학해 일 년간 통학했다. 12월, 부친이 아오모리현 다액 납세 의원으로서 귀족원 의원이 되었다.

1923년　3월, 부친이 도쿄의 병원에서 별세(53세). 4월, 현립 아오모리 중학교에 입학했다.

1925년　아오모리 중학교《교우회지》에 작품을 발표하면서 작가
　　　　의 꿈을 키우기 시작했다. 8월, 친구들과 동인지《성좌》
　　　　를 창간해 희곡을 발표했으나 1호로 폐간되었다. 11월,
　　　　남동생이 동인으로 참가한《신기루》를 창간해 적극적
　　　　으로 편집을 맡으면서 소설, 에세이 등을 발표했다.

1927년　4월, 히로사키(弘前) 고등학교 문과에 입학했다. 7월,
　　　　작가 아쿠타가와 류노스케(芥川龍之介)의 자살에 충
　　　　격을 받고 학업을 소홀히 하게 되었다.

1928년　5월, 동인지《세포문예》창간. 생가의 치부를 고발한
　　　　장편 소설 「무간나락」을 발표했다. 게이샤 베니코(紅子,
　　　　본명 오야마 하쓰요(小山初代))를 만났다.

1929년　1월, 남동생이 패혈증으로 돌연 사망했다(18세). 12월,
　　　　기말 시험 전날 밤, 다량의 칼모틴으로 하숙방에서 자
　　　　살을 기도했다.

1930년　4월, 도쿄 제국 대학 불문과에 입학했다. 작가 이부세
　　　　마스지(井伏鱒二)를 사사했다. 고교 선배의 권유로 비
　　　　합법 좌익 운동에 참가했다. 11월, 도쿄 긴자 카페의
　　　　여급이었던 다나베 아쓰미와 가마쿠라 해안에서 칼모
　　　　틴으로 동반 자살 기도, 여성만 사망했다. 12월, 하쓰
　　　　요와 간소한 혼례를 올렸다.

1932년　7월, 아오모리 경찰서에서 조사를 받고 비합법 활동과
　　　　의 절연을 서약했다. 단편 「추억」을 집필했다. 이후 「어복
　　　　기(魚服記)」, 「잎」, 「로마네스크」 등 『만년(晩年)』에 수
　　　　록될 작품들을 잇달아 발표했다.

1934년 동인지 《푸른 꽃》을 발간했다.

1935년 3월, 도쿄 대학 졸업에 실패했다. 미야코〔都〕신문 입사 시험에도 낙방했다. 가마쿠라의 산에서 자살을 기도했다. 맹장염 수술 후 복막염을 일으켜 중태에 빠졌다. 입원 중, 진통제 파비날에 중독되었다. 《일본낭만파》 5월호에 「어릿광대의 꽃」을 발표했다. 8월, 「역행(逆行)」으로 제1회 아쿠타가와상 후보에 오르지만 차석에 그친다. 작가 사토 하루오〔佐藤春夫〕를 방문, 이후 사사하게 된다.

1936년 6월, 첫 창작집 『만년』을 간행. 7월, 우에노에서 출판 기념회가 열렸다. 파비날 중독 증상이 극심해져 병원에 입원, 한 달 후 완치되어 퇴원했다. 9월, 「창생기(創生記)」, 「교겐〔狂言〕의 신」을 발표했다.

1937년 3월, 아내 하쓰요의 부정을 알고 나서, 칼모틴으로 동반 자살을 기도했다. 4월, 『HUMAN LOST』를 발표했다. 6월, 하쓰요와 이별했다. 7월, 창작집 『20세기 기수』를 간행했다.

1938년 9월, 야마나시〔山梨〕현 덴카차야로 가서 창작에 전념했다.

1939년 1월, 스승 이부세의 중매로 이시하라 미치코〔石原美知子〕와 결혼했다. 「부악백경(富嶽百景)」, 「여학생〔女生徒〕」, 단편집 『사랑과 미에 대하여』를 간행했다. 9월, 도쿄 미타카〔三鷹〕로 이사했다. 직후 2차 세계 대전이 발발했다. 「아, 가을」을 발표했다.

1940년	작가 다나카 히데미쓰〔田中英光〕가 소설을 들고 미타
	카로 찾아와서 다자이와 첫 대면을 한 이후 사사했다.
	5월, 「달려라 메로스」, 11월, 「여치」를 발표했다.

1941년	「청빈담(淸貧譚)」, 「도쿄 팔경〔東京八景〕」 등을 발표했
	다. 6월, 장녀 소노코〔園子〕가 태어났다. 문인 징용령을
	받았으나 흉부 질환으로 징용에서 면제되었다. 12월,
	태평양 전쟁이 발발했다.

1942년	장편 『정의와 미소(正義と微笑)』, 창작집 『여성』(「기다
	리다」, 「여치」 수록)을 출간했다. 이 무렵부터 군사 교련
	을 받았다. 10월, 모친이 위독하다는 소식을 듣고 가족
	과 함께 귀향했다. 12월, 모친이 별세했다(69세).

1943년	1월, 「고향」, 6월, 「귀거래(帰去来)」를 발표했다. 9월, 장
	편 『우다이진 사네토모〔右大臣實朝〕』를 간행했다.

1944년	『쓰가루〔津軽〕』 집필을 의뢰받아 5월 중순부터 6월 초
	순에 걸쳐 쓰가루 지방을 여행했다. 8월, 장남이 출생했
	다. 창작집 『가일(佳日)』을 출간하고 이것이 영화화되었
	다. 11월, 『쓰가루』를 간행했다.

1945년	4월, 공습으로 자택이 파손되어 고후〔甲府〕의 처가로 소
	개했다가 다시 7월 말, 고생 끝에 가나기의 생가에 도
	착했다. 8월 15일, 일본이 패전했다. 9월에 장편 『석별』,
	10월에 『옛이야기〔お伽草紙〕』를 간행했다. 농지 개혁으
	로 지주 제도가 해체되면서 생가는 사양의 길에 접어
	들었다.

1946년	전후 첫 중의원 의원 선거에 큰형이 당선되었다. 「고뇌

의 연감」, 희곡 「겨울 불꽃」을 발표했다. 『판도라의 상
자』를 출간했다.

1947년　오타 시즈코〔太田靜子〕의 집을 방문하고 그녀의 일기
를 빌린다. 이 일기는 소설 「사양(斜陽)」에 반영되었다.
「비용의 아내」를 발표했다. 3월, 차녀 사토코(里子, 작가
쓰시마 유코〔津島佑子〕)가 태어났다. 11월, 오타 시즈코
와의 사이에 딸 하루코(治子, 작가 오타 하루코〔太田治
子〕)가 태어났다. 12월, 『사양』을 출간했다. 몰락한 귀족
을 지칭하는 '사양족'이라는 단어를 유행시키며 베스트
셀러가 되었다. 다자이의 생가는 현재 '사양관'이라 이
름 지어져 기념관으로 운영되고 있다.

1948년　『다자이 오사무 수상집』, 『다자이 오사무 전집』을 간행
했다. 이 무렵 자주 각혈했다. 5월, 「앵두」를 발표했다. 「인
간 실격」을 탈고한 뒤,《아사히 신문》의 연재 소설 「굿바
이」 집필에 착수했다. 6월, 「인간 실격」 일부를 《전망》에
발표했다. 6월 13일 밤, 도쿄 미타카의 다마강 수원지에
야마자키 도미에〔山崎富榮〕와 투신했다. 만 39세 생일
인 6월 19일, 시신이 발견되었다.

미타카의 젠린지〔禪林寺〕에 잠들다. 해마다 6월 19일
이면 다자이를 기리는 모임 '앵두기(桜桃忌)'가 열리고,
다자이 문학의 애독자들이 참가한다.

6월, 7월, 유고 「굿바이」를 발표했다. 7월, 『인간 실격』,
작품집 『앵두』(「미남자와 담배」 수록), 11월, 『여시아문
(如是我聞)』이 출간되었다.

세계문학전집 471

쓰가루

1판 1쇄 찍음 2025년 11월 28일
1판 1쇄 펴냄 2025년 12월 5일

지은이 다자이 오사무
옮긴이 유숙자
발행인 박근섭, 박상준
펴낸곳 (주)민음사

출판등록   1966. 5. 19. (제 16-490호)
서울특별시 강남구 도산대로1길 62(신사동) 강남출판문화센터 5층 (우편번호 06027)
대표전화 02-515-2000 팩시밀리 02-515-2007
www.minumsa.com

ISBN 978-89-374-6471-3 04800
ISBN 978-89-374-6000-5 (세트)